揮灑生命的五色筆

走進悅讀與舒寫的世界

李宗定　主編

李宗定、黃雅琦、許如蘋、馬琇芬
黃思超、洪瓊芳、郭妍伶　合編

盧柏儒　執行編輯

實踐大學高雄校區

■ 國家圖書館出版品預行編目資料

揮灑生命的五色筆：走進悅讀與舒寫的世界 ／李宗定主編. 李宗定等編撰. -- 二版, -- 高雄市：實踐大學, 2016. 07

面：　公分

ISBN 978-986-6096-82-2（平裝）

1. 國文科 2.讀本

836　　105011053

揮灑生命的五色筆：走進悅讀與舒寫的世界

二版三刷・2016 年 7 月　2017 年 9 月　2018 年 9 月

主編・李宗定

撰稿・李宗定、洪瓊芳、馬琇芳、許如蘋、郭妍伶、黃思超、黃雅琦（依姓名筆畫排序）

執行編輯・盧柏儒

出版者・實踐大學高雄校區

地址：845 高雄市內門區大學路 200 號 （高雄校區）

電話：07-6678888#4370-4372

傳真：07-6679999

經銷承印者・麗文文化事業股份有限公司

地址：802 高雄市苓雅區五福一路 57 號 2 樓之 2

電話：07-2265267

傳真：07-2233073

電子信箱：liwen@liwen.com.tw

ISBN 978-986-6096-82-2（平裝）

定 價：320 元

寫在前面

實踐大學應用中文學系系主任　李宗定

這本閱讀書寫課程教材，是實踐大學應用中文學系申請通過教育部一〇四學年度「全校型中文閱讀書寫課程革新推動計畫」的成果。本系曾於一〇二學年度執行教育部「全校性閱讀書寫課程推動與革新計畫」，當時只有高雄校區三個學系進行這個計畫，再經一〇三學年度以教育部教卓經費持續推行。經過兩年的嘗試改進，應中系教師也累積一定的經驗與能力，遂於一〇四學年度擴大爲高雄校區全面執行，再增臺北校區六個班，之後於一〇五學年度實踐大學兩校區大一國文課程均推動實行這個計畫。

計畫定名爲「揮灑生命的五色筆——走進悅讀與舒寫的世界」，希望學生能擁有五色筆的精采書寫，並以「生命」爲主軸，從個人、家庭到社會國家，具有全面的關懷，將知識學習內化爲生命情感，進而反思生命的意義與價值。愉悅地讀，舒適地寫，帶給學生對閱讀與書寫的新體認，因此諧音「悅讀」、「舒寫」。我們希望藉由這個計畫，讓實踐大學具有專精的大一國文課程，提升本校學生閱讀及書寫能力，進而深度認識並探索自我、關懷他人及社會。

爲深化課程教學內容與確保教學品質，本系專任教師組成教學群組，合作建立共同課綱並撰寫教材。同時召募應中系大二以上通過中文檢定高等的學生參與本計畫，擔任教學助理。其間辦理研習，並建立校內TA培訓機制，以有效協助教師推動閱讀書寫課程。我們將架設專屬網站，分享課程教材教案，提供師生交流討論管道，讓同學得以即時學習與互動。

之所以申請教育部此項專案計畫，有鑑於本校共同大一國文課程選課與教學方式已實施近二十年，原本之大一國文課程分爲國文(1)、國文(2)，是大一同學通識必修課程，以文學之不同領域爲單元加以設計，包括「散文」、「詩詞」、「哲學」、「戲曲」、「小說」五個類別，全校大一學生依興趣自選，上下學期不得重複同一類別。此課程設計的好處是學生可自由選擇不同領域，授課教師也無固定教材，可自由發揮。然問題也在於此，由於教學內容不定，各領域又有差異，將造成學習落差。且當今學生最大的問題在於閱讀與寫作能力不足，如沒有良好的中文語文能力即深入各文學領域，對於程度不佳的同學，自然沒有學習效果。此外，上下學期雖可自由選課，但也容易造成學習無法連貫，甚至重複學習的情形。這些問題日益嚴重，必須即早因應調整。

本校應用中文學系成立十年，以培養中文應用人才爲志，同時亦肩負提昇全校學生中文語文能力的使命，我們進行大一國文課程革新設計，便是希望提升本校學生閱讀書寫能力。本計畫課程內容分爲上下學期，共八單元，總計三十六週。各單元名稱與教授重點如下：

單元	單元名稱	主要選文	閱讀重點	書寫重點
1	繆思女神下凡來	清・沈復《浮生六記・閑情記趣》 北宋・歐陽修〈秋聲賦〉 清・張潮《幽夢影》 朱天心〈李家寶〉	觀察名家寫作題材，以掌握自己的生活經驗；同理名家生活際遇，轉化為個人生活詮釋；體會名家生命故事，反思個人生命情境。	學習名家如何透過「觀察、體驗、想像、選擇與組合」等等過程，將生活經驗轉化為寫作材料，詮釋出個人的生命意義。
2	奼紫嫣紅——成長足跡	明・湯顯祖《牡丹亭・閨塾》、《牡丹亭・遊園》 夏烈〈白門再見〉 吳鈞堯〈勇者〉	回憶是種省思，省思過去的自己與現在有什麼區別，閱讀文本中關於省思的敘述與角度，讓我們從不同的角度，重新認識自己。	透過「敘述」的過程，將過去紛亂的記憶重新組織，加以詮釋，成為一個豐富而精采的生命體驗。
3	愛情學分——情感探索	《漢樂府・上邪》、《漢樂府・有所思》 南宋・陸游〈釵頭鳳〉 唐・白行簡〈李娃傳〉 明・馮夢龍《警世通言・白娘子永鎮雷峰塔》 勇哥〈我那眞實存在但無法被看見的同志家庭〉	情愛萌動的青春時光，可能是生命中最難忘的記憶片段。生命皆有年限，無從親歷每種情感滋味，透過文本閱讀，發現各種心之美好，為自己尋找更適合的生活。	在理解文意，認知、書寫表達技能以外，如何與學生的生活經驗產生連結，使其能深刻反思生命意義，為本單元書寫重點。

4	斯土斯民——家鄉記憶	唐・張九齡〈望月懷遠〉、唐・王維〈九月九日憶山東兄弟〉、唐・杜荀鶴〈送人遊吳〉、唐・溫庭筠〈商山早行〉、唐・李商隱〈滯雨〉 鍾理和〈做田〉 葉聖陶〈藕與蓴菜〉	離家在外求學的遊子們，藉由閱讀名家作品之後，觀察自我是否融入校園／異鄉環境、思索如何包容異鄉異地的人、事、物。	藉由了解名家作品中，如何於字裡行間自然融合視覺、味覺、嗅覺、觸覺等感官技巧的摩寫，從而展現出家鄉之美。
5	族群故事——歷史印記	陳美雲歌劇團《刺桐花開》 呂赫若〈牛車〉 林海音〈蟹殼黃〉 夏曼・藍波安〈飛魚的呼喚〉	帶領同學回顧臺灣的歷史，認識並思考族群問題。唯有認識自己的過去，才知道我們將往何處；如果能了解與我們一起共同生活的人們，才能明白自己的身份與意義。	先人的行走軌跡與生命故事，沉澱出我們的文化歷史，從敵對到和解，從陌生到熟悉，從誤解到包容，閩粵移民自身的衝突，與臺灣原住民的糾葛，到殖民戰爭的爆發等等，血淚與歡笑澆灌出臺灣的族群圖譜，了解的自身的歷史，書寫自己所屬族群的故事，並藉由分享，看清未來可能的發展脈絡，讓斯土斯民更加融洽。
6	仁民愛物——社會關懷	林清玄〈楊媽媽和她的子女們〉 蔣渭水〈臨床講義——關於名為臺灣的病人〉 連加恩〈一個充滿希望的地方〉 陳清芳〈阮氏碧水——南洋姊妹情 撫慰思鄉愁〉	引導學生感受在志願服務兩端的生命連結，以及該工作所回應或呈現的社會議題；養成「全球視野，在地行動」的胸襟氣度與實踐力量。	引導學生由兩方面思考志願服務工作：其一，服務者與受助者之間所發展出新的生命連結；其二，該工作所回應或呈現的社會議題。並且將所思所感撰文記錄之。

7	死生契闊—— 生命價值	孔子《論語》選 莊子《莊子》選 周大觀〈活下去〉、〈窗外〉 蔡珠兒〈紅蘿蔔蛋糕〉 陳義芝〈為了下一次的重逢〉	從文本的閱讀中，引導學生思考個人的死亡，到戰爭、災難的集體死亡。正視死亡的存在，討論並思索死亡的意義，其實是對生命與自我的認識。	引導學生書寫「遺囑」，交待身後事，提醒自己生命有限，該努力即時完成願望。遺囑書寫所交待的對象，更提醒我們應當在活著的時候，好好珍惜各種親友關係。
8	切磋琢磨 再進步	學生於學期中創作的作品	回顧本學年課程中個人情感、家庭親情、社會關懷以及死生離愁。教師與同學分享自己的生命故事，同學亦彼此觀摩和交換彼此的生命省思，構築屬於大家的共同回憶。	以圓融的生命關懷，將知識內化為生命情感，反思生命的意義與價值。愉悅地讀、舒適地寫、分享彼此的生命故事與書寫創作，感受閱讀與書寫的新體驗。

八個單元以「生命」爲中心，視野從個人、家庭、社會國家乃至全世界，最終反省自我的生命價值與意義，雖然課程旨在提升學生閱讀與寫作能力，但我們更希望閱讀與寫作能內化成生命的一部分，如同呼吸般的自然。閱讀寫作再也不是爲了考試，爲了升學，而是自然而然，是生活、生長，也是生命。我們如此期盼。

課程設計由本系教師群策群力完成，各單元負責主筆名單如下：馬琇芬（一）、黃思超（二）、黃雅琦（三）、許如蘋（四）、洪瓊芳（五）、郭妍伶（六）、李宗定（七、八）。另外，感謝盧柏儒老師執行編輯工作，以及計畫助理張翠婷小姐的協助。有優秀的工作團隊，才有良好的工作成果，能一起工作與成長，是難得的機緣，我們珍惜並共同努力。

目次

3 愛情學分——情感探索　059

4 斯土斯民——家鄉記憶　113

目次

8

1

繆思女神下凡來

主題

生活的觀察與詮釋。

教學目標

一、自我覺察

書寫需要靈感，但是靈感是什麼？靈感可以掌握嗎？王鼎鈞認爲寫作的泉源來自於生活，透過觀察、體驗、想像、選擇與組合，便能將生活經驗轉化爲寫作的內容。因此，寫作的第一步必須觀察生活的點滴，覺察生活的態度；我們怎麼用心觀看生活，生活會回報以同等的面貌。

二、生命情感

《說故事的力量》作者安奈特・西蒙斯（Annette Simmons）認爲：「最好的故事就是發生在自己身上的事。所有的選擇終究都是個人抉擇，如果你想要影響別人的選擇，你會了解最有力量的影響形式永遠都是屬於個人的。」我們從名家作品中，觀察他們的寫作題材，從而學習掌握自己的生活經驗；理解他們如何闡述生活際遇，從而轉化爲自己的生活詮釋；體會他們的生命故事，從而反省自己的生命情境。在閱讀與書寫中，更加認識自己、肯定自我。

三、創造力

「書寫」是化被動爲主動的力量，是掌握個人生命意義的權柄。任何記實性的書寫，難免會有作家個人的主觀立場，然文學之所以動人心弦，亦是作家經過「觀察、體驗、想像、選擇與組合」等過程，將生活經驗轉化爲寫作的材料，揉合個人的情懷、哲思與價值觀，詮釋出個人的生命意義。本單元爲書寫與閱讀計畫的開端，具有含括其他單元的導論性質，故而教學目標便是希望能引導學生在閱讀與書寫的過程中，認識與掌握生活的多元樣貌，進而賦予詮釋自我生命意義的主動力量。

課程規劃說明

一、閱讀文本及選文標準

生活必須先有感動，寫作才能具有深度。感動從何而來？從打開五官的感觸，從改變生活的慣性，從躍出現實的框架，從而得到生命的好奇與動能。本單元選文及標準如下：

1.清・沈復〈閑情記趣〉（節錄）

自從民國六十一年，國立編譯館將沈復的〈幼時閑情〉選編入國文教科書，改篇名爲〈兒時記趣〉後，直至國、高中教科書開放後的多元化市場下，〈兒時記趣〉一直爲學子們求學歷程中必讀的作品、共同的回憶。然國中教科書中，只將〈幼時閑情〉節錄至「鞭數十，驅之別院」，其後沈復述及生殖器「腫不能便」

一事，則刪除之。做為大一國文第一堂國文課，重新閱讀沈復的〈幼時閑情〉，可以在先備知識下，回顧國、高中以前的國文學習經驗，再經由〈幼時閑情〉全文的閱讀，引導學生省思「文學」的意涵。

其次，節錄〈閑情記趣〉中的其他片段，了解沈復在日常生活中，如何培養興趣，如何從興趣中怡情養性，亦有助於學習如何於生活中取材，並從作者的生活觀中，連結自己的生命情境，以達自我省思的目的。

2. 北宋・歐陽修〈秋聲賦〉

經過觀察，再發揮想像力，是創造物外之趣的重要步驟。一篇有深度的文章，不僅止於描寫對象，作者如何與描寫對象發生關聯，進而從寫作對象深入反省自我或引發議論，是文章具有深度的關鍵。歐陽修的〈秋聲賦〉以文字描摹秋風的聲音，不僅以多層次的形容將秋風立體化，還能寓情於聲，對朝政事局以及個人心志有所抒發，眞可謂聲情並茂，值得閱讀與學習。

3. 朱天心〈李家寶〉

本篇作品亦爲高中國文教材選文，選錄的原因與〈閑情記趣〉相同，希望在先備知識基礎下，深入文本的意涵，探究作者如何描繪貓的形貌，如何刻劃貓的性格，如何透過事件的敘述將人貓的情誼寫得動人，如何以貓的死亡寫出對於生命的關懷與尊重。透過文本的閱讀，可以學習作者如何觀察生活中所欲描述的對象，學習作者組織寫作的材料，以達寫物喻情的寫作效果。

4.清．張潮《幽夢影》（節錄）

張潮能從平淡無奇中發掘細微之美，其作品中富於想像與聯想，也善於使用修辭技巧。本單元選錄與「閱讀、書寫」有關的經典句子，讓我們思考生活中的物外之趣、文外之意，以及閱歷對於生命領略所產生的影響，進而闡釋閱讀的觀感與寫作的領悟之間的關係。

二、設計理念

1.在以升學爲導向的教育中，高中以前的國文課，大抵著重於作者的生平、文章的題旨、字詞的解釋、修辭的判斷等零散的內容，對於所學內容如何與自己的生命產生連結，恐怕是知之甚少、行之有限。因此藉由高中以前曾閱讀過的作品，例如〈閑情記趣〉與〈李家寶〉，穿透字詞的意思，深入作者的生命情境，從而結合讀者自身的生命經驗；不只看見作品中的深刻意涵，並從而看見自己生命中被忽略的感受。

2.做爲一名讀者，不只要理解文學作品的字詞意思，更應該能解讀字詞背後的涵義；此外，我們不該只滿足於讀者的身分，更應從文學閱讀的領悟中，返回自身的生活，試著爲自己的生命經驗賦予意義。例如讀〈秋聲賦〉應能理解歐陽修如何透過景物的描寫，寄寓個人生命跌宕起伏的感受，讀後我們應能反思自己在生活中的順心與挫折，藉由書寫釐清自己的處境並沉澱心中的浮躁，以積極的態度，爲目前的生活狀態提出個人的詮釋。

3.期能閱讀本單元選文時，了解作者如何於觀察日常生活中的事物，如何於觀察中獲得體驗，又如何將體驗轉化爲書寫的材料。透過想像打破生活的慣性認知，開展五官、感受事物的不同面貌，並根據事物的因果脈絡，從分析、歸納的原則推展出合理的敘述。最後學習如何選擇生活中的材料，如何組合材料，透過事物的選擇與組合，詮釋個人的生活風貌與情意。

動機引發

以「自我介紹——自製桌遊卡」的活動，請每位同學寫出「姓名」、「象徵自己的水果」和「最喜歡的人物」三張卡片（如名片大小），接著根據這三張卡片「自我介紹」。請同學「以水果象徵自己」的用意，從而掌握「物體（水果）」的抽象意涵，並說明自己的個性，亦即是一種運用「觀察與聯想」的活動。至於「最喜歡的人物」，可以側面觀察同學對自我的期許，亦可看出同學的特質。

這是一個團體破冰的活動，小組成員以卡片自我介紹後，再進行類似「心臟病」的小遊戲。遊戲方式如下：

1. 將小組成員的卡片收爲一疊，充分洗牌後，每人均分，牌面朝下。
2. 每人輪流將手牌翻開攤在桌面，一旦發現有某一成員的三張自我介紹卡都出現後，立即以手掌蓋住桌上的牌，並取回這三張卡片。
3. 直到每人手牌發完，得最多卡片者爲勝。

經由這個有趣的桌遊，不但能讓班級氣氛活絡，小組成員亦能熟悉彼此的姓名與個性。最後回到全班活動，教師將全班「姓名卡片」收回，任意抽出一張，請該小組其他成員向全班介紹這位同學。

這個活動的目的除了自我介紹與課堂經營，亦與本單元的教學目標有關。同學將水果的意象與自己的個性進行觀察與聯想，同時亦可思考平時如何對於週遭人、事、物進行觀察，再試著從各種角度對同一人、事、物提出不同的詮釋，希望藉由活動引發同學們對於本單元的興趣與探究的動機。

文本閱讀與引導

閑情記趣（節錄）／清・沈復

之一

余憶童稚時，能張目對日，明察秋毫。見藐小微物，必細察其紋理，故時有物外之趣。夏蚊成雷，私擬作群鶴舞空，心之所向，則或千或百果然鶴也。昂首觀之，項為之強。又留蚊於素帳中，徐噴以煙，使其沖煙飛鳴，作青雲白鶴觀，果如鶴唳雲端，怡然稱快。

于土牆凹凸處、花臺小草叢雜處，常蹲其身，使與臺齊，定神細視，以叢草為林，以蟲蟻為獸，以土礫凸者為丘，凹者為壑，神遊其中，怡然自得。

一日，見二蟲鬥草間，觀之正濃，忽有龐然大物拔山倒樹而來，蓋一癩蝦蟆也，舌一吐而二蟲盡為所吞。余年幼方出神，不覺呀然驚恐，神定，捉蝦蟆，鞭數十，驅之別院。年長思之，二蟲之鬥，蓋圖姦不從也，古語云「姦近殺」，蟲亦然耶？

貪此生涯，卵為蚯蚓所哈，腫不能便。捉鴨開口哈之，婢嫗偶釋手，鴨顛其頸作吞噬狀，驚而大哭；傳爲話柄。

此皆幼時閑情也。

之二

靜室焚香，閒中雅趣。

芸嘗以沉速等香，于飯鑊蒸透，在爐上設一銅絲架，離火半寸許，徐徐烘之；其香幽韻而無煙。佛手忌醉鼻嗅，嗅則易爛；木瓜忌出汗，汗出，用水洗之；惟香圓無忌。佛手、木瓜亦有供法，不能筆宣。每有入將供妥者隨手取嗅，隨手置之，即不知供法者也。

余閑居，案頭瓶花不絕。

芸曰：「子之插花能備風晴雨露，可謂精妙入神。而畫中有草蟲一法，盍仿而效之。」

余曰：「蟲躑躅不受制，焉能仿效？」

芸曰：「有一法，恐作俑罪過耳。」

余曰：「試言之。」

芸曰：「蟲死色不變，覓螳螂蟬蝶之屬，以針刺死，用細絲扣蟲項繫花草間，整其足，或抱梗，或踏葉，宛然如生，不亦善乎？」

余喜，如其法行之，見者無不稱絕。求之閨中，今恐未必有此會心者矣。

之三

友人魯半舫名璋，字春山，善寫松柏及梅菊，工隸書，兼工鐵筆。余寄居其家之蕭爽樓一年有半。樓共五椽，東向，余居其三，晦明風雨，可以遠眺。庭中有木犀一株，清香撩人。有廊有廂，地極幽靜。移居時，有一僕一嫗，並挈其小女來。僕能成衣，嫗能紡績；于是芸繡、嫗績、僕則成衣，以供薪水。

余素愛客，小酌必行令。芸善不費之烹庖，瓜蔬魚蝦，一經芸手，便有意外味。同人知余貧，每出杖頭錢，作竟日敘。余又好潔，地無纖塵，且無拘束，不嫌放縱。

時有楊補凡名昌緒，善人物寫眞；袁少迂名沛，工山水；王星瀾名巖，工花卉翎毛，愛蕭爽樓幽雅，皆攜畫具來，余則從之學畫，寫草篆，鐫圖章。加以潤筆，交芸備茶酒供客，終日品詩論畫而已。更有夏淡安、揖山兩昆季，並繆山音、知白兩昆季，及蔣韻香、陸橘香、周嘯霞、郭小愚、華杏帆、張閑憨諸君子，如梁上之燕，自去自來。

芸則拔釵沽酒，不動聲色，良辰美景，不放輕過。今則天各一方，風流雲散，兼之玉碎香埋，不堪回首矣！

之四

蘇城有南園、北園二處，菜花黃時，苦無酒家小飲。攜盒而往，對花冷飲，殊無意味。或議就近覓飲者，或議看花歸飲者，終不如對花熱飲爲快。衆議未定。

芸笑曰：「明日但各出杖頭錢，我自擔爐火來。」

衆笑曰：「諾。」衆去。

余問曰：「卿果自往乎？」

芸曰：「非也，妾見市中賣餛飩者，其擔鍋竈無不備，盍雇之而往？妾先烹調端整，到彼處再一下鍋，茶酒兩便。」

余曰：「酒菜固便矣，茶乏烹具。」

芸曰：「攜一砂罐去，以鐵叉串罐柄，去其鍋，懸於行竈中，加柴火煎茶，不亦便乎？」

余鼓掌稱善。

街頭有鮑姓者，賣餛飩爲業，以百錢雇其擔，約以明日午後，鮑欣然允議。

明日看花者至，余告以故，衆咸歎服。飯後同往，並帶席墊至南園，擇柳陰下團坐。先烹茗，飲畢，然後暖酒烹餚。

是時風和日麗，遍地黃金，青衫紅袖，越陌度阡，蝶蜂亂飛，令人不飲自醉。既而酒餚俱熟，坐地大嚼，擔者頗不俗，拉與同飲。遊人見之莫不羨爲奇想。杯盤狼藉，各已陶然，或坐或臥，或歌或嘯。紅日將頹，余思粥，擔者即爲買米煮之，果腹而歸。

芸曰：「今日之遊樂乎？」

衆曰：「非夫人之力不及此。」大笑而散。

（選自《浮生六記》）

秋聲賦／北宋・歐陽修

歐陽子方夜讀書，聞有聲自西南來者，悚然而聽之，曰：「異哉！」初淅瀝以蕭颯，忽奔騰而砰湃，如波濤夜驚，風雨驟至。其觸於物也，鏦鏦錚錚，金鐵皆鳴；又如赴敵之兵，銜枚疾走，不聞號令，但聞人馬之行聲。余謂童子：「此何聲也？汝出視之。」童子曰：「星月皎潔，明河在天，四無人聲，聲在樹間。」

余曰：「噫嘻，悲哉！此秋聲也，胡爲而來哉？蓋夫秋之爲狀也，其色慘淡，煙霏雲斂；其容清明，天高日晶；其氣慄冽，砭人肌骨；其意蕭條，山川寂寥。故其爲聲也，淒淒切切，呼號憤發。豐草綠縟而爭茂，佳木蔥蘢而可悅；草拂之而色變，木遭之而葉脫。其所以摧敗零落者，乃其一氣之餘烈。

「夫秋，刑官也，於時爲陰；又兵象也，於行爲金，是謂天地之義氣，常以肅殺而爲心。天之於物，春生秋實。故其在樂也，商聲主西方之音，夷則爲七月之律。商，傷也，物既老而悲傷；夷，戮也，物過盛而當殺。

「嗟乎！草木無情，有時飄零。人爲動物，惟物之靈。百憂感其心，萬事勞其形。有動於中，必搖其精。而況思其力之所不及，憂其智之所不能，宜其渥然丹者爲槁木，黝然黑者爲星星。奈何以非金石之質，欲與草木而爭榮？念誰爲之戕賊，亦何恨乎秋聲！」

童子莫對，垂頭而睡。但聞四壁蟲聲唧唧，如助余之歎息。

李家寶／朱天心

李家寶是隻白面白腹灰狸背的吊睛小貓，之所以有名有姓，是因爲他來自妹妹的好朋友李家，家寶是妹妹給取的名兒，由於身份有別於街頭流浪到家裡野貓狗，便都連名帶姓的叫喚他。

李家寶剛來時才斷奶，才見妹妹又抱隻貓進門我便痛喊起來，家裡已足有半打狗三隻兔兒和一打多的貓咪！我早過了天眞爛漫的年紀，寧愛清潔有條理的家居而早疏淡了與貓狗的廝混，因此一眼都不看李家寶，哪怕是連爸爸也誇從未見過如此粉妝玉琢的貓兒。

有了姓的貓竟眞不尋常，不知什麼時候開始，他像顆花生米似的時常蜷臥在我的手掌上，再大一點年紀，會連爬帶躍的蹲在我肩頭，不管我讀書寫稿或行走做事，他皆安居落戶似的盤穩在我肩上。天冷的時候，長尾巴還可繞著我脖子正好一圈，完全就像貴婦人大衣領口鑲的整隻狐皮。

如此人貓共過了一冬，我還不及懊惱怎麼就不知不覺被他訛上了，只忙不迭逢人介紹家寶的與衆不同。家寶短臉尖下巴，兩隻凌燐大眼橄欖青色，眼以下的臉部連同腹部和四肢的毛色一般，是純白色。家裡也有純白的波斯貓，再白的毛一到家寶面前皆失色，人家的白是粉白，家寶則是微近透明的瓷白。

春天的時候，家中兩三隻美麗的母貓發情，惹得全家公貓和鄰貓皆日夜爲之傾狂，只有家寶全不動心依然與人爲伍，爲此我暗以他的未爲動物身所役爲異。再是夏天的時候，他只要不在我肩頭的時候，都是高高蹲踞在我們客廳大門上的搖窗檯上，冷眼悠閒的俯視一地的人貓狗，我偶一抬頭，四目交接，他便會迅速的拍打一陣尾巴，如同我與知心的朋友屢屢在鬧嚷嚷的人群中默契的遙遙一笑。

家寶這些行徑果然也引起家中其他人的稱嘆，有說他像個念佛吃素的小沙彌，也有說寶玉若投胎做貓就一定是家寶這副俊模樣。我則是不知不覺漸把家寶當作我的白貓王子了。

曾經在感情極度失意的一段日子裡，愈發變得與家寶相依爲命，直到有一天妹妹突然發現，問我近來所寫的小說散文乃至劇本裡的貓狗小孩皆叫家寶，妹妹且笑說日後若是有人無聊起來要研究這時期的作品，定會以此大作文章，以爲家寶二字其中必有若何象徵意義。我聞言不禁心中一慟，永遠不會有人知道，僅僅是一個寂寞的女孩子，滿心盼望一覺醒來家寶就似童話故事裡一夜由青蛙變成的王子，家寶是男孩子的話，一定待我極好的。

這之後不久，朋友武藏家中突生變故，他是飛F—5E的現役空官，新買的一隻俄國獵狼犬乏人照顧，便轉送給我們了。狗送來的前一日，我和妹妹約定誰先看到他誰就可以當他的媽媽。是我先看到的，便做了小狗「托托」的娘，托托剛來時只一個多月，體重五公斤，養到一年後的現在足足有四十公斤，這多出來的三十五公斤幾乎正好是我的零食和買花的零用錢，而耗費的時間心力更難計算。

自然托托這一來，以前和家寶相處的時間完全被取代。由於家裡不只一次發現家寶常背地裡打托托耳光，不得不鄭重告訴家寶，托托是娃娃，凡事要先讓娃娃的。家寶只高興我許久沒有與他說話了，連忙一躍上我的肩，熟練到我隨口問：「家寶尾巴巴呢？」他便迅速拍打一陣尾巴，我和他已許久沒玩這些了而他居然都還記得，我暗暗覺得難過，但是並沒有因此重新對待家寶如前。家寶仍獨來獨往不理其他貓咪，終日獨自盤臥在窗檯上，我偶爾也隨家人斥他一句：「孤僻！」眞正想對他說的心底話是：現在是什麼樣的世情，能讓我全心而終相待的人實沒幾個，何況是貓兒更妄想奢求，你若眞是隻聰明的貓兒就該早明白才是！

但是只要客人來的時候，不免應觀衆要求一番，我拍拍肩頭，他便一縱身躍上我肩頭，從來沒有一次不順從我，我反因此暗生悲涼，李家寶李家寶，你若眞是隻有骨氣的貓兒，就不當再理我再聽我使喚的！可是家寶仍然一如往昔，只除了有時跟托托玩打一陣，不經意跟他一照面，他兩隻大眼在那兒不知凝視我多久，讓我隱隱生懼。

家寶漸不像以前那樣愛乾淨勤洗臉了，他的嘴裡似乎受了傷，時有痛狀，不准人摸他的鬍子和下巴一帶，因此鼻下生了些黑垢，但就是如此，家寶仍舊非常好看，像是很有風度修養的紳士唇上蓄髭似的，竟博得「小國父」的綽號。而我並沒有注意到他的日益消瘦。

元宵晚上家中宴客，商禽叔叔的小女兒奴奴整晚上皆貓不釋手，自然我也表演了和家寶的跳肩絕技。奴奴見了自是抱著家寶喜歡的不知怎麼好，妹妹遂建議把家寶送給奴奴，反正家寶是最親人且尤需人寵惜的，現在遭我冷落，不如給會全心疼他的奴奴好。我想想也有道理，一來見奴奴果眞是眞正愛貓，非如其他小孩的好玩沒常性，二來趁此把長久以來的心虛愧歉做一了斷，至於家寶的要生離此——到底是貓啊！此一去有吃有住，斷不會如人的重情惜意難割捨吧！便答應了奴奴。

臨走找裝貓的紙箱繩子，家寶已經覺得不對，回頭一眼便看到躲在人堆最後面的我，匆亂中那樣平靜無情緒的一眼，我慌忙逃到後院痛哭一場。

忍到第二天我才催媽媽打電話問問家寶情況。回說是剛到的頭天晚上滿屋子走著喵喵叫不休。現在大概是累了，也會歇在奴奴和姊姊肩上伴讀。我強忍聽畢又跑到院子大哭一場，解貓語若我，怎麼會不知道家寶滿屋子在問些什麼呢！

一星期後，商禽叔叔阿姨把家寶帶回，說家寶到後幾天不肯吃飯。我又驚又喜的把紙箱子打開，家寶已不再是家寶了，瘦髒的不成形狀。我餵他牛奶替他生火取暖擦身子，他只一意的走到屋外去，那時外面下著冷雨，他便坐在冰溼的雨地裡，任我怎麼喚他都恍若未聞，我望著他呆坐的背影，知道這幾天裡他是如何的心如槁木死灰了，不錯，他只是隻不會思不會想的貓，可是我對他做下無可彌補的傷害則是不容置疑的。

由於家寶回到家來仍不飲食且嘴裡溢出膿血，我們忙找了相熟的幾位臺大獸醫系的實習小大夫來檢查，說家寶以前牙床被魚刺扎傷一直沒痊癒，至於這次爲什麼惡化到整個口腔連食道都潰爛，他們也不明白。原因，當然只有我一人清楚的。

此後的一段日子，我天天照醫師指示替家寶清洗口腔和灌服藥劑牛奶，家寶也曾經有回復的跡象。但是那一天晚上天氣太冷，我特別灌了一個熱水袋放在他窩裡，陪著他，摸了他好一會兒，他瘦垮得像個故障破爛了的玩具，我當下知道他可能過不了今晚，但也不激動悲傷，只是替他擺放好一個最平穩舒適的睡姿，輕輕叫喚他各種以前我常叫的綽號暱稱，有時我叫得切，他就強撐起頭來看看我，眼睛已經撐不圓了，我問他：「尾巴巴呢？」他的尾巴尖微弱的輕晃幾下，他病到這個地步仍然不忘掉我們共同的老把戲，我想他體力有一丁點可能的話，他一定會再一次爬上我的肩頭的，重要的是，他用這個方式告訴我已經不介意我對他的種種了，他是如此有情有意有骨氣的貓兒。

次日清晨，我在睡夢中清楚聽到媽媽在樓下溫和的輕語：「李家寶最乖，婆婆最喜歡你了噢……」我知道家寶還沒死，在撐著想見我最後一面，我不明白為什麼不願下樓，倒頭又迷濛了一陣，才起身下去，家寶已不在窩裡，摸摸熱水袋，還好仍暖，家寶這一夜並沒受凍。

我尋到後院，見媽媽正在桃樹下掘洞，家寶放在廊下的洗衣機上，我過去摸他、端詳他，他還暖軟的，但姿勢是我昨晚替他擺的，家寶眼睛沒闔上，半露著橄欖青色的眼珠，我沒有太多死別的經驗，我只很想摸暖他，湊在他耳邊柔聲告訴他：「家寶貓乖，我一直最喜歡寶貓。你放心。」便去撥他的眼皮，就闔上了，是一副乖貓咪的睡相，他的嘴巴後來已被我快醫好了，很乾淨潔白，又回到他初來我們家時的俊模樣，可是，我醫好了他的傷口，卻不知把他的心弄成如何破爛不堪。

家寶埋在桃花樹下，那時還未到清明，風一吹，花瓣便隨我的眼淚閃閃而落。現在已經濃蔭遮天，一樹的桃兒尖已泛了紅，端午過後就可摘幾個嚐嚐新了。我常在樹下無事立一立，一方面算計桃兒，一方面伴伴墳上已生滿天竺菊的李家寶。

（選自《獵人們》，臺北：印刻，二〇〇五年）

幽夢影（節錄）／清・張潮

1.少年讀書，如隙中窺月；中年讀書，如庭中望月；老年讀書，如臺上玩月。皆以閱歷之淺深，為所得之淺深耳。

2.能讀無字之書，方可得驚人妙句；能會難通之解，方可參最上禪機。

3.古今至文，皆血淚所成。

4.文章是案頭之山水，山水是地上之文章。

5.讀經宜冬，其神專也；讀史宜夏，其時久也；讀諸子宜秋，其致別也；讀諸集宜春，其機暢也。

6.善讀書者，無之而非書。山水亦書也，棋酒亦書也，花月亦書也。善遊山水者，無之而非山水。書史亦山水也，詩酒亦山水也，花月亦山水也。

7.昔人欲以十年讀書，十年遊山，十年檢藏。予謂檢藏盡可不必十年，只二三載足矣。若讀書與遊山，雖或相倍蓰，恐亦不足以償所願也。必也如黃九煙前輩之所云：「人生必三百歲而後可乎！」

8.古人云：「詩必窮而後工」。蓋窮則語多感慨，易於見長耳。若富貴中人，既不可憂貧歎賤，所談者不過風雲月露而已，詩安得佳？苟思所變，計惟有出遊一法，即以所見之山川風土物產人情，或當瘡痍兵燹之餘，或值旱潦災祲之後，無一不可寓之詩中，借他人之窮愁，以供我之咏歎，則詩亦不必待窮而後工也。

9.藏書不難，能看為難；看書不難，能讀為難；讀書不難，能用為難；能用不難，能記為難。

10.凡事不宜刻，若讀書則不可不刻；凡事不宜貪，若買書則不可不貪；凡事不宜癡，若行善則不可不癡。

閱讀引導

1.〈閑情記趣〉（節錄）

沈復以細微的觀察力，展示他如何於事物中得到「物外之趣」，並透過材料的選擇以及組合的巧妙，從「天上」的蚊（鶴），到「地上」的土牆花臺，再到「人事」的卵爲蚯蚓所哈；從「小」的蚊子，到「大」的蛤蟆，再到「自己」爲鴨子所哈；從「屋（帳）內」的蚊子，到「屋外」的土牆花臺，再到「心中」所受到的驚嚇。經由「怡然稱快」、「怡然自得」、「呀然驚恐」及「驚而大哭」的情緒轉變，反映出作者內心的眞實感受。外在所有的事物，最後皆能扣回作者自身的感受。具有緊密的「層遞」、「關聯」與「核（內）心」之組織邏輯。

文中細膩描寫沈復與妻子陳芸的生活，或焚香時的品味、或插花時的巧思。亦描述居住於蕭爽樓時與友人飲酒作畫、品詩論畫，朋友出杖頭錢、沈復加以潤筆、陳芸拔釵沽酒，於清貧中過著精神富裕的生活。其後又記述沈復與朋友賞花時烹茗、飲酒、食粥的野宴，全因陳芸在事前充分的準備，由此讚譽妻子的聰慧巧思。

閱讀沈復的作品，可以了解他如何透過「觀察」豐富生活的趣味，發現他如何在生活中「體驗」各種生活樣貌，學習他如何運用「想像」使生活更有活力，進而理解他如何構築精彩的生命情境。

閱讀本文的目的，便是希望讀者從〈閑情記趣〉中，養成觀察的習慣，以提升生活的趣味與美感；領會作者的生活態度，以激發自己的生活熱情。從而透過生活題材的「選擇」與「組合」後，用書寫爲自己生活賦予藝術的蘊涵。

2.〈秋聲賦〉

〈秋聲賦〉開頭先營造了秋夜的情境，從「夜讀、聞聲、悚聽、驚嘆」的動作，描寫出秋聲的形象。其後以波濤夜驚之狀，金鐵鏦錚之聲，士兵銜枚疾走之景，形容抽象的秋聲，使秋聲如見如聞，渲染出秋意驚心動魄的氣勢。文章前半部鋪寫秋聲，爲末段抒發人生感慨蓄氣勢；後半部以道家的思維，撫慰人事的摧磨與生命的頓挫。末段以自己與童子的問答場景自嘲，並以蟲鳴留下無限餘韻。

〈秋聲賦〉是描摹聲音的經典之作，歐陽修因夜讀而聽聞秋風之聲，由秋風之聲發出遭遇之慨嘆。我們在日常生活中可曾仔細聽過萬物的聲音？在寫作過程中除了練習描摹各種聲音外，可曾聯想過各種聲音所引發的感受？如果我們能夠運用想像力將這些聲音擬人化，並連結個人生活經驗中的喜怒哀樂，覺察聲音對人的影響，可否爲生活帶來更多的感受？除了聲音，我們更可以進而練習從視覺、嗅覺、味覺與觸覺等感官功能角度，寫出所感，再依相似事物進行類比，增強生活的敏銳度。

3.〈李家寶〉

朱天心的〈李家寶〉書寫人貓之間宛如痴情男女的聚散離合與情愛糾葛，並扣合著世情的冷暖變化與際遇滄桑。全文從李家寶的姓名和背景說起；繼而描述作者與貓之間的依偎與相親；其後敘述作者移情於新豢養的狗，沒有注意到家寶的牙床被魚刺扎傷；後因被作者送人照顧，家寶竟因病而瘦垮；最終雖將家寶迎回家中照料，卻敵不過病情的惡化而亡。故事脈絡清楚，情節極具戲劇性，文末作者以夢境懺情與追悔，扣人心弦。

閱讀〈李家寶〉後，可觀察生活中的動物，並發揮同理心與移情作用，試著為所觀察的對象模擬內心的獨白。從動物的處境，著想牠們在人類社會中的生活狀態，以及可能遇到的危難；藉由換位思考，從動物的角度反思人類的行為如何影響其他生物的生存。

4.《幽夢影》（節錄）

張潮在《幽夢影》中論人之閱歷影響感受之深淺；能於生活中領略自然景緻之美者，無處不是山水；亦說讀書不難，能用為難。在閱讀完本單元前三篇作品後，以《幽夢影》的名句收束生活的觀察與詮釋之主題，期能開啟同學對閱讀與書寫的新感受，從而將所學與生活結合，並內化為實踐的行動力。

《幽夢影》是一部生活美學的著作，不論在生活或創作上，都有豐沛的視角，與俯拾即是的閒情雅興。引導學生讀《幽夢影》有關閱讀與書寫的名句，期能提升學生的生活品味與審美能力：於生活細微處看見精彩，在人際互動中發覺情意；處於順境能不自得，身在逆局能不自限。為人處事能得從容，方足以為自己的人生際遇書寫出無限的可能。

單元書寫與引導

一、課堂活動

1. 活動理念

本單元以生活的觀察與詮釋爲主題，課堂活動著重於觀察、體驗、想像的過程；再透過討論引導同學選擇適合的材料，組織成個人的感受與見解；輔以臉書社群的經營，經營班級學習氛圍，與學生作品觀摩的機會。

2. 小組活動：校園巡禮

剛入校園的大學新鮮人，對於環境既陌生又好奇。本活動讓同學從校園景點的巡訪與觀察，熟悉未來求學的環境，並從獨特的眼光，發現校園之美。

二、單元作業

1. 從校園巡禮的活動中，拍攝一張感受最深刻的景色，試著寫出與照片景色相應的短句，完成一張圖文並茂的作品，並將完成的作品上傳至課程臉書社群，以供同學彼此觀摩。敘述校園巡禮的活動中，如何選擇景色、如何選取角度，當時的心情與想法是什麼？撰寫心情小語時，又是如何構思內容、如何定出題目？

2. 本單元希望同學在閱讀文本（書籍／自然／自己）時，能根據「觀察、體驗、想像、選擇與組合」這五個步驟，建立分析的能力；並根據這五個步驟，完成作品的書寫。

延伸閱讀（文字和影像）

1. 余光中：〈雨聲說些什麼〉，《余光中詩選》第二卷（臺北：洪範書店，一九九八）（此詩運用視覺、聽覺與觸覺，寫出人在夜裡的孤寂情態，以「設問」貫穿全詩，可供學生參照與思考。）
2. 陳葒：《靈感如泉作文秘笈》（香港：中華書局，二〇一二）（本書雖以青少年為對象，但是書中所提出的一些寫作技巧與訓練方式，可提供師生參考。）
3. 帕許（Pash）著；羅雅萱譯：《靈感的法則：創意眞的有跡可循嗎？究竟是什麼啓發了他們？》（Inspirability: 40 Top Designers Speak Out About What Inspires）（臺北：原點，二〇〇九）（寫作要靈感，設計也要靈感。本書集結全球四十位頂尖設計師尋找靈感的方法，可做為學生寫作時尋找靈感的參考。）
4. 羅柏・摩斯（Robert Moss）；林雨蒨、陳宗琦、李婷儀譯：《夢境・巧合・想像力》（The Three "ONLY" Inspirability: 40 Top Designers Speak Out About What Inspires）（臺北：尖端，二〇一〇）（許多創意來自日常生活，本書探討從夢境啓動想像力的體驗與方法。）
5. 林語堂：《讀書的藝術》（臺北：寫作天下，二〇一〇）（本書是林語堂的重要代表作，討論讀書的目的、觀念和方法等，其文即是一篇篇值得欣賞且可作為範本的佳作。）
6. 王鼎鈞：《作文七巧》（臺北：爾雅，二〇〇六）（本書出版距今雖久，卻是作文技巧入門的不二選擇，書中提示的一些修辭觀念，可供學生鍛鍊文筆之用。）

7. 艾德勒（Mortimer J. Adler）、范多倫（Charles Van Doren）著；郝明義譯：《如何閱讀一本書》（臺北：臺灣商務，二〇〇三）（本書是進入閱讀世界的最佳導讀經典，書中以漸進與分類方式，說明閱讀的技巧。）

2

奼紫嫣紅——成長足跡

主題

成長歷程的自我反省，書寫生命的內在軌跡。

教學目標

一、自我覺察

成長，指的不只是出生到死亡的過程，更側重於青春期——一個身心明顯變化的階段。在摸索自我中，經歷喜悅、挫折、叛逆、反省，逐步邁向心智的成熟。記得小時候，我們常希望自己快點「長大」，對「長大」存在著幻想，但我們幻想的「長大」是什麼？而什麼是眞正的「長大」？坐在課堂上的同學，希望自己被視為「大人」或「孩子」？為什麼？省思這些問題的同時，正是覺察自我成長，為成長下一個屬於自己的註腳。

二、生命情感

馬奎斯《百年孤寂》提到：「事物有其生命，在於如何喚醒它們的靈魂。」就如同「時間膠囊」這個遊戲：某一天，我們隨著膠囊，埋下了記錄某個生命階段的物品；數年後，開啓膠囊，這個物品對我們而言，有了不同的意義，喚醒這個意義的，正是存放於腦中的時間膠囊。回憶是種省思，省思過去的自己與現在的自己有什麼區別，可以用什麼態度，看看過去的自己，或許正是這個省思的瞬間，可以讓我們從不同的角度，重新認識自己。

三、創造力

生命由許多故事交織而成，書寫自我的故事，不只是一個探索生命的旅程，在敘述故事的過程中，我們被迫從一個「旁觀者」的角度，再一次經歷某個生命的階段，並且透過「敘述」這個行爲，將過去或許紛亂的記憶重新組織，加以詮釋，成爲一個豐富而精采的生命體驗。本單元主題爲「成長」，閱讀書寫將與學生經驗結合，讓學生能從不同的角度，審視成長過程中，最重要的親子關係與同儕關係，並能夠跳脫自我，審視生命，了解「成長」的眞諦。

課程規劃說明

一、閱讀文本及選文標準

「成長」作爲一種文類，強調的是成長過程中，因某些經歷產生的人生體悟，心靈與生命從而有所轉變，反映出生命的關懷，這當中存在著一些共同的命題：人與人的關係，特別是成長過程中最重要的親子關係與同儕關係，構成了青少年成長的基礎，故本單元的選文以此爲基礎，選文標準如下：

1. 夏烈〈白門再見〉

高中的同儕，考取大學後，各自開展不同的人生，卻在人生的路上遭遇不同的挫折，「理想」與「現實」的妥協，永遠是成長過程的必經之路。本文所描繪的世界，貼近於學生的生活，特別是同儕關係的描繪，與其中對成長的詮釋，透過充滿機趣的文字，能夠引發學生閱讀的共鳴，並進而從小說中每個角色獲得成長的過程中，思索成長的代價與意義。

2.吳鈞堯〈勇者〉

吳鈞堯的〈勇者〉，記錄了看著他長大的二伯父，以及兒時記憶的外婆。成長有殘酷的一面，文中說：「成長的代價是死亡」，這句有感而發的話，道出了成長過程中，有些陪伴著我們成長的人，也隨著我們的成長，逐漸地老去凋零。本文選錄的原因，在於引導學生思考：我們不可能自己一個人長大，親子關係是成長過程中最重要的一環，有些無條件付出的愛與關懷，是我們得以成長的重要力量。在教學過程中，教師可以用經驗分享的方式，引導學生分享離家出外的就學生活與心情，進而藉由親子關係的討論，讓同學們重新思考成長過程中，親子關係的影響與情感的聯繫。

3.湯顯祖《牡丹亭》〈閨塾〉、〈遊園〉

本篇作品爲高中國文部分版本教材選文，可運用學生的先備知識，深化閱讀的思考。另一項選錄的原因，在於前兩篇選文，皆是外在因素刺激反思與成長，本文則是自我內心探索的過程。故事中的主角杜麗娘，在斷井頹垣卻又繁花似錦的春日花園中破繭而出，在夢裡大膽追尋自我，因此本文常被視爲杜麗娘女性意識的覺醒，然而本文尚有另一層引申意義：成長的過程，同時也是自我探索的過程，摸索並建立自我的可能性，賦予成長積極的意義。

二、設計理念

1.由於升學的課業壓力，臺灣的學生少有特殊的生活經驗，也少有機會審視自己，本單元的設計，目的在於透過閱讀與活動的進行，引導學生思索過去的自己有哪些值得訴說的成長故事，生命中曾經出現哪些重要的人，對自己產生重要影響。因此單元閱讀與活動的設計，以貼近學生過去生活爲主要方向，特別是「校園」與「家庭」這兩個場域，充滿成長的足跡，學生有足夠的生活材料可供檢索，降低經驗分享的難度。

2.「成長」是一種「蛻變」，過程中，往往伴隨著引發領悟的生命經驗。由於學生過去生活的環境，一般而言較爲單純，本單元的設計，也有透過閱讀，引導學生思索「何謂成長領悟」的意圖。爲使「成長」的主題不致沉悶乏味，本單元選擇的文本以易讀的短篇小說爲主，亦把小說中人物事件的書寫與同學「經驗」結合，如夏烈〈白門再見〉中同儕生活的經驗、吳鈞堯〈勇者〉中長輩生命的關懷、《牡丹亭》中自我的探索與追尋，透過這些議題的閱讀與討論，引導同學發言討論，從而認識自己的成長。

3.本單元是寫作初步引導，將配合口語敘述，進行寫作練習。單元主題爲「成長足跡」，主題中的「足跡」二字，意指學生必須透過「回顧過去」，發現自我成長的可能，把「回憶」作爲「重新審視自己」的一把鑰匙。本單元活動爲照片分享與圖說寫作，設計理念在於：透過選擇照片，學生得以選定主題、敘說故事，由此對寫作有初步思考，降低下筆的難度；另外，「照片故事」口述，有助於學生重組記憶中的事件，因此在這篇短文中，同時涉及兩個層次的書寫：事件描述與自我反思，由此構成結構完整的短文。

動機引發

本單元動機引發，包含兩個活動：

1.心智年齡的心理測驗：透過六個問題的心理測驗，測試學生的心智年齡，這個測驗較具有遊戲成分，可以活絡班級上課氣氛，而同學們可以從答案說明，檢視自己是否有哪些行爲顯得幼稚，過於成熟的同學，亦可反思自己是否失去了某些年輕人才有的衝動與活力，教師可從活動中，引導學生發表「幼稚」、「成熟」與「成長」的想法。

2.觀賞日劇《東京鐵塔》第一集：《東京鐵塔》第一集長約四十五分鐘，該集爲一個高三畢業生，試圖追尋自己的人生目標，與母親既依賴又叛逆的複雜互動。而在選定志向、獨自負笈東京時，終於體悟對母親難以割捨的情感。本集影片的拍攝，加入了許多回憶的插敘，劇中母親所說的話、所做的事，正是學生們對「母親」的共同印象，又由於單元安排於開學的頭幾週，學生剛離開家，獨自到外地求學，與影片男主角的設定相同，因此容易引發學生的同理心，從而進入成長議題的討論。

文本閱讀與引導

白門再見／夏烈

每天上學，總要經過一扇白門，它曾帶給我們喜悅，也曾帶給我們痛苦，帶給我們希望，也帶給我們幻滅。

那年夏天，我們剛考進高中，功課輕鬆、心情愉快，很快，大家就混熟了。我們大多是同校初中畢業的學生，每天的話題不外是初中的那些老笑話、電影、學校裡的運動員和一些莫名其妙的社會新聞。

漸漸，也有人提到那扇白門……

白門坐落在學校旁門的那條街上，它是一幢精緻的日式房子。從街上，可以看到門內的庭院裡有幾株榕樹遮著日光。日式房子不高，也不寬，但是粉刷得很漂亮，倒也顯出一點兒氣派。白門面向東方，漆的很亮，把淡紅的木條完全遮蔽，早上太陽射在白門上，反射出來，給人一種平靜和藹的感覺。

這扇白門是這條街上唯一的一扇白門。事實上。走遍臺北市的大街小巷，也難得發現幾戶人家有白色的大門——尤其是漆得那麼光亮的大門。我們上學大多要經過這條街，所以街上的動靜，兩旁的建築難免要進入話題。像大多數的中學生一樣，我們都是騎車上學的，每個人經過那扇白門，總像經過閱兵台一樣望一望。

實際上，我們所注意的，並不是那扇白門，也不是那幢日式房子，更不是那幾株榕樹，而是一個住在白門裡的——女孩子。

這個女孩子並不很漂亮，瘦瘦小小的，頸子有點兒長，留著當時中學女生吹流行的赫本頭。但是她的眼睛很大，頰上有兩點淺淺的酒渦，皮膚白淨，衣服也整潔，可說是氣質相當好。每天早上七點鐘，她準時由白門裡跨出來，肩上一隻黑書包去上課，由她的制服，我們可以知道她是女中高一的學生。

我們是個男校，除了教職員以外，學校也看不到女性，更別說女孩子了。當時大家剛入高中，所以也沒有人交過女朋友。每天早上上學要遇到這麼一個可愛的女孩子，當然課後難免要談一談了，那時大家都對「密司」很感興趣，所以搞到後來，每天都要談白門裡的女孩子。大家也不知道她姓什麼叫什麼，所以就都叫她「白門」。

「白門」不是我們班上的專利，高一幾班的學生都在談她。但是據我們所知，高二、高三的同學並不對她太感興趣。甚至有些高班同學根本不知道有這麼美妙的一個女孩子，多少使我們有點失望。

這一年平平淡淡的過去。暑假來了，我們不再上課，不再經過那條街，也不再遇見「白門」。有時同學小聚，沒有人提到她，似乎是把她忘了。

開學以後，大家又見了面，每天早上又要經過那條街，所以「白門」又開始活躍在我們心中。

校內舉行籃球錦標賽。這次一反往例，不採班級對抗的方法，而是由同學任意組隊。於是各種怪名的球隊紛紛組成，比方「烏龜隊」、「骷髏隊」、「老母雞隊」、「聯合國隊」等等。我們幾個雖然不太會打籃球，但卻是好事之徒，看看盛會當前，不免也想湊湊熱鬧、應應景。於是我們也組了一個球隊，決定取一個更有趣的隊名，想來想去，最後「大嘴」提出以「白門」作隊名，立刻獲得一致熱烈通過。於是「白門隊」正式成立，並且還在開服裝廠的小趙家做了一批球衣球褲。球衣是灰底紅邊，前面貼著「白門」兩個大字。星期六下午，我們全體到球場上練球，球衣很俗氣，球技又不高明，所以當場就有人提出抗議，認爲我們沒有資格以「白門」爲隊名。

第一場比賽是對「烏龜隊」，決定在星期四下午第二節課舉行。有人提議請「白門」親自來主持開球，但是從來沒有人和她講過話，所以此議也就作罷。星期四那天，來看球的人很多，尤其是高二的同學慕「白門」之名而來的更是不計其數。

比賽相當淒慘，我們以九比六十六輸給「烏龜」隊，全隊一共吃了四十三隻火鍋，小趙把腳踝扭傷，老錢內八字腳自己絆自己，一個狗吃屎掉了兩顆門牙。

「白門」隊雖然慘敗，但是「白門」的風頭卻更盛。歷史課，先生講到清朝「洪門」影響力之大和在海外組織的廣泛，當時有人在下面說「白門」的影響力可能更大。有一次我們在和平東路看到一家「白門鞋店」，結果不少人還去訂做皮鞋，那老闆可能莫名其妙，這一輩子沒交過這麼好的運。

「小條」是本班的作弊大王，他腦筋快，行動鬼祟，發明了各種作弊方法，但是成功的機會不多，曾經伏法三次，前前後後記了一個大過，四個小過。「小條」是本班第一個向「白門」採取行動的人。有一天，他忽然沒騎腳踏車，徒步上學，據說是鏈條斷了。但是接連一星期他都沒把車修好，於是大家知道這裡面一定大有文章。有一天到底是揭穿了，有人看見他在拐彎處做等待狀，「白門」一經過，他馬上湊上去鬼纏，但是「白門」昂頭而行，毫不理睬。當天這條新聞立刻傳遍，「小條」被攻擊的體無完膚。大家一致認爲「小條」太失本班尊嚴，尤其是和「小條」勢不兩立的「夫子」，更對他痛加撻伐，認爲這種舉動「太無聊了！太無聊了！」「小條」終於「認錯」、「悔過」，保證以後行動一定公開，一定光明正大。「夫子」還堅持他寫一張「悔過書」貼在閱報欄，但也有人給他打氣，希望他再接再厲，有情人終成眷屬。

「夫子」素以道貌岸然著稱，有一次，我們旅行碧潭，恰遇某女中的同學也在那裡遊玩，際此美不勝收之時，「夫子」居然目不斜視。事後引起一致的讚嘆，有人還在級會上表揚他。「夫子」分析「小條」的行動，認爲是世風日下，人心不古的一個例證，而「小條」受了愛情電影和言情小說的影響，才會造成此一不幸事件。

很不幸，「夫子」成爲「白門事件」的第二個犧牲者。有一天早上，小趙騎車上學，那條街上沒有旁人，「白門」踽踽獨行，「夫子」也騎車在上學途中。當時小趙看到「夫子」，但是「夫子」並沒有看到「小趙」。當「夫子」和「白門」打照面時，小趙發現「夫子」向「白門」點頭微笑，「白門」沒有反應。

第一節課終了，大家圍住「夫子」，展開會審。「夫子」起先抵賴，做了種種解釋，但是破綻很多，而且語無倫次。在衆口紛紜之下，「夫子」終於俯首服罪。承認他一時糊塗，以爲「白門」在對他微笑，所以花了眼。平常「夫子」在班上表現良好，清掃教室頗爲熱心，也常在課業上幫助同學解決疑難，所以大家爲「姑念此生前途，決以從輕議處」——每人紅豆湯一碗。

對於「白門」的家世，我們一直不清楚。有一陣子謠傳她的父親是某大保險公司的董事長，誰要娶了她，這輩子的飯碗就保了險。又有一陣子，謠傳她父親是某大學物理系名教授，明年度大專聯考物理科命題教授的熱門候選人，能追上這位千金小姐，少說也能探到一點兒命題意向。還有一陣子，風聞她父親是某大戲院總經理，要是追上她，該戲院可自由出入。無論如何，她父親是什麼樣子我們都不知道。

「皮蛋」在高二下神氣過一陣子，因爲他聲稱，最近才發現他家與「白門」家是世交。他說「白門」姓吳，江蘇省人，家道小康，「吳伯父」任職某化學公司業務部主任。「皮蛋」的姨父是該公司董事長，所以近期之內，「皮蛋」準備向「白門」展開攻勢。大家對「皮蛋」讚羨不已，「皮蛋」也以準未婚夫自居，開口閉口提到「我那口子」怎麼怎麼樣。

「皮蛋」的好日子維持不到一個月，因爲他根本就認錯人了，那位業務部主任是住在「白門」對面的「綠門」，而「綠門」主人也有個女兒，只有四歲，「皮蛋」最少要準備個十五年計畫。

高二快要終了時，有許多人開始動「白門」的腦筋，聽說軍樂隊的一個小子一直跟她到學校，沒有什麼成就，老朱是班上最懶、最胖的，早上升旗一向趕不上。現在他兄弟也每天早上提早兩小時起床，而且徒步上學，對外揚言是規律生活，鍛鍊身體，減輕體重，天曉得！

期考前幾天，「小條」突然傳出驚人消息，他發現「白門」和一個英俊的男子（像是個大學生）依偎穿過新公園。班上立刻引起一陣混亂，「白門」穿的什麼衣服，大學生穿的什麼衣服，大家都向「小條」打聽。「小條」一一作答，言之鑿鑿。還有人問「小條」是不是有近視眼，最好到醫務室徹底檢查一下。無論如何，這一天的課都沒好好地聽，每個人心裡都不大痛快。有人還痛罵那個大學生太不自愛，國家花了那麼多錢培育他，但是他不好好唸書，整天從早到晚追女朋友，實在有負國家期望。

「小條」在放學時宣布這個消息是個騙局，因爲他看到這兩天同學太用功，班上死氣沉沉的，所以製造個新聞刺激一下。大家聽了紛紛指責「小條」不應該亂講話，今天又不是愚人節，況且大考前夕足以影響思緒。表面上雖然指責「小條」，實際上大家心裡還是很高興。「白門」到底還是屬於大家的。

高二這一年課業逼得緊，開學時，班上有七個人沒升上高三，「大嘴」也慘遭不幸。聽說他還到化學先生那兒哭過一鼻子。我們紛紛安慰他不要太傷心，留一班也許考大學能考得更好。最後大家還告訴他，只要「白門」存在的一天，這個世界就有希望，希望他時時記得「白門」，砥礪自己。

高三開始分組，我們全班投考甲組，生活漸漸開始緊張，星期日還有很多人來學校唸書。一個月後，小趙說他準備轉考乙組，理由很簡單，聽說「白門」第一志願是臺大商學系。大家死勸活勸，小趙才打消了這個念頭。

我們在放學後常到市立圖書館去看書。有一天，市立圖書館清理內部，所以停止開放一天，於是大家又轉到中央圖書館去看書。我們八個人進去，看到角落裡有一張桌子空著，只有兩本書擺在位置上，於是大家就佔據下這個桌子。半個小時後，那個用兩本書佔位子的人來了，出乎意料之外，她竟然是「白門」。大家面面相覷，驚得說不出話來。「白門」很安靜地坐下來看書，似乎毫不知道她已經是個新聞人物了。不一會兒，老楊說他要出去一會兒，二十分鐘後，老楊吹了個新頭回來。

寒假過後，小趙口氣突然大起來，有時候簡直不把我們看在眼裡。對於「白門」，他更是百般批評，一會兒說嘴太小，一會兒說頭髮太流氣，一會兒又說不夠性感。小趙寒假裡追到一個女朋友，使我們這一群裡第一個「有家」的人，當然要自抬身價一番。小趙盡量利用話題談他的「密司」，有時也不免肉麻，不過小趙本來就是肉麻人物。大家對小趙是敢怒不敢言，任他亂吹亂罵。有一次，我們到西門町看電影，碰到小趙，也總算見到了「嫂夫人」的廬山眞面目。

說實話，小趙的密司的確不太高明，臉扁扁的，像是給印刷廠的捲紙機滾過一樣，頂多打六十一分（和小趙上學期的英文成績相同）。而且小趙那口子還常常要小性子，弄得小趙如醉如癡。大家在忍無可忍的情況下，推「小條」爲代表，把大家的觀感轉告小趙，同時希望他以後收斂一點兒，小趙怏怏。

聯考前兩、三個月，班上比較平靜，每個人都在爲前途拼命。有時候讀書讀倦了，群集在走廊上小聊一陣，還是提到「白門」。聯考以後，大家不知道會分到什麼學校什麼科系，也不知道以後還能不能常聚在一起，不過朱胖子講過一段話：「不管我們走到哪裡，離得多遠，大家還能常常想到『白門』，想到『白門』，就會記得那段朝夕共處的可愛日子。」

聯考塡志願，班上分成兩大派，一派以「皮蛋」爲首，非醫科不讀，幾個醫學院的醫科塡完之後就不再塡了。另一派以「狗熊」爲首，把各校理工學院的科系塡了七、八十個以後，最後再塡上一個「國立台灣大學醫學院預科」，眞是把「皮蛋」他們氣壞了。

這幾年的苦讀總算有了代價，小趙和「皮蛋」、老錢如願以償，分別考入臺大和高雄醫學院的醫科。「狗熊」和「小條」以系狀元考入臺大工學院和理學院，朱胖子也考進臺大。「夫子」考進成大工學院。老楊返回僑居地，轉赴美國佛羅里達大學土木系。班上大部分的同學都考入幾所著名的大學。

我們在中正路一家飯館舉行謝師餐會。大家都很高興，搞得一塌糊塗。一向以鐵面孔著稱的數學先生，還在酒後唱了一段河北小調，韻味十足，後來應觀衆一致要求，又唱了一段歌仔戲，二樓所有的客人都大鼓其掌。舉杯互祝時，有人提議爲「白門」乾一杯，立刻獲得全體熱烈響應，幾位先生莫名其妙，不知「白門」何許人也。

大學第一年，功課雖然緊，大家生活得很愉快，常互相通信，報告自己學校的情形。南部的「夫子」和「老錢」更常問起「白門」的消息，但是她究竟考入什麼學校，沒有人知道，不過我們一再向老錢和「夫子」強調，還沒有「白門」出嫁的消息，請他們安心唸書。朱胖子和「皮蛋」一入臺大就當選班代表，「狗熊」當選校友會副總幹事，專司和某女中聯絡之事，再加上他小子外型瀟灑，是相當吃得開的人物。

老楊在佛大比較寂寞，不過大家常給他寫信，報告這邊的消息——尤其是「白門」的消息。每次回信，他總是在藍色的郵簡上用白顏料畫一扇門。

第一次同學會在大一的暑假中召開，「眼鏡蛇」妙想天開，認爲「同學會」這個名詞太俗氣，大家既然都喜歡「白門」，何不把「同學會」改名爲「我們愛白門協會」。「皮蛋」修正「眼鏡蛇」的提案，要求「協會」改爲公司組織，於是「我們愛白門公司」正式成立，老錢被推爲董事長，「小條」任秘書，全班同學均爲股東，每人每年認五百塊股息，每個寒暑假聚會三次。

大二是最輝煌的一年，「夫子」考上普考狀元，小趙得到書卷獎，「狗熊」追上農學院某系的系花，「眼鏡蛇」中了愛國獎卷的第二特獎，「小條」在校內英語演講比賽得到冠軍，老楊在佛羅里達大學中成績優良，獲得了兩千七百美金的獎學金。這個暑假，我們在小趙家開了一次舞會，由「狗熊」出馬，邀了不少漂亮的女孩子。其中包括三位系花，某校理學院四美之一，某專科學校六大金剛之一，眞是盛況空前，風雲際會。不過有一點爲大家惋惜的，沒能請到「白門」。

「錢董事長」終於在大三的期中考後打聽到「白門」的消息。老錢的表姊和「白門」同就讀於某專科學校。有一次兩人閒聊，老錢才知道「白門」和表姊有過點頭之交，由她口中，知道「白門」是一家營造廠老闆的獨女，準備角逐下居中國小姐。老錢爲顧及尊嚴，沒敢把我們那些事抖落出來。

我們爲「白門」競選中姐忙過一陣子。朱胖子準備召集北市各大學同學組織一個助選團，居時搖旗吶喊；老楊由美國寄來五十塊美金以示贊助之忱；夫子爲這件事作了一首七言律詩：「聞白門選中姐」，酸酸的，看了渾身不舒服；老錢念醫科，一再督促我們把「白門」的相片和尺碼寄給他，要寫一篇「白門之骨骼及肌肉分析報告」。

結果是空忙一場，「白門」根本沒報名。

「小條」身體一向不好，幾年化學系功課重擔一折磨，他在期考前一個星期倒下了。我們到臺北醫院去看他，「小條」臉色慘白，仍然強顏談笑，還提到「白門」的往事。我們離開時，他說：「想到『白門』，我的病就會慢慢轉好。」

朱胖子這學期「結構學」和「鋼筋混泥土設計」都沒通過，湊足三分之一學分，非五年不能畢業了。

夏天，我們在大專集訓中心過了三個月緊張的生活。這段期間，「小條」的病加重了。

開學後一個月，由美國傳來老楊的消息，他因車禍喪失了一隻手臂，我們不知道一位土木工程師要怎麼樣以一隻手工作。

大學最後一年，惡運像傳染病一樣在我們之間流行。小趙家破產，由仁愛路的花園洋房搬到郊區的違章建築；「皮蛋」喪父，家庭生活頓成問題；「狗熊」的女友變心，使他很消極，每天在彈子房鬼混；「眼鏡蛇」在學校和同學打架，被記兩大過；倒是「夫子」在臺南比較安靜，一邊做定性分析實驗，一邊研究「存在主義」。他在信中說：「幻想和無方向的奔逐並不是我們這一代青年人的專利，歲月會腐蝕一切的稚氣。我們慢慢成長了，試著學習像一個成熟的人那樣思想吧，誰能告訴我，『白門』究竟給我們帶來什麼！……」

「小條」在夏天離開我們。他是個聰明的人，也許對命運的撻伐看得較輕。那天陽光普照，不像是個悲哀的日子。「小條」微笑著對我們說：「記得吧！一年前我說過，『想到「白門」，我的病就會慢慢轉好』，現在我改一改：想到白門，我就會在另一個世界對你們微笑。」

畢業後，我們分發到各部隊服役，醫科的幾個還在繼續他們的課業。彼此之間的聯絡越來越少，接踵而來的將是飯碗、留學等令人煩惱的問題。大家的盛氣殺掉了不少，連一向好辯的「眼鏡蛇」也不喜多說話了。

夏天又來了，「夫子」和小趙赴美深造，我們到機場去送行。「夫子」在檢查口向我們握手道別時說：「有『白門』的消息，馬上通知我們。」

但自從高中畢業後，有七年沒看到「白門」了，甚至不知道她的消息。這七年中我們的思想漸漸成熟，各種生活也一一體驗到。尤其最近幾年，事業不如意，愛情不如意，成績不如意，有時眞使我們心灰意冷，但是每當頹廢消沉的時候，只要有人說，「白門還沒嫁！」大家就會感覺到一線陽光又照進來了。「白門」成爲一個象徵，象徵著純潔、希望與美麗，同時，也象徵著一個揭不開的秘密。

我們又遇見了「白門」，在方老師古色古香的客廳裡。方老師一一給我們介紹，「這些都是我的得意門生，七年前我教他們英文時，他們還流著鼻涕呢，現在也都是大學畢業生了，哈哈，日子過得眞快啊！」

我們沒注意方老師在說什麼，也沒注意屋子裡還有其他的客人，只是呆呆的望著「白門」。她穿一件淺紅色的旗袍，中間繡著一朵黑色的花，頭髮盤在頭頂上，幾乎和臉一樣高，她的嘴唇塗著口紅，眉毛和眼睛都用眉筆深深的勾過，眼皮上還塗了一層淡藍色發光的油彩。她靠在她父親旁邊——一個比她還矮一寸多的小胖子，五十多歲的光景，頭髮已經脫得差不多，相信是經營一個規模不小的營造廠。

「徐太太、李太太，都是內人的朋友。郭先生，我的大學同學……」方老師今天顯得特別高興，不是嗎，我們也有很多年沒來看他了，今天打開報紙，才知道他的一本著作得到了某項獎金，特別相約來爲他道賀，同時也藉此機會大家聚一聚。

「這位是胡先生，現在經營證券行，」方老師指著那個禿頂的矮胖子，後者微微欠身，臉上堆滿了虛僞的笑容，「胡先生在股票上是一帆風順，可惜你們都學理工醫，否則也該向胡先生請教呢。」

現在該輪到介紹「白門」，毫無疑問的，大家的心開始跳了，「這位是『……』方老師咳嗽了一聲，似乎是有意的，「胡太太，她和胡先生剛結婚不到三個月……。」

我們坐在客廳裡，除了回答問話以外什麼也沒說，甚至忘了向方老師道賀。方老師興奮的談著他的著作和近來的教書生活，郭先生和那個禿頂的矮胖子不時發出笑聲。「白門」和兩位太太低聲的談話，有一次我們隱隱約約的聽到「白門」說，「……那時候我的手風好，連莊了四次，一把清一色，一把四番牌，怎麼捨得下桌呢，可是凌波的『血手印』還有十分鐘就要開演了，從我們家到國都戲院最少也要……」

雖然方老師一再挽留，我們還是沒有在他家吃晚飯。走出大門，還聽到方老師高聲的說：「這些孩子是長大了，以前到我家來總是弄得天翻地覆，現在一句話也不講了，一句話也不講了……」

（選自《白門再見》，臺北：九歌，二〇〇〇年）

勇者／吳鈞堯

我一連報了三次名字，床上的老人只意識來了個訪客。我再報三次。這回，我走近床，定睛瞧著。老人的眼神已淺薄如三月大的小兒，任何擱置都嫌多了、厚了。二伯父看著我長大，記得我的出生、尿床、喊餓嚎哭，也看著我爬、走、跑，而今，卻是一個什麼也記不得的老人。我失望地退後一小步，彷佛也走遠了三十年、四十年。

二伯父敦厚穩重，說話輕緩，盛怒時也一樣。他曾拿扁擔追打學賭的阿足堂哥，把堂哥逼到牆角，掄起扁擔打，邊訓斥他做人要實在。他怒罵、他揮打，我在一旁瞧著熱鬧，卻不覺得二伯父可怕，倒覺得罵、打之間居然有股莊嚴，使他看起來神聖無比。會有這層意識，是因爲二伯父的篤實，我總容易把他矮駝的模樣想像成一頭不語、不爭的老牛，我們何以問出牛的委屈，我們何以知道牛的智慧？以前，我曾跟二伯父問些往事，他想了一下，從眼神流轉，就能知時、空已被召喚到眉眼之間，述說是容易的，但他總是能說而不說，而今，卻是什麼都說不得了。

老人病後憔悴，駝而矮的身子竟拉長不少。他攬了條薄被蓋住肚腹，裸露精瘦的大腿、小腿。他的小腿骨方而直，我一度以爲伯父罹患骨折，抽掉人骨植入鋼骨，還想問堂哥究竟怎麼一回事，哪知，那正是腿骨的眞正長相，我越看，越聽到心頭鏘鏘鏘地響了起來。

以前不知道成長的代價是死亡，常繫念著青春痘的多寡、課業好壞、跟戀愛造史等。不知道治癒青春痘，青春就遠了；找到深愛的人，就告別過去的各種樣子；不知道自己長大，別人也就老了。等意識到成長跟死亡的聯繫，就會發現死亡也在長大，而且，都像是忽然長大。

外婆辭世前，我跟媽、六舅、妻一起返鄉探望。我從沒想過外婆會死。從小，外婆就像一尊佛，慈眉善目不在話下，她還高大強健，從村前小路走進來時，寶藍色唐裝水漾漾地晃蕩起來，那時候，狗群齊聲朗吠，左鄰右舍放下洗衣板、摘著的番茄跟把犁的手，一起望向路口；那如果不是一尊佛，也該是一尊仙。

我一直留著外婆強健高大這記憶，這記憶，也是我成長時的仰望，而今，仰望的對象倒在病榻，頭髮白得發亮，皮膚皺起一團，她也中風失憶，甚而厭倦語言，再不說話。媽跟六舅倆逗外婆說話，像教未足歲的小兒學語，一再地念著我的小名。外婆頷首，依稀知其心意，抬頭朝我微笑。我是被那一笑給傷了，沉默踱到房外，我知道那一天已不遠，我知道，我就快要沒有機會喊外婆。而外婆呢？是看淡了人生，已看清了這些個稱謂跟關係？

幾個月後，外婆辭世，我跟家人回返金門奔喪，媽媽送喪時喊著的「阿娘阿娘」能一遍一遍迴盪我心，「阿娘阿娘」曾一回回在電話裡傾訴，告知她天氣暖了、寒了；「阿娘阿娘」也曾是一次一次地囑咐，要我回鄉時別忘記到榜林村探望。「阿娘阿娘」，媽不再說了，因為，媽不知道我也常常想念她的阿娘、我的外婆。

外婆是舅舅們、表兄弟們跟我歸結的聯繫，外婆走了，像去了一頭的三角形，再也沒有人能夠身集兩個姓氏、溫暖兩個姓氏。

奔喪後，曾跟家人探視舊宅。三合院久無人居，燕子有靈，也不來築巢。多年前，爸爸說舊宅大樑蛀了，再不修繕，就要倒塌。年輕一代的人說，倒了正好蓋新的，長一代的人說，怎可讓祖公媽日曬雨淋？爸爸跟伯父協商，展開修繕計畫。返家時，遠遠看到工人攀爬屋頂，安置樑柱，鋪排屋瓦。伯父正巧前來監看，他身形佝僂，卻仍勇健，一個人得忙七、八塊田。他見我拿相機留下舊宅最後面貌時，還說，多拍一點、多拍一點。果然，舊宅新起之後就變了個樣，歷經歲月洗刷的木材門板換成鋼製大門，看我長大、納我啼哭嬉鬧玩笑的暗紅屋瓦也成嶄新鮮紅，伯父負手踽踽獨行屋後廢棄船舶旁的孤絕形態如今卻與那艘廢船連接，終不知漂泊多遠，終至忘了港口，忘了，他是我的二伯。

回到舊宅安居養病，怕是他頭腦清明時的決定，回到這生他、育他、長他的老房子，聆聽老祖宗們夜半的竊竊私語，好知道加入他們的時間。

回台北，我跟爸媽說伯父不再識得我了，爸說，人老了，沒法度啦。爸帶了副墨鏡，他剛動過左眼白內障手術。伯父中風跟爸爸動手術這兩件事，都在陳述爸爸已經老了這事。我懷疑，爸是不服老的。爸沒讀多少書，他在金門捕魚、種田，在台灣扛水泥、搬磚頭，賴的都是氣力；他撫育六名子女，抵擋金門砲火、異鄉辛酸，賴的也是氣力。爸身子硬朗，少有大病，他告訴我白內障手術日期時，語氣忐忑，媽接話說，小手術啦，外婆伊時嘛是按呢，沒歹誌。爸在那一刻，想必看見白內障跟中風失憶畫成一直線，線的旁邊是一些「老了」的註記，再過去呢？再過去呢？

爸對生死一事灑脫，是憨直還是徹悟，我也說不準。他常說，人就是這樣子，命一條。算一算，他也幾十年沒喊阿爸、阿娘了，當他身為吳姓一族的族長後，也有一條直線記著他曾是孫子、兒子、爸爸跟祖父。當他被人喊阿公，該也想到喊人阿公的童年。誰還能記得曾是幼童的阿爸？誰還能說幼童阿爸曾做過的荒唐事？誰跟他一起記憶發生在舊宅裡，更舊的面貌跟舊事？沒有了。當他聽到兒子叫我爸爸，也會想到他的英盛壯年。想到他扛機關槍火速參加民兵集合，想到他曾有一把隨時擦抹得亮晃晃的三尺軍刀；他曾經參加的搶灘，火彈在腳邊激起熱炙炙火花；他曾看過的砲彈把金門夜空盛裝成一株過度裝飾的聖誕樹，他曾驅趕一家老小躲進防空洞，作勇地、也必須地，壓後潛進防空洞。

問他，手術是怎麼一回事？他說，聽見醫生在眼睛裡掏呀、挖的，挖了快一個小時。醫生說，白內障太熟了，不好取。還是，那是爸爸忘也忘不掉的往事，當然不肯輕易拭去？

砲火中，死亡是看多了，命一條，來時艱難，去時常是容易而荒謬。對爸跟伯父來說，老、病，是比死亡可怕多了。

離開舊宅時，我進屋跟伯父告別，跟他說，二伯，我要走了，找時間再來看你。老人仍不識得我，話忽然變多，朝著我說，按呢辛苦啦，死不死、生不生，按呢拖磨辛苦。他說話時，我同時被他的表情跟小腿吸引，他的眼神不再驚疑閃爍，定定地看著我，彷佛看見一種眞相。他小腿移動時，鋼堅的腿骨猶如戰士利刃，卻是再也揮不動的利刃，只能帶著點遲疑地注視它自己。老人的腿骨、手臂、胸腔、眼睛、器官都在質疑他曾是一名屹立砲火下的堅決勇士；懷疑他曾在碎玻璃跟鋼片間，秉持花崗石的堅跟硬，作育高粱、地瓜花生跟玉米。它們都已經背叛老人的意志，衰疲地黏附老人。身體背叛老人後，記憶不追隨他了，老人連我的伯父都不是，他還能是甚麼呢？

前幾次回到金門，外婆、二伯都建在，我在他們身上看見金門不變的剛毅質地，總覺得金門離過去還不算遠。那個過去，歷彈傷、遭火煉，他們的殊特不在於活了下來，而是鍛鍊非凡的視野跟凝視生命的能力。那是種溫厚、一種踏實，那回探視外婆時，我握住她的手。女人，卻有好大、好厚、好暖的手，盡管在病中、失憶不語、儘管被身體背叛，外婆寬厚、包容的質地，著著實實地在那短暫的一握中。

那一握，該有多少歲月、多少暗示跟承繼？

若說，成長的代價是死亡，依循成長跟死亡這條線，我們又能交付什麼給未來？當一個戰鬥的金門，跟殖民也好、悲情也罷的台灣已成過去，我們能夠提煉什麼，然後莊嚴地告訴後起的生命，那就是我們的神聖？什麼是我們，夾在歷史、又超越歷史的拔卓？

我們都在經過歷史。

順著這條線，將要發現越來越沒有人記得我們的名字，而我們，卻常常回憶著已不在人世的人。每當我這樣想時，便覺得這股聯繫，就是一種價值。

（選自《熱地圖》，臺北：九歌，二〇一四年）

閨塾、遊園／明・湯顯祖

〈閨塾〉

（末上）吟餘改抹前春句，飯後尋思午晌茶。蟻上案頭沿硯水，蜂穿窗眼咂瓶花。我，陳最良。杜衙設帳，杜小姐家傳《毛詩》。極承老夫人管待。今日早膳已過，我且把毛註潛玩一遍。（念介）「關關雎鳩，在河之洲。窈窕淑女，君子好逑。」好者好也，逑者求也。（看介）這早晚了，還不見女學生進館。卻也嬌養的凶。待我敲三聲雲板。（敲雲板介）春香，請小姐解書。

【遶地遊】（旦引貼捧書上）素妝纔罷，緩步書堂下。對淨几明窗瀟灑。（貼）《昔氏賢文》，把人禁殺，恁時節則好教鸚哥喚茶。

（見介）（旦）先生萬福。

（貼）先生少怪。

（末）凡爲女子，雞初鳴，咸盥、漱、櫛、笄，問安於父母。日出之後，各供其事。如今女學生以讀書爲事，須要早起。

（旦）以後不敢了。

（貼）知道了。今夜不睡，三更時分，請先生上書。

（末）昨日上的《毛詩》，可溫習？

（旦）溫習了。則待講解。

（末）你念來。（旦念書介）「關關雎鳩，在河之洲。窈窕淑女，君子好逑。」
（末）聽講。「關關雎鳩」，雎鳩是箇鳥，關關鳥聲也。
（貼）怎樣聲兒？
（末作鳩聲，貼學鳩聲諢介，末）此鳥性喜幽靜，在河之洲。
（貼）是了。不是昨日是前日，不是今年是去年，俺衙內關著箇斑鳩兒，被小姐放去，一去去在何知州家。
（末）胡說，這是興。
（貼）興箇甚的那？
（末）興者起也，起那下頭窈窕淑女，是幽閒女子，有那等君子好好的來求他。
（貼）為甚好好的求他？
（末）多嘴哩。
（旦）師父，依注解書，學生自會。但把《詩經》大意，敷演一番。
【掉角兒】（末）論《六經》，《詩經》最葩，閨門內許多風雅：有指證，姜嫄產娃；不嫉妒，后妃賢達。更有那詠雞鳴，傷燕羽，泣江皋，思漢廣，洗淨鉛華。有風有化，宜室宜家。
（旦）這經文偌多？
（末）《詩》三百，一言以蔽之，沒多些，只「無邪」兩字，付與兒家。書講了。春香取文房四寶來模字。

（貼下取上）紙、墨、筆、硯在此。
（末）這甚麼墨？
（旦）丫頭錯拏了，這是螺子黛，畫眉的。
（末）這甚麼筆？
（旦作笑介）這便是畫眉細筆。
（末）俺從不曾見。拏去，拏去！這是甚麼紙？
（旦）薛濤箋。
（末）拏去，拏去。只拏那蔡倫造的來。這是甚麼硯？是一箇是兩箇？
（旦）鴛鴦硯。
（末）許多眼？
（旦）淚眼。
（末）哭什麼子？一發換了來。
（貼背介）好箇標老兒！待換去。（下換上）這可好？
（末看介）著。
（旦）學生自會臨書，春香還勞把筆。
（末）看你臨。
（旦寫字介，末看驚介）我從不曾見這樣好字。這甚麼格？

（旦）是衛夫人傳下美女簪花之格。
（貼）待俺寫箇奴婢學夫人。
（旦）還早哩。
（貼）先生，學生領出恭牌。（下）
（旦）敢問師母尊年？
（末）目下平頭六十。
（旦）學生待繡對鞋兒上壽，請箇樣兒。
（末）生受了。依《孟子》上樣兒，做箇「不知足而爲屨」罷了。
（旦）還不見春香來。
（末）要喚他麼？（末叫三度介）
（貼上）害淋的。
（旦作惱介）劣丫頭那裏來？
（貼笑介）溺尿去來。原來有座大花園。花明柳綠，好耍子哩。
（末）哎也，不攻書，花園去。待俺取荊條來。
（貼）荊條做甚麼？
【前腔】女郎行、那裏應文科判衙？止不過識字兒書塗嫩鴉。
（起介）（末）古人讀書，有囊螢的，趁月亮的。

（貼）待映月，耀蟾蜍眼花；待囊螢，把蟲蟻兒活支煞。

（末）懸粱、刺股呢？

（貼）比似你懸了粱，損頭髮；刺了股，添疤痆。有甚光華！

（內叫賣花介）

（貼）小姐，你聽一聲聲賣花，把讀書聲差。

（末）又引逗小姐哩。待俺當眞打一下。

（末做打介）（貼閃介）你待打、打這哇哇，桃李門牆，嶮把負荊人諕煞。（貼搶荊條投地介）

（旦）死丫頭，唐突了師父，快跪下。（貼跪介）

（旦）師父看他初犯，容學生責認一遭兒。

【前腔】手不許把鞦韆索拏，腳不許把花園路踏。

（貼）則瞧罷。

（旦）還嘴。

（旦）這招風嘴，把香頭來綽疤；招花眼，把繡鍼兒簽瞎。

（貼）瞎了中甚用？

（旦）則要你守硯臺，跟書案，伴「詩云」，陪「子曰」，沒的爭差。

（貼）爭差些罷。

（旦撏貼髮介）則問你幾絲兒頭髮，幾條背花？敢也怕些些夫人堂上那些家法。

（貼）再不敢了。

（旦）可知道？

（貼）也罷，鬆這一遭兒。起來。（貼起介）

【尾聲】（末）女弟子則爭箇不求聞達，和男學生一般兒教法。你們功課完了，方可回衙。咱和公陪話去。（合）怎樣負的這一弄明窗新絳紗。（末下）

（貼作背後指末罵介）村老牛，癡老狗，一些趣也不知。

（旦作扯介）死丫頭，「一日爲師，終身爲父」，他打不得你？俺且問你那花園在那裏？

（貼做不說）（旦做笑問介）（貼指介）兀那那不是！

（旦）可有什麼景致？

（貼）景致麼，有亭臺六七座，鞦韆一兩架。遶的流觴曲水，面著太湖山石。名花異草，委實華麗。

（旦）原來有這等一箇所在，且回衙去。

〈遊園〉

【遶地遊】（旦上）夢回鶯囀，亂煞年光遍。人立小庭深院。（貼）炷盡沉煙，拋殘繡線，恁今春關情似去年？

（旦）曉來望斷梅關，宿妝殘。

（貼）你側著宜春髻子恰憑闌。
（旦）翦不斷，理還亂，悶無端。
（貼）已分付催花鶯燕借春看。
（旦）春香，可曾叫人掃除花徑？
（貼）分付了。
（旦）取鏡臺衣服來。
（貼取鏡臺衣服上）「雲髻罷梳還對鏡，羅衣欲換更添香。」鏡臺衣服在此。
【步步嬌】（旦）裊晴絲吹來閒庭院，搖漾春如線。停半晌、整花鈿。沒揣菱花，偷人半面，迤逗的彩雲偏。（行介）步香閨怎便把全身現！
（貼）今日穿插的好。
【醉扶歸】（旦）你道翠生生出落的裙衫兒茜，豔晶晶花簪八寶填，可知我常一生兒愛好是天然。恰三春好處無人見。不隄防沉魚落雁鳥驚諠，則怕的羞花閉月花愁顫。
（貼）早茶時了，請行。（行介）你看：「畫廊金粉半零星，池館蒼苔一片青。踏草怕泥新繡襪，惜花疼煞小金鈴。」
（旦）不到園林，怎知春色如許！
【皂羅袍】原來奼紫嫣紅開遍，似這般都付與斷井頹垣。良辰美景奈何天，賞心樂事誰家院！恁般景致，我老爺和奶奶再不提起。

（合）朝飛暮捲，雲霞翠軒；雨絲風片，煙波畫船，錦屏人忒看的這韶光賤！
（貼）是花都放了，那牡丹還早。
【好姐姐】（旦）遍青山啼紅了杜鵑，荼蘼外煙絲醉軟。春香呵，牡丹雖好，他春歸怎占的先！
（貼）成對兒鶯燕呵。
（合）閒凝眄，生生燕語明如翦，嚦嚦鶯聲溜的圓。
（旦）去罷。
（貼）這園子委是觀之不足也。
（旦）提他怎的！（行介）
【隔尾】觀之不足由他繾，便賞遍了十二亭臺是枉然。到不如興盡回家閒過遣。
（作到介）（貼）「開我西閣門，展我東閣床。瓶插映山紫，爐添沉水香。」小姐，你歇息片時，俺瞧老夫人去也。（下）

閱讀引導

1.〈白門再見〉

夏烈的〈白門再見〉，是一篇記錄同儕成長經歷的短篇小說。文中塑造的「白門」這個女孩，具有豐富的象徵，從這群同學高中畢業時所說：「不管我們走到哪裡，離得多遠，大家還能常常想到『白門』，想到

『白門』，就會記得那段朝夕共處的可愛日子」，可知白門象徵這群男生青春的記憶、理想與友情。然而成長終究付出了代價，這群同學升上大二後，慢慢地受到了現實的挫折：經濟、疾病、愛情、意外與學業，使得他們不由得感嘆「歲月會腐蝕一切的稚氣」，夏烈在文中雖爲成長下了這樣的註腳，卻仍提醒著讀者：即便現實刺激著成長的殘酷，心中仍要保有那份青春的理想與甜美。

夏烈〈白門再見〉，是一篇闡述成長的經典之作，同學可於作品中，獲得關於同儕生活的共鳴，其中「夥伴」這個概念，毫無現實利益考量的純粹友情，在成長的過程中，是最值得珍惜的寶物，而同學在閱讀過程中，可以逐漸體認到成長的「現實」是什麼，在碰到挫折時，能夠用積極的態度面對。

2.〈勇者〉

吳鈞堯的〈勇者〉，寫下了敦厚穩重的二伯父與高大強健的外婆，在生命的最後階段，刺激作者對成長的反思，文中有這麼一段話：「不知道治癒青春痘，青春就遠了……不知道自己長大，別人也就老了。」時間隨著成長而流逝，死亡也隨著成長而到來，看著自己長大的長輩，述說著成長的過程中，必不可少的關愛，即便這些長輩最後僅存在於回憶之中，情感的聯繫，在成長過程中，並不會被死亡給切斷，反而醞釀出更深刻的價值。

吳鈞堯〈勇者〉記錄了生命中重要的長輩，對同學而言，父母是伴隨著自己長大最重要的人之一，然而大部分同學的父母正值壯年，或許沒有意識到父母的年紀與健康，透過文章的閱讀，同學可以感受在成長過程中，父母、長輩無條件付出的關懷，並聯想到「動機引發」的《東京鐵塔》第一集，從而感謝父母、長輩對自己成長過程的付出。

3.〈閨塾〉、〈遊園〉

湯顯祖的《牡丹亭》〈閨塾〉、〈遊園〉是明傳奇的經典，在傳統規範下長大的杜麗娘，無論在學堂中，要求「依注解書」以外的解釋，還是到了花園，興嘆「錦屏人忒看得這韶光賤」，無不是在禮教的束縛中，追尋自由的生命可能。成長的過程中，這是一個存在已久的課題，許多成長中的年輕人往往覺得被壓抑，然而追尋自我，卻不能膚淺認爲只是欲望的滿足，更重要的意涵在於摸索並深刻體認自我生命的價值。

閱讀〈閨塾〉、〈遊園〉後，可請同學思考「壓抑」與「自我追求」這兩件事，過去求學的歷程中，是否曾經被迫做自己不想做的事？是否有想做但被禁止的事？（例如：被要求要好好念書、被要求不可以做某些事、被要求幾點必須回家、被要求只能選塡某些科系等）怎麼去回應這些要求？能不能體會爲什麼父母要做這些要求？以及自己是否有哪些可能性？希望在問題的思考過程中，引導同學思考自我的探索與追尋。

單元書寫與引導

一、課堂活動

1.活動理念

本單元是寫作初步引導，透過照片分享與圖說寫作，讓學生從「旁觀者」的角度，審視自己生命的歷程，並透過「選定主題、敘說故事」的架構安排，讓學生進行經驗重組，並對「照片故事」進行反思。

2.小組活動：照片分享

分享一張「有故事的照片」，這張照片必須包含兩個要素：一、某個重要回憶的縮影；二、需包含與父母或同學的互動，透過照片，帶出某個生命經歷的片段，並由此進行成長的反思。

二、單元作業

1.本單元的寫作，要求學生提供一張或一組具有故事回憶的照片，首先分項寫作「人、事、時、地、物」後，重新組織，然後以「給過去的我的一封信」爲題，寫出一篇首尾完整的短文，短文除了必須安插事件的描述外，需加上個人對過去自己的反思，

2.本單元希望學生在進行敘事寫作時，能完整並有創意的組織「人事時地物」五個要項，建立完整講述一個故事的能力，並在敘述的過程中，加入自己的想法，使之不只作爲一個事件紀錄，更能成爲具有思考深度的短文。

延伸閱讀（文字和影像）

1.楊佳嫻主編：《臺灣成長小說選（增訂版）》（臺北：二魚文化，二〇一三）（「成長小說」以少年啓蒙的過程為書寫的主題，《臺灣成長小說選》是以理想的幻滅、成長的代價為主調，少年從帶有夢幻幸福氣質的青春陡然進入生硬的現實，可能懂了一些什麼，也可能增添更多迷惑，成為逐漸「轉大人」的完整構圖。）

2. 郭箏：《好個翹課天》（臺北：遠流，一九八四）（本文將青少年的叛逆、頹唐、輕狂演繹得形象眞切，並借托筆下人物的言行舉止來反嘲暗諷升學體制的刻板僵化、怪誕荒謬。郭箏把個人憤青式的滿腔焦慮化為角色，豐富了小說人物的血肉和魂魄，卻彰顯了一則成長幻滅的啓蒙寓言。）

3. 莫頓．盧：《浪潮》（臺北：漢聲，二〇一一）（本書描繪一場恐怖的人性：一九六〇年，美國加州葛登中學。一位歷史教師，一班高三學生、一場納粹實驗——實驗演變成無法收拾的「浪潮」運動，校園籠罩在巨浪狂濤中。盲目的熱情、群體的壓力、權力的蠱惑，老師與學生都在不知不覺中迷失了。故事反映了成長過程中，「自我」與「群體」的「理性」與「盲從」，提醒成長過程中的孩子，在群體中保有自我理性判斷的重要。本書被改編為電影《惡魔教室》，可作為延伸閱讀作品。）

4. 侯孝賢：《小畢的故事》（電影，中華民國，一九八三）

5. 三宅喜重、白木啓一郎、小松隆志：《黑社長》（又譯《社長不是人》），電視劇，日本，二〇一四）（這部日劇講述一個中輟卻創業成功的服裝公司社長，在四十五歲時，選擇進入大學校園，除了滿足自己未曾有過的大學生活外，更透過一個成功社會人士的視角，觀察、並參與大學生的學習與社團生活，藉此表達了「成長」的雙向交流：從社會人的角度來看，大學生固然顯得幼稚，然而少了社會化的現實，卻是社會人再也不可得的理想；從大學生的角度來看，成長伴隨著徬徨與不安，卻也是自我可能性的探索。這部日劇有別於其他類似作品，社會人與大學生在影片中相互影響，闡述了成長的積極意義。）

6. 九把刀：《那些年，我們一起追的女孩》（電影，中華民國，二〇一一）

7. 陳玉珊：《我的少女時代》（電影，中華民國，二〇一五）

3

愛情學分——情感探索

主題

發現心之美好，尋找更好的生活。

教學目標

一、自我覺察

情愛萌動的青春時光，可能是生命中最難忘的記憶片段。情感的探索，不僅是爲了解其他個體，體會相處中的一切美好與悲傷，同時也是自我認識，思索未來想過著什麼樣生活的重要過程。我們的生命皆有年限，無從親歷每一種情感的滋味，但透過文本的閱讀和反思，可以發現各種「心之美好」，爲自己尋找更適合、更好的生活。

二、生命情感

美・布魯姆（Benjamin. Bloom）認爲教育目標應包含認知、情意、技能三個向度。大一國文教學目的，除了理解文意（認知）、書寫表達（技能）以外，如何與同學的生活經驗產生連結，使其能深刻反思生命意義（情意），應該是更重要的事情。因此，本單元選擇不同文類、不同型態的古今作品，讓同學思索情感學分到底該怎麼修，而自己又想擁有什麼樣的感情風景。

三、創造力

如果說「閱讀」是在輸入養分，那麼「書寫」就是反芻輸出，而合理的國文教學，二者不可偏廢。本單元介於「成長足跡」與「家鄉記憶」之間，是發展「從個人至群體」意義之間不可省略的環節。我們擬透過個人作業、共學討論（小組學習單）、演講回饋反思（聽講紀錄），與相關課程活動設計等，訓練同學表達（口語、書面）能力，分享探索情感過程中的觀察與體會。

課程規劃說明

一、閱讀文本及選文標準

情感探索是人生必修學分，箇中滋味往往難以數言道盡。為幫助同學探索情感時，能有更深刻、豐富的理解，我們選擇不同文類（詩、散文、小說）的古今作品，作為單元教材。選文及標準如下：

1. 韻文

(1)漢樂府〈上邪〉

〈上邪〉是一則樸素簡單的愛情宣言。藉由對〈上邪〉詩意的疏解與引導，讓同學觀察「直接抒情」、「間接抒情」的不同，同時明瞭愛情的初始，其實是純粹動人的樣貌。

(2)漢樂府〈有所思〉

〈有所思〉是一首很特別的詩歌。其與溫柔敦厚的中國詩學傳統，大相逕庭。詩中女主角經歷了悲傷的愛情背叛，想控訴、想發洩，卻又擔心被人發現。其中的情緒轉折，描寫得極為細膩，同學可藉此觀察文字運鏡的方式，並反思愛情該如何維繫，其間又可能遇到哪些考驗？

(3)南宋・陸游〈釵頭鳳〉

陸游〈釵頭鳳〉是一首傳誦極廣的作品。詞中的男女主角，經歷了一場家庭風暴，不得已乃至於仳離，再次重逢於沈園時，情猶在而事已非。此詞的寫作背景，是常見難解的家庭習題，藉由文本的閱讀討論，希望讓同學思索愛情和家庭有什麼關係？什麼樣的方式可以使愛情的理想，在家庭中延續滋長？

2.小說

(1)唐・白行簡〈李娃傳〉

白行簡〈李娃傳〉是唐傳奇愛情類作品中的佳篇，內容描述「節行瑰奇」的長安娼女，與來自貴族家庭的滎陽公子之間的愛戀故事。其過程，如同讀者預期地，並非一帆風順，然而結局卻出乎意外（悖於唐代時空背景）的圓滿。我們希望透過文本閱讀，讓同學了解一個好看的故事，需要具備那些元素，以及如何才能說一個動人的故事，並藉由討論，讓同學思考幾個重要問題。例如：作者為何要書寫一個悖於時代實情的故事？愛情有沒有可能超越門戶藩籬？男女主角做了些什麼，使得他們的愛情得以圓滿？幸福的婚姻，雙方需要付出什麼努力？

(2)明・馮夢龍《警世通言・白娘子永鎮雷峰塔》

白蛇與許宣（仙）的傳說，是中國四大民間故事之一。目前我們熟悉白娘子深具人性的角色形象，大抵是源自於〈白娘子永鎭雷峰塔〉。藉由這篇小說，同學們可以觀察白素貞的個性與行爲，許宣在其中的立場態度？法海和雷峰塔在故事中象徵著什麼？

3. 散文

(1) 勇哥〈我那真實存在但無法被看見的同志家庭〉

這篇文章是由化名勇哥的同志，所自述的眞實經歷。許多人都以爲「幸福家庭」才是常態，因而對其他型態的家庭產生偏見或成見。實則自玫瑰少年葉永鋕事件的悲劇後，尊重多元性別的概念，已經逐漸成爲教學現場被討論的議題。藉由這篇文章，同學們可以反思，愛情與家庭可能有哪些型態？所謂「常」與「非常」的區別爲何？「非常」的狀態，是否可以擁有「常態」的保障？那麼應該由誰來保障「非常」呢？

二、設計理念

1. 本單元韻文類的三首作品：〈上邪〉、〈有所思〉、〈釵頭鳳〉篇幅簡短，且同學較不陌生，建議合併於第一週講授（或擇一講授）。三篇文本分別代表「熱戀」、「背叛」、「分手後」的三種狀態，教師可以透過問題設計，引導學生思考未來生命中可能遭逢的情境，以及我們該如何面對它。

2. 小說類兩篇作品，安排於第二週、第三週講授。〈李娃傳〉的故事結局令後人津津樂道，〈白娘子永鎭雷峰塔〉則令多數人爲之惋惜，教師除了帶領同學理解故事內容、結構衝突等小說基本知識外，可以進一步引導同學思考「角色個性」、「社會背景」等條件的設定，使文本與學生的生命產生連結，養成不再僅以喜歡或討厭某些角色等「直覺性」的判斷，去閱讀文本。

3. 散文類〈我那真實存在但無法被看見的同志家庭〉，建議於最後一週講授。本篇作品的文采平淡，然現身說法描述其處境困難的真實性，值得我們關注。透過文章中所呈現的具體事實，教師可以導引同學進行正反意見的討論，並配合論說文的寫作練習。

動機引發

發下小卡，讓每位同學寫下三個擇偶條件，再請大家將所有組員開出的擇偶條件，進行分類歸納。接著由TA（教學助理）現場回收「擇偶小卡」予以統計，觀察男女擇偶條件是否有差異？具備什麼條件，會是眾人心目中的理想情人？

文本閱讀與引導

上邪／漢樂府

我欲與君相知，
長命無絕衰。
山無陵，
江水爲竭，

冬雷震震，
夏雨雪，
天地合，
乃敢與君絕。

有所思／漢樂府

有所思，乃在大海南。
何用問遺君？雙珠玳瑁簪，用玉紹繚之。
聞君有他心，拉雜摧燒之。
摧燒之，當風揚其灰。
從今以往，勿復相思，相思與君絕！
雞鳴狗吠，兄嫂當知之。
妃呼豨！
秋風肅肅晨風颸，
東方須臾高知之。

釵頭鳳／南宋・陸游

紅酥手，黃滕酒，滿城春色宮牆柳。
東風惡，歡情薄。一懷愁緒，幾年離索。錯！錯！錯！
春如舊，人空瘦，淚痕紅浥鮫綃透。
桃花落，閑池閣。山盟雖在，錦書難托。莫！莫！莫！

李娃傳／唐・白行簡

汧國夫人李娃，長安之倡女也。節行瑰奇，有足稱者，故監察御史白行簡為傳述。

天寶中，有常州刺史滎陽公者，略其名氏不書。時望甚崇，家徒甚殷。知命之年，有一子，始弱冠矣；雋朗有詞藻，迥然不群，深為時輩推伏。其父愛而器之曰：「此吾家千里駒也。」應鄉賦秀才舉，將行，乃盛其服玩車馬之飾，計其京師薪儲之費，謂之曰：「吾觀爾之才當一戰而霸。今備二載之用，且豐爾之給，將為其志也。」生亦自負，視上第如指掌。自毗陵發，月餘抵長安，居於布政里。

嘗遊東市還，自平康東門入，將訪友於西南。至鳴珂曲，見一宅，門庭不甚廣，而室宇嚴邃。闔一扉，有娃方凭一雙鬟青衣立，妖姿要妙，絕代未有。生忽見之，不覺停驂久之，徘徊不忍去。乃詐墜鞭於地，候其從者勅取之。累眄於娃，娃回眸凝睇，情甚相慕，竟不敢措辭而去。

生自爾意若有失，乃密徵其友遊長安之熟者，以訊之。友曰：「此狹邪女李氏宅也。」曰：「娃可求乎！」對曰：「李氏頗贍。前與通之者多貴戚豪族，所得甚廣。非累百萬，不能動其志也。」生曰：「苟患其不諧，雖百萬，何惜。」

他日，乃潔其衣服，盛賓從，而往扣其門。俄有侍兒啓扃。生曰：「此誰之第耶？」侍兒不答，馳走大呼曰：「前時遺策郎也！」娃大悅曰：「爾姑止之。吾當整妝易服而出。」生聞之私喜。乃引至蕭牆間，見一姥垂白上僂，即娃母也。生跪拜前致詞曰：「聞茲地有隙院，願稅以居，信乎？」姥曰：「懼其淺陋湫隘，不足以辱長者所處，安敢言直耶？」延生於遲賓之館，館宇甚麗。與生偶坐，因曰：「某有女嬌小，技藝薄劣，欣見賓客，願將見之。」乃命娃出。明眸皓腕，舉步艷冶。生遽驚起，莫敢仰視。與之拜畢，敘寒燠，觸類妍媚，目所未睹。復坐，烹茶斟酒，器用甚潔。

久之，日暮，鼓聲四動。姥訪其居遠近。生紿之曰：「在延平門外數里。」冀其遠而見留也。姥曰：「鼓已發矣，當速歸，無犯禁。」生曰：「幸接歡笑，不知日之云夕，道里遼闊，城內又無親戚。將若之何？」娃曰：「不見責僻陋，方將居之，宿何害焉。」生數目姥，姥曰：「唯唯。」生乃召其家僮，持雙縑，請以備一宵之饌。娃笑而止之曰：「賓主之儀，且不然也。今夕之費，願以貧窶之家，隨其粗糲以進之。其餘以俟他辰。」固辭，終不許。

俄徙坐西堂，幃幙簾榻，煥然奪目；粧奩衾枕，亦皆侈麗。乃張燭進饌，品味甚盛。徹饌，姥起。生娃談話方切，談諧調笑，無所不至。生曰：「前偶過卿門，遇卿適在屏間。厥後心常勤念，雖寢與食，未嘗或捨。」娃答曰：「我心亦如之。」生曰：「今之來，非直求居而已。願償平生之志。但未知命也若何？」言未終，姥至，詢其故，具以告。姥笑曰：「男女之際，大欲存焉。情苟相得，雖父母之命，不能制也。女子固陋，曷足薦君子之枕席？」生遂下階，拜而謝之曰：「願以已爲廝養。」姥遂目之爲郎，飲酣而散。

及旦，盡徙其囊橐，因家於李之第。自是生屏跡戢身，不復與親知相聞。日會倡優儕類，狎戲遊宴。囊中盡空，乃鬻駿乘，及其家童。歲餘，資財僕馬蕩然。邇來姥意漸怠，娃情彌篤。

他日，娃謂生曰：「與郎相知一年，尚無孕嗣。常聞竹林神者，報應如響，將致薦酹求之，可乎？」生不知其計，大喜。乃質衣於肆，以備牢醴，與娃同謁祠宇而禱祝焉，信宿而返。策驢而後，至里北門，娃謂生曰：「此東轉小曲中，某之姨宅也。將憩而覲之，可乎？」生如其言，前行不踰百步，果見一車門。窺其際，甚弘敞。其青衣自車後止之曰：「至矣。」生下，適有一人出訪曰：「誰？」曰：「李娃也。」乃入告。俄有一嫗至，年可四十餘，與生相迎，曰：「吾甥來否？」娃下車，嫗逆訪之曰：「何久疏絕？」相視而笑。娃引生拜之。

既見，遂偕入西戟門偏院。中有山亭，竹樹蔥蒨，池榭幽絕。生謂娃曰：「此姨之私第耶。」笑而不答，以他語對。俄獻茶果，甚珍奇。食頃，有一人控大宛，汗流馳至，曰：「姥遇暴疾頗甚，殆不識人。宜速歸。」娃謂姨曰：「方寸亂矣。某騎而前去，當令返乘，便與郎偕來。」生擬隨之，其姨與侍兒偶語，以手揮之，令生止於戶外，曰：「姥且歿矣。當與之議喪事以濟其急，奈何遽相隨而去？」乃止，共計其凶儀齋祭之用。日晚，乘不至。姨言曰：「無復命，何也？郎驟往覘之，某當繼至。」生遂往，至舊宅，門扃鑰甚密，以泥緘之。生大駭，詰其鄰人。鄰人曰：「李本稅此而居，約已周矣。第主自收。姥徙居，而且再宿矣。」徵徙何處？曰：「不詳其所。」生將馳赴宣陽，以詰其姨，日已晚矣，計程不能達。乃弛其裝服，質饌而食，賃榻而寢。生恚怒方甚，自昏達旦，目不交睫。質明，乃策蹇而去。既至，連扣其扉，食頃無人應。生大呼數四，有宦者徐出。生遽訪之：「姨氏在乎？」曰：「無之。」生曰：「昨暮在此，何故匿之？」訪其誰氏之第。曰：「此崔尚書宅。昨者有一人稅此院，云遲中表之遠至者。未暮去矣。」

生惶惑發狂，罔至所措，因返訪布政舊邸。邸主哀而進膳。生怨懣，絕食三日，遘疾甚篤，旬餘愈甚。邸主懼其不起，徙之於凶肆之中。緜綴移時，合肆之人共傷歎而互飼之。後稍愈，杖而能起。由是凶肆日假之，令執繐帷，獲其直以自給。累月，漸復壯，每聽其哀歌，自歎不及逝者，輒嗚咽流涕不能自止。歸則效之。生，聰敏者也，無何，曲盡其妙，雖長安無有倫比。

初，二肆之傭凶器者，互爭勝負。其東肆車轝皆奇麗，殆不敵，唯哀挽劣焉。其東肆長知生妙絕，乃醵錢二萬索顧焉。其黨耆舊，共較其所能者，陰教生新聲，而相贊和。累旬，人莫知之。其二肆長相謂曰：「我欲各閱所傭之器於天門街，以較優劣，不勝者罰直五萬，以備酒饌之用，可乎？」二肆許諾。乃邀立符契，署以保證，然後閱之。士女大和會，聚至數萬。於是里胥告於賊曹，賊曹聞於京尹，四方之士，盡赴趨焉，巷無居人。

自旦閱之，及亭午，歷舉輦轝威儀之具，西肆皆不勝，師有慚色。乃置層榻於南隅，有長髯者擁鐸而進，翊衛數人。於是奮髯揚眉，扼腕頓顙而登，乃歌〈白馬〉之詞。恃其夙勝，顧眄左右，旁若無人。齊聲讚揚之，自以為獨步一時，不可得而屈也。有頃，東肆長於北隅上，設連榻，有烏巾少年，左右五六人，秉翣而至，即生也。整衣服，俯仰甚徐，申喉發調，容若不勝。乃歌〈薤露〉之章，舉聲清越，響振林木，曲度未終，聞者歔欷掩泣。西肆長爲衆所誚，益慚恥，密置所輸之直於前，乃潛遁焉。四座愕眙，莫之測也。

先是，天子方下詔，俾外方之牧，歲一至闕下，謂之入計。時也適遇生之父在京師，與同列者易服章竊往觀焉。有老豎，即生乳母婿也，見生之舉措辭氣，將認之而未敢，乃泣然流涕。生父驚而詰之。因曰：「歌者之貌，酷似郎之亡子。」父曰：「吾子以多財爲盜所害。奚至是耶？」言訖，亦泣。及歸，豎間馳往，訪於同黨曰：「向歌者誰？若斯之妙歟？」皆曰：「某氏之子。」徵其名，且易之矣。豎凜然大驚；徐往，迫而察之。生見豎色動，回翔將匿於衆中。豎遂持其袂曰：「豈非某乎？」相持而泣，遂載以歸。至其室，父責之曰：「志行若此，污辱吾門。何施面目，復相見也。」乃徒行出，至曲江西杏園東，去其衣服，以馬鞭鞭之數百。生不勝其苦而斃，父棄之而去。

其師命相狎暱者陰隨之，歸告同黨，共加傷歎。令二人齎葦席瘞焉。至，則心下微溫。舉之，良久，氣稍通。因共荷而歸，以葦筒灌勺飲，經宿乃活。月餘，手足不能自舉。其楚撻之處皆潰爛，穢甚。同輩患之，一夕，棄於道周。行路咸傷之，往往投其餘食，得以充腸。十旬，方杖策而起。被布裘，裘有百結，襤褸如懸鶉。持一破甌，巡於閭里，以乞食爲事。自秋徂冬，夜入於糞壤窟室，晝則周遊廛肆。

一旦大雪，生爲凍餒所驅，冒雪而出，乞食之聲甚苦，聞見者莫不悽惻。時雪方甚，人家外戶多不發。至安邑東門，循理垣北轉第七八，有一門獨啓左扉，即娃之第也。生不知之，遂連聲疾呼；飢凍之甚，音響悽切，所不忍聽。娃自閤中聞之，謂侍兒曰：「此必生也。我辨其音矣。」連步而出。見生枯瘠疥癘，殆非人狀。娃意感焉，乃謂曰：「豈非某郎也？」生憤懣絕倒，口不能言，頷頤而已。娃前抱其頸，以繡襦擁而歸於西廂，失聲長慟曰：「令子一朝及此，我之罪也！」絕而復蘇。姥大駭，奔至，曰：「何也？」娃曰：「某郎。」姥遽曰：「當逐之。奈何令至此？」娃斂容卻睇曰：「不然。此良家子也。當昔驅高車，持金裝，至某之室，不踰期而蕩盡。且互設詭計，捨而逐之，殆非人。令其失志，不得齒於人倫；父子之道，天性也，使其情絕，殺而棄之，又困躓若此；天下之人盡知爲某也。生親戚滿朝，一旦當權者熟察其本末，禍將及矣。況欺天負人，鬼神不祐，無自貽其殃也。某爲姥子，迨今有二十歲矣，計其貲，不啻直千金。今姥年六十餘，願計二十年衣食之用以贖身，當與此子別卜所詣。所詣非遙，晨昏得以溫清，某願足矣。」姥度其志不可奪，因許之。

給姥之餘，有百金。北隅四五家，稅一隙院。乃與生沐浴，易其衣服；爲湯粥，通其腸；次以酥乳潤其臟。旬餘，方薦水陸之饌。頭巾履襪，皆取珍異者衣之。未數月，肌膚稍腴；卒歲，平愈如初。

異時，娃謂生曰：「體已康矣，志已壯矣，淵思寂慮，默想曩昔之藝業，可溫習乎？」生思之，曰：「十得二三耳。」娃命車出游，生騎而從。至旗亭南偏門鬻墳典之肆，令生揀而市之，計費百金，盡載以歸。因令生斥棄百慮以志學，俾夜作晝，孜孜矻矻。娃常偶坐，宵分乃寐。伺其疲倦，即諭之綴詩賦。二歲而業大就，海內文籍，莫不該覽。生謂娃曰：「可策名試藝矣。」娃曰：「未也，且令精熟，以俟百戰。」更一年，曰：「可行矣。」於是遂一上登甲科，聲振禮闈。雖前輩見其文，罔不斂衽敬羨，願友之而不可得。娃曰：「未也。今秀士苟獲擢一科第，則自謂可以取中朝之顯職，擅天下之美名。子行穢跡鄙，不侔於他士。當礱淬利器，以求再捷，方可以連衡多士，爭霸群英。」生由是益自勤苦，聲價彌甚。其年，遇大比，詔徵四方之雋。生應「直言極諫」科，策名第一，授成都府參軍。三事以降，皆其友也。

將之官，娃謂生曰：「今之復子本軀，某不相負也。願以殘年，歸養老姥。君當結媛鼎族，以奉蒸嘗。中外婚媾，無自瀆也。勉思自愛。某從此去矣。」生泣曰：「子若棄我，當自剄以就死。」娃固辭不從，生勤請彌懇。娃曰：「送子涉江，至於劍門，當令我回。」生許諾。

月餘，至劍門。未及發而除書至，生父由常州詔入，拜爲成都尹，兼劍南採訪使。浹辰，父到。生因投刺，謁於郵亭。父不敢認，見其祖父官諱，方大驚，命登階，撫背慟哭。移時，曰：「吾與爾父子如初。」因詰其由，具陳其本末。大奇之，詰娃安在。曰：「送某至此，當令復還。」父曰：「不可。」翌日，命駕與生先之成都，留娃於劍門，築別館以處之。明日，命媒氏通二姓之好，備六禮以迎之，遂如秦晉之偶。

娃既備禮，歲時伏臘，婦道甚修，治家嚴整，極爲親所眷。向後數歲，生父母偕歿，持孝甚至。有靈芝產於倚廬，一穗三秀，本道上聞；又有白燕數十，巢其層甍；天子異之，寵錫加等。終制，累遷清顯之任；十年間，至數郡。娃封汧國夫人。有四子，皆爲大官；其卑者猶爲太原尹。弟兄姻媾皆甲門，內外隆盛，莫之與京。

嗟乎，倡蕩之姬，節行如是，雖古先烈女，不能踰也，焉得不爲之歎息哉！於伯祖嘗牧晉州，轉戶部，爲水陸運使，三任皆與生爲代，故諳詳其事。貞元中，予與隴西公佐話婦人操烈之品格，因遂述汧國之事。公佐拊掌竦聽，命予爲傳。乃握管濡翰，疏而存之。時乙亥歲秋八月，太原白行簡云。

白娘子永鎮雷峰塔／明・馮夢龍

山外青山樓外樓，西湖歌舞幾時休？
暖風薰得遊人醉，直把杭州作汴州。

話說西湖景致，山水鮮明。晉朝咸和年間，山水大發，洶湧流入西門。忽然水內有牛一頭見，渾身金色。後水退，其牛隨行至北山，不知去向，鬨動杭州市上之人，皆以爲顯化。所以建立一寺，名曰金牛寺。西門，即今之湧金門，立一座廟，號金華將軍。當時有一番僧，法名渾壽羅，到此武林郡雲遊，翫其山景，道：「靈鷲山前小峰一座，忽然不見，原來飛到此處。」當時人皆不信。僧言：「我記得靈鷲山前峰嶺，喚做靈鷲嶺。這山洞裡有個白猿，看我呼出爲驗。」果然呼出白猿來。山前有一亭，今喚做冷泉亭。又有一座孤山，生在西湖中。先曾有林和靖先生在此山隱居，使人搬挑泥石，砌成一條走路，東接斷橋，西接棲霞嶺，因此喚作孤山路。又唐時有刺史白樂天，築一條路，南至翠屏山，北至棲霞嶺，喚做白公堤，不時被山水沖倒，不只一番，用官錢修理。後宋時，蘇東坡來做太守，因見有這兩條路被水沖壞，就買木石，起人夫，築得堅固。六橋上朱紅欄杆，堤上栽種桃柳，到春景融和，端的十分好景，堪描入畫。後人因此只喚做蘇公堤。又孤山路畔，起造兩條石橋，分開水勢，東邊喚做斷橋，西邊喚做西靈橋。眞乃：隱隱山藏三百寺，依稀雲鎖二高峰。

說話的，只說西湖美景，仙人古跡。俺今日且說一個俊俏後生，只因遊翫西湖，遇著兩個婦人，直惹得幾處州城，鬧動了花街柳巷。有分教：才人把筆，編成一本風流話本。單說那子弟，姓甚名誰？遇著甚般樣的婦人？惹出甚般樣事？

有詩爲證：

清明時節雨紛紛，路上行人欲斷魂。
借問酒家何處有，牧童遙指杏花村。

話說宋高宗南渡，紹興年問，杭州臨安府過軍橋黑珠巷內，有一個宦家，姓李名仁。見做南廊閣子庫募事官，又與邵太尉管錢糧。家中妻子有一個兄弟許宣，排行小乙。他爹曾開生藥店，自幼父母雙亡，卻在表叔李將仕家生藥鋪做主管，年方二十二歲。那生藥店開在官巷口。忽一日，許宣在鋪內做買賣，只見一個和尚來到門首，打個問訊道：「貧僧是保叔塔寺內僧，前日已送饅頭并卷子在宅上。今清明節近，追修祖宗，望小乙官到寺燒香，勿誤！」許宣道：「小子准來。」和尚相別去了。許宣至晚歸姐大家去。原來許宣無有老小，只在姐姐家住，當晚與姐姐說：「今日保叔塔和尚來請燒篭子，明日要薦祖宗，走一遭了來。」次日早起買了紙馬、蠟燭、經幡、錢垛一應等項，吃了飯，換了新鞋襪衣服，把篭子錢馬，使條袱子包了，逕到官巷口李將仕家來。李將仕見了，問許宣何處去。許宣道：「我今日要去保叔塔燒篭子，追薦祖宗，乞叔叔容暇一日。」李將仕道：「你去便回。」

許宣離了鋪中，入壽安坊、花市街，過井亭橋，往清河街後鐵塘門，行石函橋，過放生碑，逕到保叔塔寺。尋見送饅頭的和尚，懺悔過疏頭，燒了篭子，到佛殿上看衆僧念經，吃齋罷，別了和尚，離寺迤邐逞閑走，過西寧橋、孤山路、四聖觀，來看林和靖墳，到六一泉閑走。不期雲生西北，霧鎖東南，落下微微細雨，漸大起來。正是清明時節，少不得天公應時，催花雨下，那陣雨下得綿綿不絕。許宣見腳下濕，脫下了新鞋襪，走出四聖觀來尋船，不見一隻。正沒擺佈處，只見一個老兒，搖著一隻船過來。許宣暗喜，認時正是張阿公。叫道：「張阿公，搭我則個！」老兒聽得叫，認時，原來是許小乙，將船搖近岸來，道：「小乙官，著了雨，不知要何處上岸？」許宣道：「湧金門上岸。」這老兒扶許宣下船，離了岸，搖近豐樂樓來。

搖不上十數丈水面，只見岸上有人叫道：「公公，搭船則個！」許宣看時，是一個婦人，頭戴孝頭髻，烏雲畔插著些素釵梳，穿一領白絹衫兒，下穿一條細麻布裙。這婦人肩下一個丫鬟，身上穿著青衣服，頭上一雙角髻，戴兩條大紅頭鬚，插著兩件首飾，手中捧著一個包兒要搭船。那老張對小乙官道：「因風吹火，用力不多，一發搭了他去。」許宣道：「你便叫他下來。」老兒見說，將船傍了岸邊。那婦人同丫鬟下船，見了許宣，起一點朱唇，露兩行碎玉，深深道一個萬福。許宣慌忙起身答禮。那娘子和丫鬟船艙中坐定了。娘子把秋波頻轉，瞧著許宣。許宣平生是個老實之人，見了此等如花似玉的美婦人，傍邊又是個俊俏美女樣的丫鬟，也不免動念。那婦人道：「不敢動問官人，高姓尊諱？」許宣答道：「在下姓許名宣，排行第一。」婦人道：「宅上何處？」許宣道：「寒舍住在過軍橋黑珠兒巷，生藥鋪內做買賣。」那娘子問了一回，許宣尋思道：「我也問他一問。」起身道：「不敢拜問娘子高姓，潭府何處？」那婦人答道：「奴家是白三班白殿直之妹，嫁了張官人，不幸亡過了，見葬在這雷嶺。爲因清明節近，今日帶了丫鬟，往墳上祭掃了方回，不想值雨。若不是搭得官人便船，實是狼狽。」又閑講了一口，迤逦船搖近岸。只見那婦人道：「奴家一時心忙，不曾帶得盤纏在身邊，萬望官人處借些船錢還了，並不有負。」許宣道：「娘子自便，不妨，些須船錢不必計較。」還罷船錢，那雨越不住許宣挽了上岸。那婦人道：「奴家只在箭橋雙茶坊巷口。若不棄時，可到寒舍拜茶，納還船錢。」許宣道：「小事何消掛懷。天色晚了，改日拜望。」說罷，婦人共丫鬟自去。

許宣入湧金門，從人家屋簷下到三橋街，見一個生藥鋪，正是李將仕兄弟的店，許宣走到鋪前，正見小將仕在門前。小將仕道：「小乙哥晚了，那裡去？」許宣道：「便是去保叔塔燒箍子，著了雨，望借一把傘則個！」將仕見說叫道：「老陳把傘來，與小乙官去。」不多時，老陳將一把雨傘撐開道：「小乙官，這傘是清湖八字橋老實舒家做的。八十四骨，紫竹柄的好傘，不曾有一些兒破，將去休壞了！仔細，仔細！」許宣道：「不必吩咐。」接了傘，謝了將仕，出羊壩頭來。到後市街巷口，只聽得有人叫道：「小乙官人。」許宣回頭看時，只見沈公井巷口小茶坊簷下，立著一個婦人，認得正是搭船的白娘子。許宣道：「娘子如何在此？」白娘子道：「便是雨不得住，鞋兒都踏濕了，教青青回家，取傘和腳下。又見晚下來。望官人搭幾步則個！」

許宣和白娘子合傘到壩頭道：「娘子到那裡去？」白娘子道：「過橋投箭橋去。」許宣道：「小娘子，小人自往過軍橋去，路又近了。不若娘子把傘將去，明日小人自來取。」白娘子道：「卻是不當，感謝官人厚意！」許宣沿人家屋簷下冒雨回來，只見姐夫家當直王安，拿著釘靴雨傘來接不著，卻好歸來。到家內吃了飯。當夜思量那婦人，翻來覆去睡不著。夢中共日間見的一般，情意相濃，不想金雞叫一聲，卻是南柯一夢。正是：心猿意馬馳千里，浪蝶狂蜂鬧五更。

到得天明，起來梳洗罷，吃了飯，到鋪中心忙意亂，做些買賣也沒心想。到午時後，思量道：「不說一謊，如何得這傘來還人？」當時許宣見老將仕坐在櫃上，向將仕說道：「姐夫叫許宣歸早些，要送人情，請暇半日。」將仕道：「去了，明日早些來！」許宣唱個喏，徑來箭橋雙茶坊巷口，尋問白娘子家裡，問了半日，沒一個認得。正躊躕間，只見白娘子家丫鬟青青，從東邊走來。許宣道：「姐姐，你家何處住？討傘則個。」青青道：「官人隨我來。」許宣跟定青青，走不多路，道：「只這裡便是。」

許宣看時，見一所樓房，門前兩扇大門，中間四扇看街槅子眼，當中掛頂細密朱紅簾子，四下排著十二把黑漆交椅，掛四幅名人山水古畫。對門乃是秀王府牆。那丫頭轉入簾子內道：「官人請入裡面坐。」許宣隨步入到裡面，那青青低低悄悄叫道：「娘子，許小乙官人在此。」白娘子裡面應道：「請官人進裡面拜茶。」許宣心下遲疑。青青三回五次，催許宣進去。許宣轉到裡面，只見四扇暗槅子窗，揭起青布幕，一個坐起。卓上放一盆虎鬚菖蒲，兩邊也掛四幅美人，中間掛一幅神像，卓上放一個古銅香爐花瓶。那小娘子向前深深的道一個萬福，道：「夜來多蒙小乙官人應付周全，識荆之初，甚是感激不淺。」許宣：「些微何足掛齒！」白娘子道：「少坐拜茶。」茶罷，又道：「片時薄酒三盃，表意而已。」許宣方欲推辭，青青已自把菜蔬菓品流水排將出來。許宣道：「感謝娘子置酒，不當厚擾。」飲至數杯，許宣起身道：「今日天色將晚，路遠，小子告回。」娘子道：「官人的傘，舍親昨夜轉借去了，再飲幾杯，著人取來。」許宣道：「日晚，小子要回。」

娘子道：「再飲一杯。」許宣道：「飲撰好了，多感，多感！」白娘子道：「既是官人要口，這傘相煩明日來取則個。」許宣只得相辭了回家。

至次日，又來店中做些買賣，又推個事故，卻來白娘子家取傘。娘子見來，又備三盃相款。許宣道：「娘子還了小子的傘罷，不必多擾。」那娘子道：「既安排了，略飲一杯。」許宣只得坐下。那白娘子篩一盃酒，遞與許宣，啓櫻桃口，露榴子牙，嬌滴滴聲音，帶著滿面春風，告道：

小官人在上，真人面前說不得假話。奴家亡了丈夫，想必和官人有宿世姻緣，一見便蒙錯愛，正是你有心，我有意。煩小乙官人尋一個媒證，與你共成百年姻眷，不枉天生一對，卻不是好！

許宣聽那婦人說罷，自已尋思：「眞個好一段姻緣。若取得這個渾家，也不枉了。我自十分肯了，只是一件不諧：思量我日間在李將仕家做主管，夜間在姐夫家安歇，雖有些少東西，只好辦身上衣服。如何得錢來娶老小？」自沉吟不答。只見白娘子道：「官人何故不回言語？」許宣道：「多感過愛，實不相瞞，只為身邊窘迫，不敢從命！」娘子道：「這個容易！我囊中自有餘財，不必掛念。」便叫青青道：「你去取一錠白銀下來。」只見青青手扶欄杆，脚踏胡梯，取下一個包兒來，遞與白娘子。娘子道：「小乙官人，這東西將去使用，少欠時再來取。」親手遞與許宣。

許宣接得包兒，打開看時，卻是五十兩雪花銀子。藏於袖中，起身告回，青青把傘來還了許宣。許宣接得相別，一逕回家，把銀子藏了。當夜無話。

明日起來，離家到官巷口，把傘還了李將仕。許宣將些碎銀子買了一隻肥好燒鵝、鮮魚精肉、嫩雞果品之類提回家來，又買了一樽酒，分付養娘丫鬟安排整下。那日卻好姐夫李募事在家。飲撰俱已完備，來請姐夫和姐姐吃酒。李募事卻見許宣請他，到吃了一驚，道：「今日做甚麼子壞鈔？日常不曾見酒盞兒面，今朝作怪！」三人依次坐定飲酒。酒至數杯，李募事道：「尊舅，沒事教你壞鈔做甚麼？」許宣道：「多謝姐夫，切莫笑話，輕微何足掛齒。感謝姐夫姐姐管雇多時。一客不煩二主人，許宣如今年紀長成，恐慮後無人養育，不是了處。今有一頭親事在此說起，望姐夫姐姐與許宣主張，結果了一生終身，也好。」姐夫姐姐聽得說罷，肚內暗自尋思道：「許宣日常一毛不拔，今日壞得些錢鈔，便要我替他討老小？」夫妻二人，你我相看，只不回話。吃酒了，許宣自做買賣。

過了三兩日，許宣尋思道：「姐姐如何不說起？」忽一日，見姐姐問道：「曾向姐夫商量也不曾？」姐姐道：「不曾。」許宣道：「如何不曾商量？」姐姐道：「這個事不比別樣的事，倉卒不得。又見姐夫這幾日面色心焦，我怕他煩惱，不敢問他。」

許宣道：「姐姐你如何不上緊？這個有甚難處，你只怕我教姐夫出錢，故此不理。」許宣便起身到臥房中開箱，取出白娘子的銀來，把與姐姐道：「不必推故。只要姐夫做主。」姐姐道：「吾弟多時在叔叔家中做主管，積攢得這些私房，可知道要娶老婆。你且去，我安在此。」

卻說李募事歸來，姐姐道：「丈夫，可知小舅要娶老婆，原來自攢得些私房，如今教我倒換些零碎使用。我們只得與他完就這親事則個。」李募事聽得，說道：「原來如此，得他積得些私房也好。拿來我看。」做妻的連忙將出銀子遞與丈夫。李募事接在手中，翻來覆去，看了上面鑿的字型大小，大叫一聲：「苦！不好了，全家是死！」那妻吃了一驚，問道：「丈夫有甚麼利害之事？」李募事道：「數日前邵太尉庫內封記鎖押俱不動，又無地穴得入，平空不見了五十錠大銀。見今著落臨安府提捉賊人，十分緊急，沒有頭路得獲，累害了多少人。出榜緝捕，寫著字型大小錠數，『有人捉獲賊人銀子者，賞銀五十兩；知而不首，及窩藏賊人者，除正犯外，全家發邊遠充軍。』這銀子與榜上字型大小不差，正是邵太尉庫內銀子。即今捉捕十分緊急，正是『火到身邊，顧不得親眷，自可去撥』。明日事露，實難分說：不管他偷的借的，寧可苦他，不要累我。只得將銀子出首，免了一家之害。」老婆見說了，合口不得，目睜口呆。當時拿了這錠銀子，徑到臨安府出首。

那大尹聞知這話，一夜不睡。次日，火速差緝捕使臣何立。何立帶了夥伴，并一班眼明手快的公人，逕到官巷口李家生藥店，提捉正賊許宣。到得櫃邊，發聲喊，把許宣一條繩子綁縛了，一聲鑼，一聲鼓，解上臨安府來。正值韓大尹陞廳，押過許宣當廳跪下，喝聲：「打！」許宣道：「告相公不必用刑，不知許宣有何罪？」大尹焦躁道：「眞贓正賊，有何理說，還說無罪？邵太尉府中不動封鎖，不見了一號大銀五十錠。見有李募事出首，一定這四十九錠也在你處。想不動封皮，不見了銀子，你也是個妖人！不要打？……」喝教：「拏些穢血來！」許宣方知是這事，大叫道：「不是妖人，待我分說！」大尹道：「且住，你且說這銀子從何而來？」許宣將借傘討傘的上項事，一一細說一遍。大尹道：「白娘子是甚麼樣人？見住何處？」許宣道：「憑他說是白三班白殿直的親妹子，如今見住箭橋邊，雙茶坊巷口，秀王牆對黑樓子高坡兒內住。」那大尹隨即便叫緝捕使臣何立，押領許宣，去雙茶坊巷口捉拿本婦前來。

何立等領了鈞旨，一陣做公的逕到雙茶坊巷口秀王府牆對黑樓子前看時：門前四扇看堦，中間兩扇大門，門外避藉陛，坡前卻是垃圾，一條竹子橫夾著。何立等見了這個模樣，倒都呆了。當時就叫捉了鄰人，上首是做花的丘大，下首是做皮匠的孫公。那孫公擺忙的吃他一驚，小腸氣發，跌倒在地。眾鄰舍都走來道：「這裡不曾有甚麼白娘子。這屋在五六年前有一個毛巡檢，合家時病死了。青天白日，常有鬼出來買東西，無人敢在裡頭住，幾日前，有個瘋子立在門前唱喏。何立教衆人解下橫門竹竿，裡面冷清清地，起一陣風，捲出一道腥氣來。衆人都吃了一驚，倒退幾步。許宣看了，則聲不得，一似呆的。做公的數中，有一個能膽大，排行第二，姓王，專好酒吃，都叫他做好酒王二。王二道：「都跟我來！」發聲喊一齊閧將入去，看時板壁、坐起、卓凳都有。來到胡梯邊，教王二前行，衆人跟著，一齊上樓。樓上灰塵三寸厚。衆人到房前，推開房門一望，床上掛著一張帳子，箱籠都有。只見一個如花似玉穿著白的美貌娘子，坐在床上。衆人看了，不敢向前。衆人道：「不知娘子是神是鬼？我等奉臨安大尹鈞旨，喚你去與許宣執證公事。」那娘子端然不動。好酒王二道：「衆人都不敢向前，怎的是了？你可將一罈酒來，與我吃了，做我不著，捉他去見大尹。」衆人連忙叫兩三個下去提一罈酒來與王二吃。王二開了壇口，將一壇酒吃盡了，道：「做我不著！」將那空罈望著帳子內打將去。不打萬事皆休，才然打去，只聽得一聲響，卻是青天裡打一個霹靂，衆人都驚倒了！起來看時，床上不見了那娘子，只見明晃晃一堆銀子。衆人向前看了道：「好了。」計數四十九錠。衆人道：「我們將銀子去見大尹也罷。」扛了銀子，都到臨安府。

何立將前事稟覆了大尹。大尹道：「定是妖怪了。也罷，鄰人無罪回家。」差人送五十錠銀子與邵大尉處，開個緣由，一一稟覆過了。許宣照不應得爲而爲之事。理重者決杖免刺，配牢城營做工，滿日疎放，牢城營乃蘇州府管下。李募事因出首許宣，心上不安，將邵太尉給賞的五十兩銀子盡數付與小舅作爲盤費。李將仕與書二封，一封與押司范院長，一封與吉利橋下開客店的王主人。

許宣痛哭一場，拜別姐夫姐姐，帶上行枷，兩個防送人押著，離了杭州到東新橋，下了航船。不一日，來到蘇州。先把書去見了范院長，并王主人。王主人與他官府上下使了錢，打發兩個公人去蘇州府，下了公文，交割了犯人，討了回文，防送人自回。范院長、王主人保領許宣不入牢中，就在王主人門前樓上歇了。許宣心中愁悶，壁上題詩一首：

獨上高樓望故鄉，愁看斜日照紗窗。
平生自是真誠士，誰料相逢妖媚娘。
白白不知歸甚處？青青那識在何方？
拋離骨肉來蘇地，思想家中寸斷腸！

有話即長，無話即短，不覺光陰似箭，日月如梭，又在王主人家住了半年之上。忽遇九月下旬，那王主人正在門首閑立，看街上人來人往。只見遠遠一乘轎子，旁邊一個丫鬟跟著，道：「借問一聲，此間不是王主人家麼？」王主人連忙起身道：「此間便是。你尋誰人？」丫鬟道：「我尋臨安府來的許小乙官人。」主人道：「你等一等，我便叫他出來。」這乘轎子便歇在門前。王主人便入去，叫道：「小乙哥，有人尋你。」許宣聽得，急走出來，同主人到門前看時，正是青青跟著，轎子裡坐著白娘子。許宣見了，連聲叫道：「死冤家！自被你盜了官庫銀子，帶累我吃了多少苦，有屈無伸。如今到此地位，又趕來做甚麼？可羞死人！」那白娘子道：「小乙官人不要怪我，今番特來與你分辯這件事。我且到主人家裡面與你說。」

白娘子叫青青取了包裹下轎。許宣道：「你是鬼怪，不許入來！」擋住了門不放他。那白娘子與主人深深道了個萬福，道：「奴家不相瞞，主人在上，我怎的是鬼怪？衣裳有縫，對日有影。不幸先夫去世，教我如此被人欺負。做下的事，是先夫日前所爲，非干我事。如今怕你怨暢我，特地來分說明白了，我去也甘心。」

主人道：「且教娘子人來坐了說。」那娘子道：「我和你到裡面對主人家的媽媽說。」門前看的人，自都散了。

許宣入到裡面，對主人家并媽媽道：「我爲他偷了官銀子事。如此如此，因此教我吃場官司。如今又趕到此，有何理說？」白娘子道：「先夫留下銀子，我好意把你，我也不知怎的來的？」許宣道：「如何做公的捉你之時，門前都是垃圾，就帳子裡一嚮不見了你？」白娘子道：「我聽得人說你爲這銀子捉了去，我怕你說出我來，捉我到官，粧幌子羞人不好看。我無奈何，只得走去華藏寺前姨娘家躲了。使人擔垃圾堆在門前，把銀子安在床上，央鄰舍與我說謊。」許宣道：「你卻走了去，教我吃官事！」白娘子道：「我將銀子安在床上，只指望要好，那裡曉得有許多事情？我見你配在這裡，我便帶了些盤纏，搭船到這裡尋你。如今分說都明白了，我去也。敢是我和你前生沒有夫妻之分！」那王主人道：「娘子許多路來到這裡，難道就去？且在此間住幾日，卻理會。」青青道：「既是主人家再三勸解，娘子且住兩日，當初也曾許嫁小乙官人。」白娘子隨口便道：「羞殺人，終不成奴家沒人要？只爲分別是非而來。」王主人道：「既然當初許嫁小乙哥，卻又回去？且留娘子在此。」打發了轎子，不在話下。

過了數日，白娘子先自奉承好了主人的媽媽。那媽媽勸主人與許宣說合，還定十一月十一日成親，共百年諧老。光陰一瞬，早到吉日良時。白娘子取出銀兩，央王主人辦備喜筵，二人拜堂結親。酒席散後，共人紗廚。白娘子放出迷人聲態，顚鸞倒鳳，百媚千嬌，喜得許宣如遇神仙，只恨相見之晚。正好歡娛，不覺金雞三唱，東方漸白。正是：

歡娛嫌夜短，寂寞恨更長。

自此日爲始，夫妻二人如魚似水，終日在王主人家快樂昏迷纏定。日往月來，又早半年光景，時臨春氣融和，花開如錦，車馬往來，街坊熱鬧。許宣問主人家道：「今日如何人人出去閒遊，如此喧嚷？」主人道：「今日是二月半，男子婦人，都去看臥佛，你也好去承天寺裡閑走一遭。」許宣見說，道：「我和妻子說一聲，也去看一看。」許宣上樓來，和白娘子說：「今日二月半，男子婦人都去看臥佛，我也看一看就來。有人尋說話，回說不在家，不可出來見人。」白娘子道：「有甚好看；只在家中卻不好？看他做甚麼？」許宣道：「我去閑耍一遭就回。不妨。」

許宣離了店內，有幾個相識，同走到寺裡看臥佛。繞廊下各處殿上觀看了一遭，方出寺來，見一個先生，穿著道袍，頭戴逍遙中，腰繫黃絲絛，腳著熟麻鞋，坐在寺前賣藥，散施符水。許宣立定了看。那先生道：「貧道是終南山道士，到處雲遊，散施符水，救人病患災厄，有事的向前來。」那先生在人叢中看見許宣頭上一道黑氣，必有妖怪纏他，叫道：「你近來有一妖怪纏你，其害非輕！我與你二道靈符，救你性命。一道符三更燒，一道符放在自頭髮內。」許宣接了符，納頭便拜，肚內道：「我也八九分疑惑那婦人是妖怪，眞個是實。」謝了先生，徑回店中。

至晚，白娘子與青青睡著了，許宣起來道：「料有三更了！」將一道符放在自頭髮內，正欲將一道符燒化，只見白娘子歎一口氣道：「小乙哥和我許多時夫妻，尚兀自不把我親熱，卻信別人言語，半夜三更，燒符來壓鎮我！你且把符來燒看！」就奪過符來，一時燒化，全無動靜。白娘子道：「卻如何？說我是妖怪！」許宣道：「不干我事。臥佛寺前一雲遊先生，知你是妖怪。」白娘子道：「明日同你去看他一看，如何模樣的先生。」

次日，白娘子清早起來，梳妝罷，戴了釵環，穿上素淨衣服，分付青青看管樓上。夫妻二人，來到臥佛寺前。只見一簇人，團團圍著那先生，在那裡散符水。

只見白娘子睜一雙妖眼，到先生面前，喝一聲：「你好無禮！出家人在我丈夫面前說我是一個妖怪，書符來捉我！」那先生回言：「我行的是五雷天心正法，凡有妖怪，吃了我的符，他即變出真形來。」那白娘子道：「衆人在此，你且書符來我吃看！」那先生書一道符，遞與白娘子。白娘子接過符來，便吞下去。衆人都看，沒些動靜。衆人道：「這等一個婦人，如何說是妖怪？」衆人把那先生齊罵。那先生罵得口睜眼呆，半晌無言，惶恐滿面。白娘子道：「衆位官人在此，他捉我不得。我自小學得個戲術，且把先生試來與衆人看。」只見白娘子口內喃喃的，不知念些甚麼，把那先生卻似有人擒的一般，縮做一堆，懸空而起。衆人看了齊吃一驚。許宣呆了。娘子道：「若不是衆位面上，把這先生吊他一年。」白娘子噴口氣，只見那先生依然放下，只恨爹娘少生兩翼，飛也似走了。衆人都散了。夫妻依舊回來，不在話下。日逐盤纏，都是白娘子將出來用度。正是：

夫唱婦隨，朝歡暮樂。

不覺光陰似箭，又是四月初八日，釋迦佛生辰。只見街市上人擡著柏亭浴佛，家家佈施。許宣對王主人道：「此間與杭州一般。」只見鄰舍邊一個小的，叫做鐵頭，道：「小乙官人，今日承天寺裡做佛會，你去看一看。」許宣轉身到裡面，對白娘子說了。白娘子道：「甚麼好看，休去！」許宣道：「去走一遭，散悶則個。」

娘子道：「你要去，身上衣服舊了不好看，我打扮你去。」叫青青取新鮮時樣衣服來。許宣著得不長不短，一似像體裁的。戴一頂黑漆頭巾，腦後一雙白玉環，穿一領青羅道袍，腳著一雙皂靴，手中拏一把細巧百摺描金美人珊瑚墜上樣春羅扇，打扮得上下齊整。那娘子吩咐一聲，如鶯聲巧囀道：「丈夫早早回來，切勿教奴記掛！」許宣叫了鐵頭相伴，逕到承天寺來看佛會。人人喝采，好個官人。只聽得有人說道：「昨夜周將仕典當庫內，不見了四五千貫金珠細軟物件。現今開單告官，挨查，沒捉人處。」許宣聽得，不解其意，自同鐵頭在寺。其日燒香官人子弟男女人等往往來來，十分熱鬧。許宣道：「娘子教我早回，去罷。」轉身人叢中，不見了鐵頭，獨自個走出寺門來。只見五六個人似公人打扮，腰裡掛著牌兒。數中一個看了許宣，對眾人道：「此人身上穿的，手中拿的，好似那話兒。」數中一個認得許宣的道：「小乙官，扇子借我一看。」許宣不知是計，將扇遞與公人。那公人道：「你們看這扇子墜，與單上開的一般！」眾人喝聲：「拿了！」就把許宣一索子綁了，好似：數隻皂雕追紫燕，一群餓虎咬羊羔。

許宣道：「眾人休要錯了，我是無罪之人。」眾公人道：「是不是，且去府前周將仕家分解！他店中失去五千貫金珠細軟、白玉絛環、細巧百摺扇、珊瑚墜子，你還說無罪？眞贓正賊，有何分說！實是大膽漢子，把我們公人作等閒看成。見今頭上、身上、腳上，都是他家物件，公然出外，全無忌憚！」許宣方才呆了，半晌不則聲。許宣道：「原來如此。不妨，不妨，自有人偷得。」眾人道：「你自去蘇州府廳上分說。」

次日大尹升廳，押過許宣見了。大尹審問：「盜了周將仕庫內金珠寶物在於何處？從實供來，免受刑法拷打。」許宣道：「稟上相公做主，小人穿的衣服物件皆是妻子白娘子的，不知從何而來，望相公明鏡詳辨則個！」大尹喝道：「你妻子今在何處？」許宣道：「見在吉利橋下王主人樓上。」大尹即差緝捕使臣袁子明押了許宣火速捉來。

差人袁子明來到王主人店中，主人吃了一驚，連忙問道：「做甚麼？」許宣道：「白娘子在樓上麼？」主人道：「你同鐵頭早去承天寺裡，去不多時，白娘子對我說道：『丈夫去寺中閑耍，教我同青青照管樓上；此時不見回來，我與青青去寺前尋他去也，望乞主人替我照管。』出門去了，到晚不見回來。我只道與你去望親戚，到今日不見回來。」眾公人要王主人尋白娘子，前前後後遍尋不見。袁子明將主人捉了，見大尹回話。大尹道：「白娘子在何處？」王主人細細稟覆了，道：「白娘子是妖怪。」大尹一一問了，道：「且把許宣監了！」王主人使用了些錢，保出在外，伺候歸結。

且說周將仕正在對門茶坊內閑坐，只見家人報導：「金珠等物都有了，在庫閣頭空箱子內。」周將仕聽了，慌忙回家看時，果然有了，只不見了頭巾、絛環、扇子并扇墜。周將仕道：「明是屈了許宣，平白地害了一個人，不好。」暗地裡到與該房說了，把許宣只監個小罪名。

卻說邵太尉使李募事到蘇州幹事，來王主人家歇。主人家把許宣來到這裡，又吃官事，一一從頭說了一遍。李募事尋思道：看自家面上親眷，如何看做落？」只得與他央人情，上下使錢。一日，大尹把許宣一一供招明白，都做在白娘子身上，只做「不合不出首妖怪」等事，杖一百，配三百六十里，押發鎮江府牢城營做工。李募事道：「鎮江去便不妨，我有一個結拜的叔叔，姓李名克用，在針子橋下開生藥店。我寫一封書，你可去投托他。」許宣只得問姐夫借了些盤纏，拜謝了王主人並姐夫，就買酒飯與兩個公人吃，收拾行李起程。王主人並姐夫送了一程，各自回去了。

且說許宣在路，饑食渴飲，夜住曉行，不則一日，來到鎮江。先尋李克用家，來到針子橋生藥鋪內。只見主管正在門前賣生藥，老將仕從裡面走出來。兩個公人同許宣慌忙唱個喏道：「小人是杭州李募事家中人，有書在此。」主管接了，遞與老將仕。老將仕拆開看了道：「你便是許宣？」許宣道：「小人便是。」李克用教三人吃了飯，分付當直的同到府中，下了公文，使用了錢，保領回家。防送人討了回文，自歸蘇州去了。

許宣與當直一同到家中，拜謝了克用，參見了老安人。克用見李募事書，說道：「許宣原是生藥店中主管。」因此留他在店中做買賣，夜間教他去五條巷賣豆腐的王公樓上歇。克用見許宣藥店中十分精細，心中歡喜。原來藥鋪中有兩個主管，一個張主管，一個趙主管。趙主管一生老實本分。張主管一生剋剝奸詐，倚著自老了，欺侮後輩。見又添了許宣，心中不悅，恐怕退了他，反生奸計，要嫉妒他。

忽一日，李克用來店中閑看，問：「新來的做買賣如何？」張主管聽了心中道：「中我機謀了！」應道：「好便好了，只有一件，……」克用道：「有甚麼一件？」

老張道：「他大主買賣肯做，小主兒就打發去了，因此人說他不好。我幾次勸他，不肯依我。」老員外說：「這個容易，我自吩咐他便了，不怕他不依。」趙主管在傍聽得此言，私對張主管說道：「我們都要和氣。許宣新來，我和你照管他才是。有不是，寧可當面講，如何背後去說他？他得知了，只道我們嫉妒。」老張道：「你們後生家，曉得甚麼！」天已晚了，各回下處。趙主管來許宣下處，道：「張主管在員外面前嫉妒你，你如今要愈加用心，大主小主兒買賣，一般樣做。」許宣道：「多承指教。我和你去閑酌一盃。」二人同到店中，左右坐下。酒保將要飯果碟擺下，二人吃了幾盃。趙主管說：「老員外最性直，受不得觸。你便依隨他生性，耐心做買賣。」許宣道：「多謝老兄厚愛，謝之不盡。」又飲了兩盃，天色晚了。趙主管道：「晚了路黑難行，改日再會。」許宣還了酒錢，各自散了。

許宣覺道有杯酒醉了，恐怕衝撞了人，從屋簷下回去。正走之間，只見一家樓上推開窗，將熨斗播灰下來，都傾在許宣頭上。立住腳，便罵道：「淮家潑男女不生眼睛，好沒道理！」只見一個婦人，慌忙走下來道：「官人休要罵，是奴家不是，一時失誤了，休怪！」許宣半醉，抬頭一看，兩眼相覷，正是白娘子。許宣怒從心上起，惡向膽邊生，無明火焰騰騰高起三千丈，掩納不住，便罵道：「你這賊賤妖精，連累得我好苦！吃了兩場官事！」恨小非君子，無毒不丈夫。正是：

踏破鐵鞋無覓處，得來全不費工夫。

許宣道：「你如今又到這裡，卻不是妖怪？」趕將人去，把白娘子一把拿住道：「你要官休，私休？」白娘子陪著笑面道：「丈夫，『一夜夫妻百日恩』，和你說來事長。你聽我說：當初這衣服，都是我先夫留下的。我與你恩愛深重，教你穿在身上，恩將仇報，反成吳越？」許宣道：「那日我回來尋你，如何不見了？主人都說你同青青來寺前看我，因何又在此間？」白娘子道：「我到寺前，聽得說你被捉了去，教青青打聽不著，只道你脫身走了。怕來捉我，教青青連忙討了一隻船，到建康府娘舅家去，昨日才到這裡。我也道連累你兩場官事，還有何面目見你！你怪我也無用了。情意相投，做了夫妻，如今好端端，難道走開了？我與你情似泰山，恩同東海，誓同生死，可看日常夫妻之面，娶我到下處，和你百年偕老，卻不是好！」許宣被白娘子一騙，回嗔作喜，沉吟了半晌，被色迷了心膽，留連之意，不回下處，就在白娘子樓上歇了。

次日，來上河五條巷王公樓家，對王公說：「我的妻子同丫鬟從蘇州來到這裡。」一一說了，道：「我如今搬回來一處過活。」王公道：「此乃好事，如何用說。」

當日把白娘子同青青搬來王公樓上。次日，點茶請鄰舍。第三日，鄰舍又與許宣接風。酒筵散了，鄰舍各自回去，不在話下。第四日，許宣早起梳洗已罷，對白娘子說：「我去拜謝東西鄰舍，去做買賣去也；你同青青只在樓上照管，切勿出門！」吩咐已了，自到店中做買賣，早去晚回。不覺光陰迅速，日月如梭，又過一月。

忽一日，許宣與白娘子商量，去見主人李員外媽媽家眷。白娘子道：「你在他家做主管，去參見了他，也好經常走動。」到次日，雇了轎子，逕進裡面請白娘子上了轎，叫王公挑了盒兒，丫鬟青青跟隨，一齊來到李員外家。下了轎子。進到裡面，請員外出來。李克用連忙來見，白娘子深深道個萬福，拜了兩拜，媽媽也拜了兩拜，內眷都參見了。原來李克用年紀雖然高大，卻專一好色，見了白娘子有傾國之姿，正是：

三魂不附體，七魄在他身。

那員外目不轉睛，看白娘子。當時安排酒飯管待。媽媽對員外道：「好個伶俐的娘子！十分容貌，溫柔和氣，本分老成。」員外道：「便是杭州娘子生得俊俏。」飲酒罷了，白娘子相謝自回。李克用心中思想：「如何得這婦人共宿一宵？」眉頭一簇，計上心來，道：「六月十三是我壽誕之日，不要慌，教這婦人著我一個道兒。」

不覺烏飛兔走，才過端午，又是六月初間。那員外道：「媽媽，十三日是我壽誕，可做一個筵席，請親眷朋友閑耍一日，也是一生的快樂。」當日親眷鄰友主管人等，都下了請帖。次日，家家戶戶都送燭面手帕物件來。十三日都來赴筵，吃了一日。次日是女眷們來賀壽，也有廿來個。且說白娘子也來，十分打扮，上著青織金衫兒，下穿大紅紗裙，戴一頭百巧珠翠金銀首飾。帶了青青，都到裡面拜了生日，參見了老安人。東閣下排著筵席。原來李克用是吃蝨子留後腿的人，因見白娘子容貌，設此一計，大排筵席。各各傳杯弄盞。酒至半酣，卻起身脫衣淨手。李員外原來預先吩咐腹心養娘道：「若是白娘子登東，他要進去，你可另引他到後面僻淨房內去。」李員外設計已定，先自躲在後面。正是：

不勞鑽穴踰牆事，穩做偷香竊玉人。

只見白娘子眞個要去淨手，養娘便引他到後面一間僻淨房內去，養娘自回。那員外心中淫亂，捉身不住，不敢便走進去，卻在門縫裡張。不張萬事皆休，則一張那員外大吃一驚，回身便走，來到後邊，往後倒了。不知一命如何，先覺四肢不舉！

那員外眼中不見如花似玉體態，只見房中蟠著一條吊桶來粗大白蛇，兩眼一似燈盞，放出金光來。驚得半死，回身便走，一絆一交。衆養娘扶起看時，面青口白。主管慌忙用安魂定魄丹服了，方才醒來。老安人與衆人都來看了：道：「你為何大驚小怪做甚麼？」李員外不說其事，說道：「我今日起得早了，連日又辛苦了些，頭風病發，暈倒了。」扶去房裡睡了。衆親眷再入席飲了幾杯，酒筵散罷，衆人作謝回家。

白娘子回到家中思想，恐怕明日李員外在鋪中對許宣說出本相來，便生一條計，一頭脫衣服，一頭歎氣。許宣道：「今同出去吃酒，因何回來歎氣？」白娘子道：「丈夫，說不得！李員外原來假做生日，其心不善。因見我起身登東，他躲在裡面，欲要姦騙我，扯裙扯褲，來調戲我。欲待叫起來，衆人都在那裡，怕粧幌子。被我一推倒地，他怕羞沒意思，假說暈倒了。這惶恐那裡出氣。」許宣道：「既不曾好騙你，他是我主人家，出於無奈，只得忍了。這遭休去便了。」白娘子道：「你不與我做主，還要做人？」許宣道：「先前多承姐夫寫書，教我投奔他家。虧他不阻，收留在家做主管，如今教我怎的好？」白娘子道：「男子漢！我被他這般欺負，你還去他家做主管？」許宣道：「你教我何處去安身？做何生理？」白娘子道：「做人家主管，也是下賤之事，不如自開一個生藥鋪。」許宣道：「虧你說，只是那討本錢？」白娘子道：「你放心，這個容易。我明日把些銀子，你先去賃了問房子卻又說話。」

且說「今是古，古是今」，各處有這般出熱的。間壁有一個人，姓蔣名和，一生出熱好事。次日，許宣問白娘子討了些銀子，教蔣和去鎮江渡口碼頭上，賃了一間房子，買下一付生藥廚櫃，陸續收買生藥，十月前後，俱已完備，選日開張藥店，不去做主管。那李員外也自知惶恐，不去叫他。

許宣自開店來，不匡買賣一口興一日，普得厚利。正在門前賣生藥，只見一個和尚將著一個募緣簿子道：「小僧是金山寺和尚，如今七月初七日是英烈龍王生日，伏望官人到寺燒香，佈施些香錢。」許宣道：「不必寫名。我有一塊好降香，捨與你拿去燒罷。」即便開櫃取出遞與和尚。和尚接了道：「是日望官人來燒香！」打一個問訊去了。白娘子看見道：「你這殺才，把這一塊好香與那賊禿去換酒肉吃！」許宣道：「我一片誠心捨與他，花費了也是他的罪過。」

不覺又是七月初七日，許宣正開得店，只見街上鬧熱，人來人往。幫閑的蔣和道：「小乙官前日佈施了香，今日何不去寺內閑走一遭？」許宣道：「我收拾了，略待略待。和你同去。」蔣和道：「小人當得相伴。」許宣連忙收拾了，進去對白娘子道：「我去金山寺燒香，你可照管家裡則個。」白娘子道：「無事不登三寶殿，去做甚麼？」許宣道：「一者不曾認得金山寺，要去看一看；二者前日佈施了，要去燒香。」白娘子道：「你既要去，我也擋你不得，也要依我三件事。」許宣道：「那三件？」白娘子道：「一件，不要去方丈內去；二件，不要與和尚說話；三件，去了就回，來得遲，我便來尋你也。」許宣道：「這個何妨，都依得。」當時換了新鮮衣服鞋襪，袖了香盒，同蔣和逕到江邊，搭了船，投金山寺來。先到龍王堂燒了香，繞寺閑走了一遍，同眾人信步來到方丈門前。許宣猛省道：「妻子分付我休要進方丈內去。」立住了腳，不進去。蔣和道：「不妨事，他自在家中，回去只說不曾去便了。」說罷，走入去，看了一回，便出來。

且說方丈當中座上，坐著一個有德行的和尚，眉清目秀，圓頂方袍，看了模樣，確是真僧。一見許宣走過，便叫侍者：「快叫那後生進來。」侍者看了一回，人千人萬，亂滾滾的，又不認得他，回說：

「不知他走那邊去了？」和尚見說，持了禪杖，自出方丈來，前後尋不見。復身出寺來看，只見衆人都在那裡等風浪靜了落船。那風浪越大了，道：「去不得。」正看之間，只見江心裡一隻船飛也似來得快。

許宣對蔣和道：「這船大風浪過不得渡，那隻船如何到來得快！」正說之間，船已將近。看時，一個穿白的婦人，一個穿青的女子來到岸邊。仔細一認，正是白娘子和青青兩個。許宣這一驚非小。是白娘子來到岸邊，叫道：「你如何不歸？快來上船！」許宣卻欲上船，只聽得有人在背後喝道：「業畜！在此做甚麼？」許宣回頭看時，人說道：「法海禪師來了！」禪師道：「業畜，敢再來無禮，殘害生靈！老僧爲你特來。」白娘子見了和尚，搖開船，和青青把船一翻，兩個都翻下水底去了。許宣回身看著和尚便拜：「告尊師，救弟子一條草命！」禪師道：「你如何遇著這婦人？」許宣把前項事情從頭說了一遍。禪師聽罷，道：「這婦人正是妖怪，汝可速回杭州去，如再來纏汝，可到湖南淨慈寺裡來尋我。有詩四句：

本是妖精變婦人，西湖岸上賣嬌聲。
汝國不識這他計，有難湖南見老憎。

許宣拜謝了法海禪師，同蔣和下了渡船，過了江，上岸歸家。白娘子同青青都不見了，方才信是妖精。到晚來，教蔣和相伴過夜，心中昏悶，一夜不睡。次日早起，叫蔣和看著家裡，卻來到針子橋李克用家，把前項事情告訴了一遍。李克用道：「我生日之時，他登東，我撞將去，不期見了這妖怪，驚得我死去；我又不敢與你說這話。既然如此，你且搬來我這裡住著，別作道理。」許宣作謝了李員外，依舊搬到他家。不覺住過兩月有餘。

忽一日立在門前，只見地方總甲吩咐排門人等，俱要香花燈燭迎接朝廷恩赦。原來是宋高宗策立孝宗，降赦通行天下，只除人命大事，其餘小事，盡行赦放回家。許宣遇赦，歡喜不勝，吟詩一首，詩云：

感謝吾皇降赦文，網開三面許更新。
死時不作他邦鬼，生日還為舊土人。
不幸逢妖愁更甚，何期遇宥罪除根。
歸家滿把香焚起，拜謝乾坤再造恩。

許宣吟詩已畢，央李員外衙門上下打點使用了錢，見了大尹，給引還鄉。拜謝東鄰西舍，李員外媽媽合家大孝二位主管，俱拜別了。央幫閒的蔣和買了些土物帶回杭州。來到家中，見了姐夫姐姐，拜了四拜。李募事見了許宣，焦躁道：「你好生欺負人！我兩遭寫書教你投托人，你在李員外家娶了老小，不直得寄封書來教我知道，直恁的無仁無義！」許宣說：「我不曾娶妻。」姐夫道：「見今兩日前，有一個婦人帶著一個丫鬟，道是你的妻子。說你七月初七日去金山寺燒香，不見回來。那裡不尋到？直到如今，打聽得你回杭州，同丫鬟先到這裡等你兩日了。」教人叫出那婦人和丫鬟見了許宣。許宣看見，果是白娘子、青青。許宣見了，目睜口呆，吃了一驚，不在姐夫姐姐面前說這話本，只得任他埋怨了一場。李募事教許宣共白娘子去一間房內去安身。許宣見晚了，怕這白娘子，心中慌了，不敢向前，朝著白娘子跪在地下道：「不知你是何神何鬼，可饒我的性命！」白娘子道：「小乙哥，是何道理？我和你許多時夫妻，又不曾虧負你，如何說這等沒力氣的話？」許宣道：「自從和你相識之後，帶累我吃了兩場官司。我到鎮江府，你又來尋我。前日金山寺燒香，歸得遲了，你和青青又直趕來。見了禪師，便跳下江裡去了。我只道你死了，不想你又先到此。望乞可憐見饒我則個！」白娘子圓睜怪眼道：「小乙官，我也只是爲好，誰想倒成怨本！我與你平生夫婦，共枕同衾，許多恩愛，如今卻信別人閑言語，教我夫妻不睦。我如今實對你說，若聽我言語，喜喜歡歡，萬事皆休；若生外心，教你滿城皆爲血水，人人手攀洪浪，腳踏渾波，皆死於非命。」驚得許宣戰戰兢兢，半晌無言可答，不敢走近前去。青青勸道：「官人，娘子愛你杭州人生得好，又喜你恩情深重。聽我說，與娘子和睦了，休要疑慮。」許宣吃兩個纏不過，叫道：「卻是苦耶！」只見姐姐在天井裡乘涼，聽得叫苦，連忙來到房前，只道他兩個兒廝鬧，拖了許宣出來。白娘子關上房門自睡。

許宣把前因後事，一一對姐姐告訴了一遍。卻好姐夫乘涼歸房，姐姐道：「他兩口兒廝鬧了，如今不知睡了也未，你且去張一張了來。」李募事走到房前看時，裡頭黑了，半亮不亮，將舌頭舔破紙窗，不張萬事皆休，一張時，見一條吊桶來大的蟒蛇，睡在床上，伸頭在天窗內乘涼，鱗甲內放出白光來，照得房內如同白日。吃了一驚，回身便走。來到房中，不說其事，道：「睡了，不見則聲。」許宣躲在姐姐房中，不敢出頭，姐夫也不問他。過了一夜。

次日，李募事叫許宣出去，到僻靜處問道：「你妻子從何娶來？實實的對我說，不要瞞我，自昨夜親眼看見他是一條大白蛇，我怕你姐姐害怕，不說出來。」

許宣把從頭事，一一對姐夫說了一遍。李募事道：「既是這等，白馬廟前一個呼蛇戴先生，如法捉得蛇，我同你去接他。」二人取路來到白馬廟前，只見戴先生正立在門口。二人道：「先生拜揖。」先生道：「有何見諭？」許宣道：「家中有一條大蟒蛇，想煩一捉則個！」先生道：「宅上何處？」許宣道：「過軍將橋黑珠兒巷內李募事家便是。」取出一兩銀子道：「先生收了銀子，待捉得蛇，另又相謝。」先生收了道：「二位先回，小子便來。」李募事與許宣自回。

那先生裝了一瓶雄黃藥水，一直來到黑珠兒巷門，問李募事家。人指道：「前面那樓子內便是。」先生來到門前，揭起簾子，咳嗽一聲，並無一個人出來。

敲了半晌門，只見一個小娘子出來問道：「尋誰家？」先生道：「此是李募事家麼？」小娘子道：「便是。」先生道：「說宅上有一條大蛇，卻才二位官人來請小子捉蛇。」小娘子道：「我家哪有大蛇？你差了。」先生道：「官人先與我一兩銀子，說捉了蛇後，有重謝。」白娘子道：「沒有，休信他們哄你。」先生道：「如何作耍？」白娘子三回五次發落不去，焦躁起來，道：「你眞個會捉蛇？只怕你捉他不得！」戴先生道：「我祖宗七八代呼蛇捉蛇，量道一條蛇有何難捉！」娘子道：「你說捉得，只怕你見了要走！」先生道：「不走，不走！如走，罰一錠白銀。」娘子道：「隨我來。」到天井內，那娘子轉個彎，走進去了。那先生手中提著瓶兒，立在空地上，不多時，只見刮起一陣冷風，風過處，只見一條吊桶來大的蟒蛇，速射將來，正是：

人無害虎心，虎有傷人意。

且說那戴先生吃了一驚，望後便倒，雄黃罐兒也打破了，那條大蛇張開血紅大口，露出雪白齒，來咬先生。先生慌忙爬起來，只恨爹娘少生兩腳，一口氣跑過橋來，正撞著李募事與許宣。許宣道：「如何？」那先生道：「好教二位得知，……」把前項事，從頭說了一遍，取出那一兩銀子付還李募事道：「若不生這雙腳，連性命都沒了。二位自去照顧別人。」急急的去了。許宣道：「姐夫，如今怎麼處？」李募事道：「眼見實是妖怪了。如今赤山埠前張成家欠我一千貫錢，你去那裡靜處，討一間房兒住下。那怪物不見了你，自然去了。」許宣無計可奈，只得應承。同姐夫到家時，靜悄悄的沒些動靜。李募事寫了書帖，和票子做一封，教許宣往赤山埠去。只見白娘子叫許宣到房中道：「你好大膽，又叫甚麼捉蛇的來！你若和我好意，佛眼相看；若不好時，帶累一城百姓受苦，都死於非命！」許宣聽得，心寒膽戰，不敢則聲。將了票子，悶悶不已。來到赤山埠前，尋著了張成。隨即袖中取票時，不見了，只叫得苦。慌忙轉步，一路尋回來時，那裡見！

正悶之間，來到淨慈寺前，忽地裡想起那金山寺長老法海禪師曾吩咐來：「倘若那妖怪再來杭州纏你，可來淨慈寺內來尋我。」如今不尋，更待何時？急入寺中，問監寺道：「動問和尚，法海禪師曾來上剎也未？」那和尚道：「不曾到來。」

許宣聽得說不在，越悶，折身便回來長橋堍下，自言自語道：「時衰鬼弄人，我要性命何用？」看著一湖清水，卻待要跳！正是：

閻王判你三更到，定不容人到四更。

許宣正欲跳水，只聽得背後有人叫道：「男子漢何故輕生？死了一萬口，只當五千雙，有事何不問我！」許宣回頭看時，正是法海禪師，背馱衣缽，手提禪杖，原來眞個才到。也是不該命盡，再遲一碗飯時，性命也休了。許宣見了禪師，納頭便拜，道：「救弟子一命則個！」禪師道：「這業畜在何處？」許宣把上項事一一訴了，道：「如今又直到這裡，求尊師救度一命。」禪師於袖中取出一個缽盂，遞與許宣道：「你若到家，不可教婦人得知，悄悄的將此物劈頭一罩，切勿手輕，緊緊的按住，不可心慌，你便回去。」

且說許宣拜謝了禪師，回家。只見白娘子正坐在那裡，口內喃喃的罵道：「不知甚人挑撥我丈夫和我做冤家，打聽出來，和他理會！」正是有心等了沒心的，許宣張得他眼慢，背後悄悄的望白娘子頭上一罩，用盡平生氣力納住，不見了女子之形，隨著缽盂慢慢的按下，不敢手鬆，緊緊的按住。只聽得缽盂內道：「和你數載夫妻，好沒一些兒人情！略放一放！」許宣正沒了結處，報道：「有一個和尚，說道：『要收妖怪。』」許宣聽得，連忙教李募事請禪師進來。來到裡面，許宣道：「救弟子則個！」不知禪師口裡念的甚麼。念畢，輕輕的揭起缽盂，只見白娘子縮做七八寸長，如傀儡人像，雙眸緊閉，做一堆兒，伏在地下。禪師喝道：「是何業畜妖怪，怎敢纏人？可說備細！」白娘子答道：「禪師，我是一條大蟒蛇。因爲風雨大作，來到西湖上安身，同青青一處。不想遇著許宣，春心蕩漾，按納不住一時冒犯天條，卻不曾殺生害命。望禪師慈悲則個！」禪師又問：「青青是何怪？」白娘子道：「青青是西湖內第三橋下潭內千年成氣的青魚。一時遇著，拖他爲伴。他不曾得一日歡娛，並望禪師憐憫！」禪師道：「念你千年修煉，免你一死，可現本相！」白娘子不肯。禪師勃然大怒，口中念念有詞，大喝道：「揭諦何在？快與我擒青魚怪來，和白蛇現形，聽吾發落！」須臾，庭前起一陣狂風。風過處，只聞得豁刺一聲響，半空中墜下一個青魚，有一丈多長，向地撥刺的連跳幾跳，縮做尺餘長一個小青魚。看那白娘子時，也復了原形，變了三尺長一條白蛇，兀自昂頭看著許宣。禪師將二物置於缽盂之內，扯下相衫一幅，封了缽盂口。拿到雷峰寺前，將缽盂放在地下，令人搬磚運石，砌成一塔。後來許宣化緣，砌成了七層寶塔，千年萬載，白蛇和青魚不能出世。

且說禪師押鎮了，留偈四句：

西湖水乾，江潮不起，雷峰塔倒，白蛇出世。

法海禪師言畢。又題詩八句以勸後人：

奉勸世人休愛色，愛色之人被色迷。
心正自然邪不擾，身端怎有惡來欺？
但看許宣因愛色，帶累官司惹是非。
不是老僧來救護，白蛇吞了不留些。

法海禪師吟罷，各人自散。惟有許宣情願出家，禮拜禪師爲師，就雷峰塔披剃爲僧。修行數年，一夕坐化去了。衆僧買龕燒化，造一座骨塔，千年不朽，臨去世時，亦有詩八句，留以警世，詩曰：

祖師度我出紅塵，鐵樹開花始見春。
化化輪回重化化，生生轉變再生生。
欲知有色還無色，須識無形卻有形。
色即是空空即色，空空色色要分明。

（選自《警世通言》）

我那真實存在但無法被看見的同志家庭／勇哥

我甫過三十歲生日後的第一個春天遇見目前的伴侶，至今已邁入第十八個年頭，我們一週同住三天，各自回到原生家庭的晚上十一點，我們一定通電話、一起上健身房運動、共同買房子、一起規劃與準備老年生活。在異性戀婚姻歷程中，我們也該算即將邁入空巢期的老夫老妻了。但在身分證上，我們的配偶欄仍寫著「無」；報稅時，我們都以「單身」名義申報；在同事眼中，我們都是「學歷高到以至於眼光過高」的單身貴族。換言之，我們十八年的伴侶生活並不存在別人的眼光中，但這並不影響我們在生活中彼此相互扶持、相互照顧的意願與事實，只是我們必須隨時注意別人不友善的眼光。

無法被祝福的婚禮

認識彼此的當年秋天，我負笈遠渡重洋攻讀博士學位，曾考慮要爲新戀情放棄讀書計畫，但另一半告訴我：「我不要你爲了我做出你以後會後悔的事，我會等你回來。」我知道他眞的愛我。分離一學期如同三秋，相思讓我們更確定對彼此重要，那年冬天爲了堅定四年因求學必須分離兩地的遠距關係，我們在舊金山的友人家中，不到十名密友的祝福下，自行舉辦婚禮。那是我一生最快樂的一天。因爲還沒有向父親出櫃，最愛我、也最期待我結婚的父親沒有出席，知情的大姊曾經要阻止婚禮的進行，我回答說：「屬於爸爸的婚禮，等他接受我們時，我會爲他再舉行一次。我的婚禮是個永遠的進行式！」這才讓大姊同意以家長名義出席我的婚禮。

婚禮後，我把結婚照片留在台灣的家裡，讓爸爸有機會「看見」。一年後的寒假，我回到台灣，一如以往般，早晨陪爸爸散步。出門後，爸爸從後面拍拍我的肩膀，告訴我：「恭喜你！」我佯裝不知地問：「恭喜什麼？」爸爸說：「恭喜你結婚！」之後，他再也沒說什麼。望著爸爸的背影，我不知道他度過多少無眠的夜晚，接受了他不曾理解的世界，只因爲他愛我。

被兩個家庭切割的生活

但是，祝福我不代表我爸爸可以全然接受另一半進入家庭中成爲一份子。爸爸不知道如何面對這位一百八十公分高的帥哥「媳婦」，每次家庭聚會，只要另一半出現，爸爸的表情與舉止就不自在。我知道要住在一起兼顧原生家庭與我的同志家庭，對我仍是遙遠的夢。取得博士學位返國任教，我們終於可以組成自己的家，但因爲對原生家庭的照顧責任，我的生活只好一分爲二，週三、五、日是我與伴侶的家庭生活，其餘則是我回到原生家庭的時間。這樣的安排是配合週三、五的規律運動時間，並讓我與伴侶可以從週五晚上到週六下午有完整相處的時間，週六晚上我們各自回到原生家庭中當「好兒子」，我回家途中會採買一週的食物，週日早上會煮一頓豐盛的午餐，並把一週的菜準備起來。週日傍晚我與另一半會再度碰面，度過平靜的兩人世界，準備另一個忙碌一週的開始。

相較於異性戀夫妻，我們可以當伴侶的時間不多，一週只有一個早上、一個下午與三個晚上，所以很珍惜僅有的時間，盡可能維護這屬於自己的家庭時間。因爲時間這麼少，都希望在一起的時間都是快樂的。我們會發展出很多讓彼此都很快樂的相處方式。我們彼此給對方暱稱，那是從心底對彼此的珍惜，總是不吝於告訴對方「我愛你」。我們會在生活中玩遊戲，當我開車去接他，只要他讓我多等，他上車時我一定要他待會請吃飯，外加看電影。我喜愛大自然，所以對植物名稱瞭若指掌，走在路上，我會教他記住不同植物的名稱，並不定時的抽考。一方面滿足我不能到野外的遺憾，另一方面，看到他逐漸進入我的自然世界，我也很高興豐富了他的世界。

但這不代表我們之間沒有拉扯。我的外務多，每次都會佔用到屬於他的時間，我會希望他可以一起參與外界活動，尤其是同志運動，但他希望我們要有屬於自己的時間，所以我總是在他的極限邊緣，勉強維持對同志社群的參與。他是個城市男孩，喜歡看電影、逛街、看家電，而我喜歡到戶外看山看水，爲了妥協，我逐漸習慣看電影過週末，他也會偶而體貼地提議去外地泡溫泉，讓我透氣。

走在公共場合，我們無法表達親密，只能在電梯、停車場偶而消逝的瞬間，讓對方知道你深愛著他。在百貨公司逛街，常發生的景象是他遇見同事或客戶，他會帶著我躲的遠遠的；如果實在躲不過，我們會馬上自動彈開，我會繼續假裝不認識他，繼續往前走到不遠處等他。

家中的隱形人

回到我們的家中，外界的監視並沒有因此而不再存在。因爲另一半沒有對家人出櫃，所以他家人不知道我們同住在一起，因此，爲了不穿幫，我在家中從不接電話，以防他家人，尤其是他媽媽打電話來。爲了維護我們同志伴侶家庭生活的存在，我必須成爲隱形人。

過去十八年來，我都是以「好朋友」的身分出現在另一半家裡。純樸、踏實的勞動階層家庭讓他們對人眞誠接納，只是在催婚的同時，會說「爲什麼王仔也不結婚」。以好朋友的姿態，我參與他們家庭的生活種種，也成爲他們家庭的一員。

因爲伴侶關係沒有被承認，另一半買房子都是用個人名義，我無法參與。拜台北房價高漲之賜，我們以房價太高負擔太重爲由，找他弟弟一起三人合購第二棟房子再轉手賣掉。對於外人的加入，他家人有些不安，我們還訂定契約，明定「以後如果有一方不願意賣，其他兩方可以出資購買其所屬的權益，第三者不得拒絕」。從他父母的角度，我是那個第三者；但從我們的角度，他弟弟才是那個可能不願意賣的第三者。就在各自表述的情況下，我們第一次共同買房子。買第三棟時，另一半以「找王仔來分擔房貸」爲由，與我一起合購。於是，我們總算有了彼此共同的房子。

他出車禍，而我被迫成為外人！

聽起來，我們的同志家庭生活似乎很平順，雖偶有狀況，但都可以解決，沒有遭到明顯的阻礙。直到去年底另一半騎摩托車摔車，才驚覺到我們的伴侶生活是如此脆弱不堪一擊。那是一個週日的傍晚，我與另一半還有他弟弟約在一〇一大樓碰面，見面時，我看到另一半精神萎靡，才知道他騎摩托車摔倒，造成手腳大片擦傷瘀血。他只回家換衣服就來赴約，傷口還沒有清理。因此當下我與他弟弟決定先帶他到醫院處理傷口。進到醫院急診室，另一半要褪去衣服接受醫生檢查，在當下關係遠近的排序下，這樣親密貼身的動作就由他弟弟代勞，我就一如在賣場遇到他同事一般，佯裝外人走到旁邊。儘管我心裡關切另一半的傷勢，但我不能參與，甚至無法形於言表，否則會引人疑竇。我努力克制自己的情緒，扮演一個外人的角色。等傷口包紮好後，開車帶另一半與他弟弟回到我們的家。回到家中，我必須裝作對這個環境不熟悉，一舉一動還要刻意詢問，裝作是個陌生人。他弟弟貼心地繼續照顧他，幫他用毛巾擦澡，而我仍只能是個關心的朋友。當告一段落時，我告訴他弟弟，可以在回家途中順道帶他去搭公車，於是一起告別後出門。在送他弟弟到公車站牌後，繼續前行，直到稍遠處才掉頭回到家中，在沒有外界監視下，以伴侶的身份照顧行動不便的另一半。

這件事情的幸運之處在於另一半只是皮肉傷，他還可以自行回家，如期赴約；但也正因爲他的傷勢不重，才讓我驚覺我們伴侶關係的脆弱性。這樣一個輕微的受傷，我做爲伴侶去照顧另一半的機會與權利就被剝奪。只是小小的傷口包紮，我就已經如同外人，必須在外界監視下行禮如儀地完成一個外人應有的規範，在別人都離開後，我才能表達我對生命至愛的關心。如果他今天傷勢嚴重，我可能會是最後一個被通知的人，甚至不會被通知。如果我因此錯過與他最後相處與道別的機會，我不知道我將如何面對自己，並無憾地度過餘生。

夢醒：如果我們任何一人走了，這一切都將不存在！

想到這裡，驚出一身冷汗。我以爲十八年忠貞的伴侶關係會換得異性戀社會對同志伴侶的尊重，但卻發現只要你不是異性戀婚姻，你就得不到保障，即使是照顧另一半的權利，更遑論我們花費十八年所建立的生活世界。只因爲我們不被看見。

（選自《我的違章家庭：28個多元成家故事》，臺北：女書文化，二〇一一年）

閱讀引導

1.〈上邪〉

〈上邪〉一詩的層次分明。第一層先呼喊主宰「上邪！」，接著表達自己想要和愛人相知相守到老的心願，第二層提出了五種不太可能的假設，以堅定的語氣向上蒼發誓，顯現出熱戀當頭的小兒小女獨有的天眞浪漫，第三層再扣住第一層的許願，和第二層的誓詞，做出似反而正的結論。「乃敢與君絕」的眞正意涵是——我永遠不會與你分開。

2.〈有所思〉

〈有所思〉也是一首樂府詩。論者或說其爲「刺淫奔之詩」，或謂其爲「逐臣見棄於其君之作」，也有人說這是「藩國之臣，不遇而去，自抒憂憤之詞」。但若僅從文意來看，它就是一首很特別的情詩。詩可分成四個部分：前五句爲第一個段落「有所思，乃在大海南，何用問遺君？雙珠玳瑁簪，用玉紹繚之」，表明了女主角對於遠在天涯情郎綿綿的思念，與無限的珍重。第二個段落，情緒急轉直下，當眞心的女主角忽然「聞君有他心」，濃濃的深情被重重的敲擊，只能「拉雜摧燒之，摧燒之！當風揚其灰」表達她內心難抑的憤慨。這裡作者用了細膩的筆法，去刻劃出女子的動作，呈現出女子愛恨的轉變的心理。「拉雜摧燒之」五個字中有四個動詞，三句話裡有五個動作，充分展現出詩歌語言精鍊的特色，而連續兩次的「摧燒之」，不僅強化了女子遭逢背叛時氣憤矛盾，也表現出詩歌是具有「節奏性」的文類特質。然而，詩終究是詩，不會耽而不返，一瀉千里，因此第三段寫道，「從今以往，勿復相思！相思與君絕。雞鳴狗吠，兄嫂當知之」，女子很快地收拾散落的情緒，對未來有明確的方向。而末了的「東方須臾高知之」則是借景寓心，意有雙關。

3.〈釵頭鳳〉

〈釵頭鳳〉是陸游的名篇。大部分的文獻，都認爲〈釵頭鳳〉是在描寫陸游與唐琬帶有遺憾的愛情，但夏承燾、吳熊和、陳祖美等學者，則認爲這首詞不是寫給唐琬的，而是寫於成都時期的贈妓之作。理解這首千古傳誦的詞，盡可能釐清本事，當然很重要，然礙於行文流暢與篇幅，這裡不作細述，原則上我們同意大部分文獻的說法，認爲這首詞是陸、唐仳離後偶遇的創作。這首詞上片寫往事，以感慨繫之。起首三句，「紅酥手，黃縢酒，滿城春色宮牆柳」，概括描寫了兩人婚後甜蜜的感情生活，「東風惡」以下的四句，隱曲地表達了分離的原因和別後的痛苦，而連續三個錯字，既是對現實生活的悔恨，也是事過境遷後的自我反省。下片則從往事的回憶，拉回到眼下的情境，「春如舊，人空瘦，淚痕紅浥鮫綃透」，是作者對久別重逢唐琬的描寫，他利用麗景寫哀思，「空」字下得尤其好，拈起「山盟雖在，錦書難託」的無可如何，而最後三個莫字似輕實重，令人讀之動容。

4.〈李娃傳〉

〈李娃傳〉作意甚奇。小說一開始便寫道「監察御史白行簡爲傳述」，又謂「天寶中，有常州刺史滎陽公者，略其名氏不書」，很明顯有徵信讀者的用意，然而這恰好與小說虛構的本質相違。果爲眞，何必略其名氏，果爲假，何須言之鑿鑿？在虛實之間，白行簡想藉由倡女和富家子的愛戀故事，傳達什麼樣的創作意圖？這是閱讀〈李娃傳〉時，可以留意的問題。

魯迅《中國小說史略》曾給予〈李娃傳〉高度的評價，他說：「（白）行簡本善文筆，李娃事又近情而聳聽，故纏綿可觀。」所謂「近情」是指李娃傳的形象塑造貼近現實，情節轉折又合於情理，而「聳聽」則是指〈李娃傳〉的衝突張力極大，曲折起伏但又引人入勝。簡言之，〈李娃傳〉的成功之處在於，人物形象的設計，以及故事情節的安排非常突出。在人物方面，作者塑造了涉世未深卻一往情深的男主角（鄭生），和進退有據不同流俗的歡場奇女子（李娃），這兩個形象鮮明的角色，又安排了「貪財好利」的姥姥，和「重視功名」的滎陽公，藉著這兩個配角推動情節、製造衝突。而整個故事情節，由院遇、計逐、鞭棄、護讀、團圓五個部分組成，起伏跌宕張力十足，然節奏明快，不拖不沓。

5.〈白娘子永鎮雷峰塔〉

〈白娘子永鎮雷峰塔〉是白蛇傳說中很重要的一個版本，講的是修鍊成人形的白蛇精與凡人的曲折愛情故事。其中白娘子妖氣雖在，但亦具人性，她對丈夫有情，對青青有義，已完成從獸蛻人的實際「質變」。小說中眞正的衝突癥結，在於許宣動搖的個性，他是一個意志不堅，臨事猶疑的平凡人。文中描寫他長相俊秀，「平生是個老實人」，其怯懦又貪圖便宜的個性，注定他與白娘子不可能白首偕老。試想，一個軟弱平凡的老實人，遇上了蛇精結成了夫妻，因而吃上幾次官司，最後發現自己的枕邊人是一條白蛇，許宣的選擇其實並不令讀者意外。文中的法海，是一個收妖者、點化者，被描述成「眉清目秀，圓頂方袍，看了模樣，確是眞僧」，而故事的結局，以白娘子被鎭在雷峰塔收尾，並以「西湖水乾，江潮不起，雷峰塔倒，白蛇出世」爲結。這則故事，與後世熟悉的白蛇傳說或改編戲劇，基本上相去無多。以一則愛情文本來說，這個結局顯然是不符多數讀者心理期待的，但回歸《警世通言》的警世意涵，許宣證悟色空的結局，倒有許多宗教的意涵可以深究。更有趣的是，原本被設定成異類的白娘子，在雷峰塔的囚禁下，成爲掙脫威權、禮教綑綁人們心中的象徵——一種勇敢追愛的象徵，而「西湖水乾，江潮不起，雷峰塔倒，白蛇出世」恰恰給後世讀者留了伏筆，我們可以想像「如果有一天雷峰塔眞的倒了」，愛情是不是就得以圓滿？

6.〈**我那眞實存在但無法被看見的同志家庭**〉

勇哥的〈我那眞實存在但無法被看見的同志家庭〉，如實寫出了同志的處境，其文采平淡，然貴在眞誠，且文章訴求與理路脈絡，亦淸晰適切。文中以「不被祝福的婚禮」、「被兩個家庭切割的生活」、「家中的隱形人」、「他出車禍，我被迫成爲外人」，分別指陳同志愛情的艱難困境，末了以「夢醒」反思十八年忠貞的伴侶關係，眞的需要被保障，也表明他們渴望被世人看見與尊重。

勇哥於〈我那眞實存在但無法被看見的同志家庭〉文中，自剖同志身分的內心掙扎。作者雖與伴侶穩定交往了十八年，但他們的家庭生活卻必須保持隱密的狀態；後來在伴侶的一場車禍中驚覺，沒有法律的保障，同志伴侶關係毫無權利可言，因而發出不平的哀嘆。藉由文章的引導與課堂討論，可以使學生看見「多元性別」，進而省思尊重「多元家庭」的重要性。

單元書寫與引導

一、課堂活動

1. 活動理念

本單元以「發現心之美好，尋找更好的生活」爲主題，課堂活動安排〈白娘子永鎮雷峰塔〉的續寫，讓我們一起替白娘子尋找更好的生活。

2. 小組活動

(1)小組成員先互相討論，考慮白娘子被鎮於雷峰塔下的心境變化，決定是否要加入原故事中未出現的新角色，再試著寫出「雷峰塔倒，白蛇出世」之後的可能「結局」。

(2)小組交換續寫單，寫出具體評語，輪流上台互評。

(3)課後根據互評回饋，與老師建議，修改續寫故事，上傳至網路學園。

二、單元作業

1. 原故事以「西湖水乾，江潮不起，雷峰塔倒，白蛇出世」爲結束，請同學以「雷峰塔倒」（事實上眞的倒了）開始發想，接下來的故事會有什麼變化？

2. 故事續寫可以增添新角色，但需注意角色原始性格設定，如果欲翻轉角色基本個性，必須安排合理的轉折。結局最好明確，盡可能不要以開放結局作收。（字數不得低於四百字。）

延伸閱讀（文字和影像）

1. 張曉風：〈許士林的獨白〉，《步下紅毯之後》（臺北：九歌，二〇〇七）（張曉風以第一人稱模擬了許士林的心情，寫下了兒子對母親別後的思念，可做為故事續寫的參考。）
2. 李喬：《情天無恨：新白蛇傳》（臺北：前衛，一九八三）（李喬筆下，白蛇不僅只是勇於追求所愛，更重要的是她被重塑成一個為了了悟人生意義，不斷追求自我心性成長的意識主體。她以人身歷鍊前，便曾思索過：「生為蛇身之前，我是誰？」這樣具有哲學性的問題。）
3. 李碧華：《青蛇》（臺北：皇冠，一九九三）（李碧華別出心裁將青蛇塑造為說話主體，挑戰了「浪漫愛情乃為女人一切」的迷思和傳統文化，解構了女人理應為愛犧牲奉獻的基本形象。）
4. 王夢鷗：《唐人小說校釋》（臺北：正中書局，一九八九）（其中〈霍小玉傳〉、〈鶯鶯傳〉兩篇作品，可與〈李娃傳〉對參閱讀。）
5. 婦女新知基金會、臺灣伴侶權益推動聯盟／聯合策劃主編：《我的違章家庭：28個多元成家故事》（臺北：女書文化，二〇一一）
6. 侯孝賢：《最好的時光》（電影，中華民國，二〇〇五）
7. 楊雅喆：《女朋友，男朋友》（電影，中華民國，二〇一二）

4

斯土斯民——家鄉記憶

主題

深入認識自己的家鄉。

教學目標

一、自我覺察

透過閱讀作家作品中對於家鄉的描寫，覺察自我對家鄉的情感以及自我對家鄉的認識。

二、生命情感

離家在外求學的遊子們，通過閱讀作家作品之後，觀察自我是否融入所處的校園或異鄉環境、思考自我如何面對異地的陌生感、思索自我或同儕如何認同、包容異鄉異地的人、事、物。

三、創造力

藉由了解作家作品中，使用視覺、味覺、觸覺等等多方面感官技巧的摩寫，進行家鄉美食的書寫。

課程規劃說明

一、閱讀文本及選文標準

家鄉是孕育我們成長的地方，與我們有著緊密的關聯，但現代人常因生活步調緊湊，而忘了好好體察家鄉的一景一物，忘了它所帶給我們的潛意識力量。現今的大學生們多住校或於學校附近租賃，藉由閱讀前人的文章、詩歌，一解離鄉背井的思鄉情懷，並引導同學書寫家鄉美食的文章。本單元選文及標準如下：

1. 葉聖陶〈藕與蓴菜〉

每個人都有故鄉，每個人的生命裡，或多或少都與故鄉有著某種程度的結合。但是對於故鄉的認識，從自然地貌到人文風景，現在的年輕人已經越來越說不清楚。〈藕與蓴菜〉一文，從家鄉藕和蓴菜的描寫轉而抒發思鄉之情。透過葉聖陶對於故鄉人事、故鄉景物，具體而微的描寫，可以和作者一同眷戀故鄉的味道。

2. 張九齡〈望月懷遠〉、王維〈九月九日憶山東兄弟〉、杜荀鶴〈送人遊吳〉、溫庭筠〈商山早行〉、李商隱〈滯雨〉

故鄉是一個人的根，不管走到哪裏，身在何方，故鄉都在他的心中。五位唐代詩人，帶著故鄉美好的回憶來到了異地。客愁思鄉的情懷，現今遠赴他鄉的學子們或多或少也在心中湧現著。細細品味這五首詩篇，和作者們一同心靈交會，一同理解鄉愁的滋味。

3. 鍾理和〈做田〉

不凡往往蘊藏於平凡之中，我們身邊有許多的小人物，從他們的故事可以發現人們對生命的執著、對人間的情懷。鍾理和〈做田〉寫的正是高雄美濃山腳下，當時農村生活裡最熟悉的微小人事。透過鍾理和的鏡頭，我們由遠而近地看見一幅快樂而和諧的田園風光，在心裡頭也彷彿同作者一般地，嗅見飄散在空氣裡的農家風味。

也許現今的我們已遠離泥土，但對於土地的依戀，或許仍未遠去。希望藉由閱讀鍾理和〈做田〉，喚醒「與大地做朋友」的想法，進而品味鄉村田園，並嘗試書寫「蔬果米飯之美」。

二、設計理念

1. 與家鄉相關之主題，可區分爲建築、文化、飲食等等各個不同面向。首先，從校園飲食的面向切入，由小組活動，進行校園美食與家鄉美食的相關問題討論。
2. 其次，葉先生之文已透露淡淡懷鄉意味，故順此脈絡，帶領同學閱讀古詩中與思鄉情懷相關的作品（張九齡〈望月懷遠〉、王維〈九月九日憶山東兄弟〉、杜荀鶴〈送人遊吳〉、溫庭筠〈商山早行〉、李商隱〈滯雨〉）。
3. 延續與家鄉飲食相關主題，播放一段與家鄉飲食相關的影片。透過文本的閱讀、影音的賞析，請學生回歸自我，進行與家鄉飲食相關的圖文寫作。
4. 最後，期望家鄉主題亦能充分關懷、認同在地特色，透過鍾理和〈做田〉文本的閱讀，帶領學生揣摩當代作家如何描繪家鄉。並利用小組互評方式，激勵同學學習佳句和佳作。

動機引發

以南拳媽媽〈牡丹江〉MV的播放，讓同學欣賞樂曲之後，提問歌詞中「到不了的都叫做遠方，回不去的名字叫家鄉」是指哪裡？接著閱讀余光中〈鄉愁〉，並切入杭州老爺爺十六歲來臺，多年後開放大陸探親，老爺爺回家鄉探望的卻只能是母墳的故事。再以周杰倫〈爺爺泡的茶〉音樂MV欣賞後，擷取歌詞中「爺爺泡的茶有一種味道叫做家」，讓同學體會「家鄉」的味道。

文本閱讀與引導

藕與蓴菜／葉聖陶

同朋友喝酒，嚼著薄片的雪藕，忽然懷念起故鄉來了。若在故鄉，每當新秋的早晨，門前經過許多鄉人：男的紫赤的胳膊和小腿肌肉突起，軀幹高大且挺直，使人起健康的感覺；女的往往裹著白地青花的頭巾，雖然赤腳，卻穿短短的夏布裙，軀幹固然不及男的那樣高，但是別有一種健康的美的風致；他們各挑著一副擔子，盛著鮮嫩的玉色的長節的藕。在產藕的池塘裏，在城外曲曲彎彎的小河邊，他們把這些藕一再洗濯，所以這樣潔白。彷彿他們以為這是供人品味的珍品，這是清晨的畫境裏的重要題材，倘若塗滿污泥，就把人家欣賞的渾凝之感打破了；這是一件罪過的事，他們不願意擔在身上，故而先把它們洗濯得這樣潔白，才挑進城裏來。他們要稍稍休息的時候，就把竹扁擔橫在地上，自己坐在上面，隨便揀擇擔裏過嫩的「藕槍」或是較老的「藕樸」，大口地嚼著解渴。過路的人就站住了，紅衣衫的小姑娘揀一節，白頭髮的老公公買兩支。清淡的甘美的滋味於是普遍於家家戶戶了。這樣情形差不多是平常的日課，直到葉落秋深的時候。

在上海，藕這東西幾乎是珍品了。大概也是從我們故鄉運來的。但是數量不多，自有那些伺候豪華公子碩腹巨賈的幫閒茶房們把大部分搶去了；其餘的就要供在較大的水果鋪裏，位置在金山蘋果呂宋香芒之間，專待善價而沽。至於挑著擔子在街上叫賣的，也並不是沒有，但不是瘦得像乞丐的臂和腿，就是澀得像未熟的柿子，實在無從欣羨。因此，除了僅有的一回，我們今年竟不曾吃過藕。

這僅有的一回不是買來吃的，是鄰舍送給我們吃的。他們也不是自己買的，是從故鄉來的親戚帶來的。這藕離開它的家鄉大約有好些時候了，所以不復呈玉樣的顏色，卻滿披著許多銹斑。削去皮的時候，刀鋒過處，很不爽利。切成片送進嘴裏嚼著，有些兒甘味，但是沒有那種鮮嫩的感覺，而且似乎含了滿口的渣，第二片就不想吃了。只有孩子很高興，他把這許多片嚼完，居然有半點鐘工夫不再作別的要求。

想起了藕就聯想到蓴菜。在故鄉的春天，幾乎天天吃蓴菜。蓴菜本身沒有味道，味道全在於好的湯。但是嫩綠的顏色與豐富的詩意，無味之味眞足令人心醉。在每條街旁的小河裏，石埠頭總歇著一兩條沒篷的船，滿艙盛著蓴菜，是從太湖裏撈來的。取得這樣方便，當然能日餐一碗了。

而上海又不然；非上館子就難以吃到這東西。我們當然不上館子，偶然有一兩回去叨擾朋友的酒席，恰又不是蓴菜上市的時候，所以今年竟不曾吃過。直到最近，伯祥的杭州親戚來了，送他瓶裝的西湖蓴菜，他送給我一瓶，我才算也嘗了新。

向來不戀故鄉的我，想到這裡，覺得故鄉可愛極了。我自己也不明白，爲什麼會起這麼深濃的情緒？再一思索，實在很淺顯：因爲在故鄉有所戀，而所戀又只在故鄉有，就縈繫著不能割捨了。譬如親密的家人在那裏，知心的朋友在那裏，怎得不戀戀？怎得不懷念？但是僅僅爲了愛故鄉嗎？不是的，不過在故鄉的幾個人把我們牽繫著罷了。若無所牽繫，更何所戀念？像我現在，偶然被藕與蓴菜所牽繫，所以就懷念起故鄉來了。

所戀在哪裏，哪裏就是我們的故鄉了。

（選自《葉聖陶專集》，遼寧：萬卷，二〇一二年）

做田／鍾理和

尖山洞田四面環山，除開東邊的中央山脈，其餘三面都是小山岡，大抵土質磽薄，只生茅茨。

中央山脈層巒疊嶂，最外層造林局整理得最好的柚木埋遍了整面山谷，嫩綠而透明，呈著水彩畫的鮮豔顏色；次層是塗抹得最均勻的，鬱鬱蒼蒼的一片深青；最裡層高峰屹立，籠著紫色嵐氣，彷彿仙人穿在身上的道袍，峰頂裹在重重煙靄中，看上去莊嚴，縹緲而且空靈。

天空清藍淨潔，恍如一匹未經漿洗過的丹士林布。太陽剛剛昇出一竹竿高。一朵白雲在前面徘徊著。東南一角更湧起幾柱白中透點淺灰的雲朵。

天，和雲，和山的倒影，靜靜地躺在注滿了水的田隴裡。犁田的人把它們和著土塊帶水犁起，它們就和田裡茂盛的青豆之類糾纏在犁頭上，像圍勃一般，犁走兩步就纏成一大堆，好像整塊田都掛在那裡了，前邊的牛踉踉蹌蹌，並且停下來。

犁擱淺了！

「嘔！」

犁田的人大聲叱喝，舉起牛鞭向空一揮。

「嘔！媽的，我揍死你！」

牛一驚，奮勇向前，兩條牛藤拉得就如兩條鋼索，然而好像在地上紮了根，祇是不動。這是難怪呢，天和山都掛到犁頭上來了，怎麼會拉得起！

犁田的人滿臉晦氣，彎腰去清除那些扭纏在一塊的累贅。故是犁又輕快起來了，牛在前面拉得十分有勁，人又有了吹口哨的心情。

犁罷田，便用十三齒耙「打粗坯」。然後拿「盪棍」燙平。至此，一塊田便像一領攤開了的灰色毛毯，又平坦，又燙貼。

這就可以插秧了。

蒔田的人全俯著腰，背向青天，彷彿一隻隻的昆蟲，然而這些昆蟲卻並不向前進，而是一隻隻的往後退著。男人光著暗紅色的背脊，太陽在那上面激起鋼鐵般的幽鈍的光閃，有如昆蟲的甲殼。然而晨風陣陣吹來了，給人們拂去了逐漸加強的暑熱。

年輕女人做田塍，或砍除田塍及圳溝兩旁的雜草。她們穿著豔麗的花布短衫，腰間用條花帶結紮著，那包在竹笠上的藍洋巾的尾帆，隨風飄揚著。她們一邊做著活，一邊用山歌和歡笑來裝點年輕活潑的生命。這是一朵一朵的花。這樣的花開遍了整個尖山洞田，把它點綴得十分鮮活可愛。

鷂鷹在人們的頭頂的高空處非非非地鳴叫著，展開了大如車輪的勁翼畫著圓圈，一邊向著藏了野物的大地覓取自己所需要的東西，那是一條蛇，或是一隻死野鼠。在這樣的時候那是很豐富的，祇在田塍上、草叢裡、或小坡上。牠們在半天裡翱翔著、找尋著，小腦袋機警地時而向左，時而向右地注視下面，忽然，牠猛的一擺身，以雷霆萬鈞之勢俯衝直下。在飛起來時，牠的腳邊則已抓著一個很長的東西了。那是蛇，牠於是朝著山崖或樹林飛去。

整個田壠裡由東到西，再由南到北，都充滿著匆忙的人影，明朗快活的笑聲，山歌、小孩的尖叫、鳥鳴和水的無人能解的私語。土腥、草香、汗臭，及爛在田裡的青豆和死了的生物的，那揉在一起的氣味在空氣中飄散著。太陽昇得更高了。

一切都集中於一個快樂而和諧的旋律裡，並朝著一個嚴肅的目的而滾動著，進行著。

那個蒔田班子裡有人唱著恆春小調：

思啊；想伊……。

（選自《鍾理和全集3》，高雄縣：鍾理和文教基金會，一九九七年）

唐詩

〈望月懷遠〉／張九齡

海上生明月，天涯共此時。
情人怨遙夜，竟夕起相思。
滅燭憐光滿，披衣覺露滋。
不堪盈手贈，還寢夢佳期。

〈九月九日憶山東兄弟〉／王維

獨在異鄉爲異客，每逢佳節倍思親。
遙知兄弟登高處，遍插茱萸少一人。

〈送人遊吳〉／杜荀鶴

君到姑蘇見，人家盡枕河。
古宮閑地少，水港小橋多。（水港一作：水巷）
夜市賣菱藕，春船載綺羅。
遙知未眠月，鄉思在漁歌。

〈商山早行〉／溫庭筠

晨起動征鐸，客行悲故鄉。
雞聲茅店月，人跡板橋霜。
槲葉落山路，枳花明驛牆。
因思杜陵夢，鳧雁滿回塘。

〈滯雨〉／李商隱

滯雨長安夜，殘燈獨客愁。
故鄉雲水地，歸夢不宜秋。

（選自《唐詩三百首》，臺南：世一，二〇一二年）

閱讀引導

1.〈藕與蓴菜〉

〈藕與蓴菜〉作者開頭以「因為同朋友喝酒，嚼著薄片的雪藕，所以忽然懷念起故鄉來了」，便是以興筆寫作的方法來引領讀者，和他一同走入思鄉的氣氛。畫面仿若任意門般地，以各種感官的角度和遠近鏡頭的不斷切換，不斷地播放出葉聖陶故鄉人採藕畫面，男的、女的，紫赤、清白，紅衣衫小姑娘、白髮老公公，豐富的色彩，豐富著故鄉的回憶。鏡頭忽地回到現實，嘴裡的藕，是上海的珍品，「不是瘦得像乞丐的臂和腿，就是澀得像未熟的柿子」。這樣的對比書寫技巧，襯托出家鄉藕的美味。

相信你也曾在校園裏頭或是異鄉的某處，享用著某種食物，而想起家鄉的種種吧！也請想想異鄉與故鄉的不同之處，包括飲食、風土、人情等等。請觀察葉聖陶是以何種寫作方式展現故鄉食物的美味動人？然後，思考自己求學在外的日子，曾以何種事物一解相思之愁。最後想想自己能否融入異地異鄉。

2.〈做田〉

鍾理和的〈做田〉，先是細膩的刻畫「尖山洞田四面環山」裡的模樣，有嫩綠鮮豔的柚木林，鬱蒼深青的高峰，紫色的嵐氣，重重的煙靄中，讓這裡看上去莊嚴，縹緲而且空靈。接著將這樣的美景全倒映在水田裡，於是鏡頭便來到了細寫做田的種種。犁田的人兒，犁田的牛兒，還有花布短衫的年輕女人，以及機靈地在人們頭頂高空處非非非地鳴叫著的鸜鷹，在這樣的天和雲和山下，如此地相映成趣。

作者開門見山地訴說著田園鄉村的景致，田裡的人、牛、鸜鷹，快樂而和諧的在這塊土地上認真生活著。這樣的畫面風光，對於身處都市叢林的我們來說，簡直是課本裡的古人故事。然而，高雄的美濃卻能如此眞實呈現這番風景。希望同學們除了往前看看高雄市區的人文建設，也希望能看看身邊的鄉下小鎭，有著如此可親的小調旋律。

3.唐詩

〈望月懷遠〉

作者以夜晚的明月爲開端，想起家鄉的人或許也和他一樣，在家鄉的那頭也正望著這輪明月，想念著遠方的人。以對面寫作的筆法，巧妙地將彼此之情，借由明月之境連結起來。因為徹夜的相思不能成眠，於是，滅了燭，披起衣裳，步出室外，直到更深露重才驚覺。最後因「不堪盈手贈」，只好「還寢夢佳期」。張九齡寫出了你我對月起相思的共同情懷，也許你我思念的對象不同，緣由不同，但是，這輪月確實都曾照耀古今的多情人。

〈九月九日憶山東兄弟〉

十七歲的王維離開了家鄉蒲州到長安準備應試，無法在九月九日這個佳節和山東的家人一同團圓。重陽節的這一天，獨自旅居在外的作者，不禁想起家鄉的人，想著家鄉的人此時此刻一定是登上了高處，正將茱萸插在胸前。接著，以設想的筆法，將畫面全搆到了家鄉人兒的那端，相互插茱萸的兄弟們，此刻發現身邊少了王維一人。「每逢佳節倍思親」是許多異鄉遊子共同的心聲，作者以巧妙的構思，將這鄉愁靈活的以畫面呈現，使詩歌讀來淺顯易懂，而情深意遠。

〈送人遊吳〉、〈商山早行〉、〈滯雨〉

三首晚唐詩，從送友人遊、自我早行、因雨滯留三種不同心情來寫客愁。從春、霜、雨三種不同氣候來寫異地。透過季節、風物的轉變，以及自然界的種種變化，烘托詩人本身的思鄉之情。三位作者從不同的角度書寫了相同的主題——思鄉情懷，希望同學在體驗唐詩之美的同時，也能照顧自己對於故鄉的情感。並且透過這三首詩的解讀，能一同地來思考：同樣身為遊子，自己會在什麼樣的情境下產生思鄉情懷？是否能與古人所述產生共鳴？藉此體驗古今人類之同情共感。

單元書寫與引導

一、課堂活動

1. 活動理念

本單元以家鄉為主題，希望同學親近斯土斯民。課堂的活動以食物引發討論動機，輔以課堂同學互評，與開放網路留言討論，寄望增進同學書寫經驗。

2. 小組活動

(1)尋找校園美食

大學校園裏頭除了攫取知識的殿堂，還有餵飽五臟廟的餐廳。請問哪樣美食最令你難忘？試寫出其五項特點，又每項特點須超過十三個字。

(2)校園美食與家鄉書寫

在大學校園裏頭，有哪樣美食讓你不禁想起自己的老家？試著書寫出你品嘗這道美食的場景，說說當時氛圍、個人的心情，並聯想故鄉類似的美食或場景，最後談談現在自己的想法。題目自訂，文長兩百字。並將校園美食照片與此文上傳至Face Book。

(3)影片賞析

透過家鄉飲食影片的賞析，觸發學生對自己家鄉飲食的聯想。

(4)小組互評

請試著將你所拿到的校園美食的五項特點句子，以比喻法、擬人法、擬物法等等寫作技巧加以改編成二十字以上的句子。

請將你拿到的校園美食短文，加以改寫，至少要加上五句以寫作技巧改寫的句子，並且原文文意不得改編。題目自訂，文長兩百字。並將此文上傳至原組的Face Book留言處。

請將你所拿到的五百字家鄉美食作品，找出佳句，或改寫出佳句，至少共五句。並與小組成員討論推舉出最優秀的一篇作品，上台分享。

二、單元作業

1.誠如「閱讀引導」所言，〈藕與蓴菜〉以精細寫作取勝，古典詩歌以思鄉情懷爲重心，而〈做田〉則是以情景的自然交融爲其長處，因此在寫作引導上，首先請學生掌握他人文本長處，其次則是帶領學生思考：可以嘗試哪些寫作方法？復次，請學生鎖定自己最有感受的家鄉食物，於上課前自行蒐集相關周邊資料。在觀畢家鄉飲食影片後，隨堂思考如何多方面結合自己的感官，貼切地描繪該食物？以及如何將蒐集來的周邊資料去蕪存菁，有效提升自己行文的深廣度？又如何於文字裡，適時融合家鄉食物與個人之情感？此乃寫作引導各個層次之說明。

2.在你的家鄉一定有令人懷念的味道，請試著將這道美食以形、色、味、觸、嗅、聽、動態、靜態等等方面的描寫，並結合家鄉的文化深入書寫之。文長五百字，須附上圖片，題目自訂。

延伸閱讀（文字和影像）

1. 余秋雨：〈鄉關何處〉，《山居筆記》（臺北：爾雅，一九九五）（該文涉及家鄉之面向頗為多元，有歷史文化、語言、食物等等，適合做為學生拓展觀察視野的延伸閱讀。）
2. 楊牧：《奇萊前書》（臺北：洪範，二〇〇三）（此乃楊牧帶有自傳風格的散文集，作者以極具詩意的筆觸，描繪小時居住、戰前戰後過渡變化的花蓮，包含上學、山、植物、人性……主題之書寫。）
3. 簡媜：《月娘照眠床》（臺北：洪範，二〇〇六）（全書描寫作者對兒時鄉村生活的回憶，運用不少鄉土語言，充分展現故鄉樸實的一面；由全書的描繪中，尚可帶領讀者深刻思考人與大地、人與人之間種種議題。）
4. 王浩一：《慢食府城：台南小吃的古早味全紀錄》（臺北：心靈工坊，二〇〇七）（作者並非臺南人，卻因於此求學，又娶了臺南人為妻，臺南遂成為作者的第二故鄉。該書並非僅是單純的美食介紹著作，作者能適時結合飲食與歷史掌故、人文風情，使得全書之「味」得以兼顧味覺與人情，且顯得豐厚不單薄。）
5. 富士電視臺：《将太の寿司（將太的壽司）》（電視劇，日本，一九九六）（主角將太立足於家庭、故鄉，創造出屬於自己與故鄉風味的壽司之勵志影集。）
6. 余光中：〈鄉愁〉，《白玉苦瓜》七版（臺北：大地，一九八七）（此為余光中鄉愁主題詩之一，此詩分為四個段落，透露出作者人生不同階段裡對於鄉愁的體悟。）
7. 齊豫：〈橄欖樹〉、許美靜：〈城裡的月光〉、南拳媽媽：〈牡丹江〉、周杰倫：〈爺爺泡的茶〉（歌曲）（俱為由家鄉景物勾起思鄉之情的歌曲。）

5

族群故事——歷史印記

主題

族群的故事——屬於我們的歷史記憶。

教學目標

一、自我覺察

臺灣有著全世界獨一無二的族群問題，從清朝開始，因移民與殖民造成的衝突，在臺灣這塊土地上不斷上演。隨之而來的族群與身分認同，更是臺灣史上揮之不去的陰影與集體意識中的特殊光譜。本單元將藉由一些經典的藝術與文學作品，帶領同學回顧臺灣的歷史，認識並思考族群問題。唯有認識自己的過去，才知道我們將往什麼地方去，如果能了解與我們一起共同生活的人們，才明白自己的身分與意義。

二、生命情感

先人的行走軌跡與生命故事，沉澱出我們的文化歷史，從敵對到和解，從陌生到熟悉，從誤解到包容，閩粵移民自身的衝突，與臺灣原住民的糾葛，到殖民戰爭的爆發等等，血淚與歡笑澆灌出臺灣的族群圖譜，了解自身的歷史，才能看清未來的發展脈絡，讓斯土斯民更加融洽。

三、創造力

藉由文學與藝術作品來進行族群圖譜的多元賞析，一方面活絡學生的思考，一方面增進建構能力。

課程規劃說明

一、閱讀文本與選文標準

本單元分四週進行。要追溯臺灣史，有衆多議題，也有許多優秀的文學作品，爲集中焦點，我們以「族群」爲本單元的核心議題，以時間順序爲連繫，從清領到日據、到近代，從外省到原住民。爲便於同學理解「族群」議題，同時引導閱讀優秀的文學作品，故本單元以影音、小說爲主要文本，輔以相關史料文獻。

本單元選文及標準如下：

1. 陳美雲歌劇團《刺桐花開》

清朝前期，因政令禁止來臺官員攜眷，並嚴禁漢人渡臺，導致人口過剩和陷入困頓的福建、粵東沿海居民以「偷渡」方式來臺，這些來自唐山的「羅漢腳」，若要成家立業只能和母系體制的平埔族「番婆」共組家庭。《刺桐花開》不僅涉及移民與偷渡議題，更深入探討漢族的父系社會與番族的母系社會文化衝突，並展現漢人、平埔族、高山族在族群認同中的傷痛與尷尬。

2. 呂赫若〈牛車〉

從日據初期武裝抗日，到日據後期的效忠天皇，這裡面有著太多的無奈與辛酸。由於這個時期各種議題涉及廣泛，回顧這血淚交織的歲月，該稱為日據時期？或是日治時代？顯示出不同的意識形態，其實臺灣這段歲月，是被殖民時期，也是現代化的開始。選擇被譽為「臺灣第一才子」的呂赫若小說〈牛車〉，從交通工具的改變，牛車變汽車，探討殖民時期的社會階級矛盾，進而從不同面向思索「轉變」的疼痛與進步。

3. 林海音〈蟹殼黃〉

臺灣光復後，本該是歡欣鼓舞的年代，臺灣人民有著某種回歸意識，但隨著國民黨失去大陸政權，大量軍民撤退來臺，不同省籍的人被迫永久落腳在這小小島嶼上，對原鄉的思念，省籍間的矛盾衝突，再次編織出臺灣多元的族群光譜。林海音的〈蟹殼黃〉以女性的視角觀看這段歷史，從觀察飲食的變化，帶出離散與家鄉的新概念，溫馨的筆觸，有別男性悲壯冷冽的書寫風格。

4. 夏曼・藍波安〈飛魚的呼喚〉

隨著族群意識高漲，臺灣原住民也逐漸被「看見」。不同以往，史料記載總以殖民的立場來看待原住民，當原住民能為自己「發聲」，著文書寫自己的文化歷史，我們才能眞正了解、正確認識這擁有臺灣最久居住權的族群面貌。夏曼・藍波安是達悟族人，生長於蘭嶼，在離鄉闖盪後，他反思自己族群的根在何處，不只是那原始的部落，還有部落賴以生存的海洋。〈飛魚的呼喚〉，以「零分先生」小男孩達卡安為主角，書寫在漢人社會學業很差的達悟族孩子，卻擁有驚人的捕魚技巧，他該認同自己族群的飛魚文化？抑或漢族的教育理念與成就觀？藉由本文思索原住民的文化存續與生存問題，並帶出目前的新住民問題，引發觀照與反思。

二、設計理念

1. 臺灣特殊的族群歷史，就由臺灣本土的劇種——歌仔戲來加以演繹。以「清代移民與原住民的撞擊」為主題，藉由觀賞歌仔戲經典作品《刺桐花開》，讓同學知曉「有唐山公，無唐山嬤；有番仔嬤，無番仔公」的俗諺因由。

2. 以「日據記憶的愛恨」為主題，說明日本統治臺灣五十年造成的影響。五十年的統治，日本對臺灣不僅僅在硬體上有各種建設，更深入臺灣人民的日常生活，從語言到生活習慣各個層面，都可見日本文化的影子。除此之外，臺灣人當時還面臨嚴重的身分認同問題，對於自我的定位，是日本人還是中國人的懷疑，始終不曾間斷。

3. 以「離散與家國想像」為主題，時空背景將回到二次戰後，臺灣光復對中國的期待，轉而為對國民政府的不信任。不同省籍的軍民來到臺灣，飲食的改變、思鄉的情懷，勾勒出特定時空背景下的某種氛圍，或許日久他鄉變故鄉，何謂「家國」？是出生地？還是家人所在的地方？離散，或許也是相聚的開始。

4. 回歸對原住民的觀照，並藉此帶出新住民的問題。原住民在臺灣的處境，雖不同於過往的艱困與被忽視，但依舊存在若干困境，認同問題、價值觀差異等等，形塑出特有的族群面貌，如何互相理解與彼此尊重，是生命的重要課題。

動機引發

請同學思考自身的文化符碼，於空白卡片中寫下家鄉代表性的某種植物、交通工具、地標、服裝、食物等等，然後將卡片集中。接著由同學隨機抽出卡片，藉由卡片上所提供的線索，推測卡片主人來自何處，猜中者，原卡片主人需給予自己的一個小東西以茲鼓勵。

藉由課前小遊戲，讓同學思考自己來自何處，何種物件可以代表自己的文化符碼，並更認識彼此。

文本閱讀與引導

刺桐花開／陳美雲歌劇團

劇情大綱：

清雍正乾隆年間，嚴禁無照偷渡與攜眷來臺。福州不學無術的賭徒甘國寶，藉官船偷渡，風浪中相救泉州人鄭成。兩人欲往臺灣發展，不料被十總江中基發現，危急之時，剛好把總鴉片癮發作而病危，其相公春生憂心不已，甘國寶急中生智，解決把總之急，春生任他當十總之職，隨行駐守管領臺灣平埔族阿猴社。

春天刺桐花開，甘國寶與阿猴社尪姨之女伊娜相戀，伊娜的妹妹芭樂亦對鄭成頻頻示好。尪姨嚴囑伊娜傳承母職，勿與漢人交好，伊娜爲難。適時清廷設社師教化熟番，伊娜之弟大巴寧深受漢文化洗禮，寧願認同漢文化男尊女卑之觀念，其父大巴寧身爲阿猴社第一勇士，非常不齒兒子的行徑，尪姨亦不願兒子漢化，兩老對大巴寧交相指責，與之產生衝突。

愛情與親情在族群認同中產生莫大衝突，最後甚至兵戎相見，如何化解唐山公與平埔媽的文化困境，不同族群的人如何在臺灣這塊土地上共榮共存，《刺桐花開》引領我們揭開當時的歷史面紗，讓我們透過戲曲表演看到當初那愛恨交織的臺灣故事。

（二〇〇〇年於國家戲劇院首演，二〇一二年於高雄大東文化藝術中心三演）

牛車／呂赫若

一

「傻瓜！可不可以安靜點？」

扭曲那張暴躁到似乎想哭的臉龐，木春毆打弟弟的頭。於是，「啊——」弟弟彷彿劃破咽喉般地大喊，整個人趴到地上，手腳亂動，還把油罐打翻了。

「你這傢伙……」木春握緊拳頭，蜷曲上半身。「我要再打你了噢！」抬起的手腕突然失去力氣。木春柔聲地說：

「蠢蛋！哭又能如何？阿母就快要回來了。會弄髒衣服的。」

因爲他憶起之後這個家中又將上演的場面，那是個恐怖的場面。木春已完全倍感威脅。日復一日，傍晚工作完畢歸來的雙親，立刻開始爭吵，最後互相扭打。即將九歲的木春躲在床的暗處凝視一切的動靜。弟弟則嚎啕大哭。「木春！你是木偶嗎？」阿母咬牙大聲斥責。「喂！和哥哥一起去玩。」悄悄地從床的暗處走出來，木春抓起弟弟直往門外飛奔，然後在田間小路坐下來，仔細地告訴弟弟。「阿城。你不覺得很可怕嗎？在那時候大哭……」

爬到看得到裂痕的餐桌上，木春把手伸進飯桶中。刷！刷！把桶底的米粒抓在一塊捏成圓團，然後讓弟弟的手抓住。

「來！來！不要哭了。來吃這個。再哭，等阿母回來，就要倒霉了。阿城啊。」

弟弟立刻停止哭泣，津津有味地小口咬著。鼻涕和著淚水，與飯一起吞下去。

「好吃吧！」

兄弟兩人早已習慣吃冷飯。阿母早上去工廠的時候，就說這是中午的份。剩飯白天會變冷，但還有些水氣。雙親不在家時，他們自由地看家。想到時，就朝飯桶裡抓起飯來吃。兄弟兩人就是這樣長大的。然後，他們的肚子漸漸隆起，大到像個懷孕的女人。不過，卻不曾生過什麼病。

玩了一整天，筋疲力竭時，耳際響起門口竹門的吱咯聲。木春不由得睜大雙眼。「阿母回來囉！」搖起身旁的弟弟，連忙到門口一瞧。回來的是阿爸楊添丁。

木春以恰似訴說父親一天的外出及表露自己的不滿之口吻說：

「阿爸！今天很早嘛！」

「是啊……」楊添丁的身子轉向孩子們回答說。

「你阿母已經回來了嗎?」

給拉進牛棚的黃牛吃飼料草，他解開鈕釦原地佇立。然後利用斗笠將風灌進胸部。

「是嗎!」父親輕輕點頭。「肚子餓了嗎?」隔了一會兒後問他們。

木春點點頭。

天色越來越暗。傍晚火紅似鮮血的天空，白鷺成列呼嘯飛過。沒有半點風，燠暑逼人。他不禁縮起身子，蚊子成群在前方嗡嗡飛舞。

楊添丁把甘蔗枯葉束點火，拋入灶中，然後站起來，把水倒入鍋中，開始清洗起來。

「木春!要煮飯了。你阿母還沒有回來……」

爲了不使他們哭泣，楊添丁面向望著灶火的孩子們柔聲地說。

接著到後面的田裡巡視一下，母親阿梅就回來了。

她不和丈夫交談，把斗笠和便當盒輕輕放下，再度在廚房裡出現，把最小的小孩拉近，上下盯著他的身體看了一會兒，然後似罵非罵地說:「你又隨便亂躺了。再把衣服弄得這麼髒，就不幫你洗了……」發覺苗頭不對，木春在灶的黑暗處縮起身體。

「怎麼了?怎麼這麼晚……」楊添丁正面看著妻子說。「眞是愚蠢的女人。也不早點回來，難道不覺得孩子們很可憐嗎……」

「哼!說他們很可憐……」阿梅把鍋子從丈夫的手中奪過來似地抓住，然後靠近米桶，冷不防打開蓋子往裡面瞧。

「你如果瞭解到這點，孩子們就不用吃冷飯，而且我也不用去鎮上的工廠。你這個窩囊男人還敢說什麼？」

「什麼？你又來了……」離開灶邊兩、三步。然後衝過來似的，楊添丁停了下來。「是啊。我已經說過好幾次了。奔波一天，卻賺不到三十錢的男人，不是窩囊是什麼。你看！米桶空空的，令人想哭。好像明天的米會從天上掉下來似的……」

阿梅故意敲打桶子的底板。

「照這樣說來，你認爲是因爲我懶惰的緣故囉？」楊添丁看著不講理的女人，突然間勃然大怒。「我可是拚足了老命。一刻也不曾懈怠。晚上也無法好好睡，天一亮就出門，你應該也看到這種情形吧。」

「啊！我不想聽。誰知道你出去都在做什麼。仔細一想，大家都知道。在米價昂貴的從前，可以快樂地過日子。卻在米價便宜的今天，每天爲米煩惱。會有這種蠢事嗎？」

「對啊！你說對了！以前輕輕鬆鬆一天就可賺到一圓。現在到處奔波，卻賺不到三十錢。這是什麼原因你知道嗎？」

楊添丁轉身咳嗽。

「要知道什麼？我只知道你在逃避。不是賭博、懶惰，就是去找女人……」

挪開視線，阿梅以灶爲中心，開始忙碌起來。

「不對，都不對。連吃飯時間都來不及的我，怎麼會做這種事？因爲雇主減少。」楊添丁斬釘截鐵地回答。

「哼！給自己找台階下。雇用與不雇用都在於你。只要認眞地請對方雇用，又怎麼會不被雇用呢？窩囊的人……」

「混蛋！」怒火中燒的楊添丁大叫著挨近，抓住女人的頭髮用力拉扯。阿梅發出悲鳴，身子後仰，抓起身邊的飯碗，扔向男人。最小的孩子開始放聲哭泣。

「貧窮也是因爲時運不濟啊。你這個女人……」

互相揪住一會兒。瞬間想起什麼，楊添丁以血紅的眼睛瞪著老婆。「……什麼？總歸一句話，你是說我懶惰不賺錢？」

再怎麼遲鈍的楊添丁，也能感覺到自己的家近年來已逐漸跌落到貧窮的谷底。在雙親遺留下來的牛車上迷迷糊糊拍打黃牛的屁股，走在危險、狹窄的保甲道時，口袋裡隨時都有錢。即使在家中發呆，從四、五天前，就有人爭著拜託請他運米、運甘蔗。等到保甲道變成六個榻榻米寬的道路，交通便利時，即使親自登門拜訪，也無功而返。結果，連老婆都得把小孩放在家裡，不是去甘蔗園，就是去鳳梨工廠，否則明天的飯就無著落。因爲自己不夠認眞嗎……楊添丁自問自答。不！自己還比以前更認眞，一天也不曾懈怠。想到老婆每天衝口說他懶惰、窩囊，脾氣暴躁的他越想越氣，恨不得想把老婆殺掉。等到事後靜靜思考，那也是因爲擔心生活的緣故，於是憎恨之心立刻煙消雲散，這種情形屢見不鮮。他心焦如焚。總之，在生活上，必須與我們眼睛所看不到的壓迫作戰。

曙光乍現。咕嚕！咕嚕！耳際響起空牛車前進的聲音。楊添丁靠近黃牛的旁邊走著。

鄉村夏天的清晨非常涼爽。雜草上的露水尚重，每踏出一步，就濕潤了腳掌心，讓人有種冰冷的感覺。在道路上可以看到田裡零零星星有幾個農夫，以及牛的身影在眼前晃過。自行車與載貨兩輪車從後面拚命追過遲緩的牛車，突然間看了一下楊添丁的臉，然後揚長而去。

鎮上還在睡夢中。直到出現從鄉下蜂擁而至的一群農夫，整個鎮才被搖醒。不過，鎮中央的二樓還深深陶醉在夢中。只有鎮郊骯髒的白鐵屋頂下的市場，以及破舊的板壁，洋溢著擁擠之喧嘩聲。人們露出大夢初醒的臉，頻頻叫囂著，穿梭在早晨的空氣中。不禁讓人覺得已捲入擔心、競爭、怒號與歡喜的漩渦中。

「噓、噓……」

來到河邊商業地帶的萬發碾米廠門前，楊添丁輕撫牛的鼻筋，讓車子停下來。他把斗笠放在車上，然後慢吞吞地鑽進碾米廠的入口。房間裡的電動機正在嗡嗡響著。

四、五個農夫坐著聊天。

「喲！這麼早啊。」

從大清早就坐在辦公桌上拚命撥算盤的碾米廠老闆對楊添丁說。

「陳先生！今天是不是有什麼要搬運的……」

「啊！」米店老闆臉也不抬，輕輕發出不算回答的聲音。但也只是這樣，沒有其他下文，繼續默默熱中撥打算盤。楊添丁就站在泥巴地的房間，凝視所有的動靜。

從剛才就拿出菸管拚命抽著、滿臉皺紋的老翁，似乎在說些什麼。楊添丁這才聽懂他說的話。

「米這麼便宜，還是我出生後第一次遇到。就好像是農夫免費種稻似的。再加上碾米費，不管賣多少米，還是賺不到一錢。眞是蠢話。」

在旁邊聽著的一位滿嘴牙垢的人說：

「老頭！那是因爲你自己在賣米，才會這麼說。你看我。連吃的米都不夠，當然便宜比較好囉。」

「哼！這是你一個人在說。米價高表示景氣好。大家都以高爲目標。越來越便宜的話，你就完蛋了。」

碰！老翁敲打菸草，用力地說。

「原來如此。」農夫們吞下口水屏神凝聽。

「是嗎?對我來說都是一樣的。總之，就是……」

「蠢蛋！」老翁打斷滿口牙垢的人的話題，口沫橫飛地斥責。

「啊！算好了。八圓五十一錢。與帳目符合……」

把算盤掛到牆上，米店老闆對老翁說。老翁睜大雙眼。

「你看！你看！」以下顎對剛才的農夫表示就是這樣。

「陳先生！今天怎麼樣?」楊添丁抓住時機，囁嚅地說。

「啊！是你啊?」米店老闆以一副現在才發覺的表情看著楊添丁的臉。

「必須要搬走的稻穀是很多……」

「那麼，讓我來吧。」

「不過，已經叫運貨卡車搬走，實在很不湊巧。」

楊添丁悶不吭聲地站著，動也不動地凝視米店老闆的臉。

「不過，陳先生！如果有卡車無法去的地方，也讓我的牛車效勞一下。」

正因爲生活的需要，他無法說些「是嗎？」就走出去。

「說的也是。不過，你也要想想。有時爲了趕時間，雖然我有三、四部載貨兩輪車，還是得租卡車。買賣也沒有做那麼大，而且我也想過要使用你的牛車。我並不是沒有想到從以前就經常爲我搬運的你。不過，現在不能再使用牛車了。你去別處看看吧。」

米店老闆坐在椅子上，以親切的口吻再三叮嚀。

滿臉皺紋的老翁頻頻點頭，交替看著米店老闆與楊添丁，然後插嘴說：

「現在不是牛車的時。大家都在做這種買賣。不！山裡的人都有載貨兩輪車，而且比遲鈍的牛車更好。在我小時候，牛車相當多。現在卻不多見了，不是嗎？總之，它比不上那快速的運貨卡車和載貨兩輪車喲。」

「嗯。不管怎麼說，就是這麼不景氣。我也不能只爲他人著想。買賣是希望賺錢，如果還是像從前一樣靠著慢吞吞的牛車，那就無法有多大助益。」米店老闆苦笑著說。

「啊！我也覺得靠牛車爲生很辛苦……」

突然間覺得筋疲力竭，楊添丁心情浮動，一口氣喝光番茶（粗茶）。

滿臉皺紋的老翁突然想到什麼，把菸管放在肩上。

「不只是牛車。從清朝時代就有的東西，在這種日本天年，一切都是無用的。原本我家的稻穀，就是委託那個放尿溪的水車。可是，當這種碾米機出來後，那個就慢到無話可說。反正都要付出相同的工資，那就決定靠這個囉。不只是我，大家都這麼認爲。如今，那個水車已經不見蹤影了吧？總之，日本東西很可怕。」

「是啊。」

農夫們聽得目瞪口呆，直盯著老翁的臉。他們認爲文明的利器都是日本獨特的東西。覺得自己的事好像被提出來，楊添丁感到厭煩。但是，初次聽到這裡也有和自己類似情形的人，於是燃起他的好奇心，始終佇立不動。

街道已經全亮，陽光燦爛。公車的警笛大響，邊載乘客邊飛駛而過。

一位從店裡眺望此情景、年約三十歲的矮小男人，回頭看著大家的臉說：

「聽你這麼一說，我也突然想起。由於那汽車的緣故，也不知道被折磨到什麼程度。農夫利用時間和鄰居一起抬轎，多少能賺點錢。可是，那個傢伙，如果每一條路都毫不客氣地行駛，那我們的生意就會一落千丈，賺的錢就剛好只夠付稅金……」

「哈！哈！哈！那不是白費力氣嗎？」

「那也是爲了要活下來啊。」米店老闆難得會和他一起笑。

「就是啊。完全是蠢話。因此，我立刻就放棄，把心血全部放在種田。這樣就大概過了三年。」三十歲的男人屈指一算，無限感慨地嘟囔著。

「清朝時代的東西還是不適合在日本天年。趕快把那些東西收拾起來，做個農夫也能有所得呢。」

你是不是對麻煩的牛車感到棘手嘛？米店老闆說著，稍微看了一下楊添丁的臉。

「我也認爲或許當農夫會強過以牛車爲生。不過，那……」

眞是坐享其成又好管閒事——楊添丁憤憤不平地離開萬發碾米廠。

砰地一聲拍打牛背，當牛車開始動起來時，他又擔心現在該往哪裡去。現在即使踏遍鎭上的每一個角落，也找不到肯雇他的人。這是從以前楊添丁早就知道的情形。鎭上的商人都無情。他不免心生怨恨。不過，正因爲爲了生活的需要，他不能把情緒表露於臉上。他下定決心，當別人用不上它的時候，至少十次也要勉強對方用一次。但是，在沒有人雇用他的時候，他就要像這樣遍訪鎭上的舊宅。

咚咚經過陋巷的碎石路，來到田裡時，河岸有間鳳梨罐頭工廠。楊添丁在漆上藍色油漆的辦公室門前停了下來。

運貨卡車就在工廠旁邊，發出噗噗的警笛聲，然後揚長而去。

「喂！不要！不行！不行！」

戴眼鏡、看起來好像很威風的男人，從辦公室裡一看到他，一句話也沒有說，就立刻揮手大聲斥責。

由於對方是個穿西服的男人，楊添丁呆若木雞。冷不防被斥責，他嚇得目瞪口呆。

「不要！不要啊！欸——」

不得已，他又站到別家的製材工廠、米店、批發店等的門前。還是沒有人要雇用他，都婉言拒絕。

「想在這個鎮上賺錢，可真是越來越難了。啊——還是只能賺到農夫的錢。」

坐在牛車上，身子隨著晃動，楊添丁閉眼陷入沉思中。

二

「哎喲！楊添丁！在這麼好的地方與你相遇。」

「啊，是阿生啊！你要去哪裡？」

楊添丁從車上抬起頭來，就在前面十步的地方，農夫王生望向這邊。那張有稜有角的臉毫無表情，肆無忌憚地向前走了兩、三步。

「最近忙嗎？」

「不！剛好相反。」

一走近，王生說完這句話，突然跳上牛車，與楊添丁並排蹲著。

「哦——這傢伙……依我看來，你過得特別好。首先，只要讓這隻牛走路，就會有錢到手。真好啊。」

「哼！哪有這麼好的事。也不知道做農夫有多好。」

楊添丁低頭沉思。

「農夫也很辛苦啊。不過，明天你的牛車有空嗎？」王生輕敲著車板問他。

突然間，油然而生某種喜悅的預感，楊添丁不由得坐直身子。

「啊！當然有空。有什麼可以用到我的地方嗎？」

……

隔天早晨，一聽到第一聲雞啼，楊添丁就立刻起床，點亮燈籠。伸手不見五指的房間，煙霧突然冉冉上升，朦朦朧朧亮了起來。拿出毛巾，捲在頭上後，稍微瞄了一眼床上，阿梅與孩子們都伸出手，睡得正酣。楊添丁很快地說：

「該走了。」

外頭漆黑，宛如塗上煤焦油。他走去牛圈，給黃牛一束乾草後，就開始拉車。雖說是夏天，冷風颼颼，他不禁縮起脖子，赤腳都沾濕了。喀噠！喀噠！每次車子搖晃前進，蠟燭的黃色火光痙攣似地顫抖後就消失了。縱貫道路上鋪的小石子，與車輛一摩擦就發出悲鳴。在黑暗中，聲音更加悲淒與大聲。

到達約定的地點，仔細一瞧，王生尚未到達。約好今天早晨要裝載竹籠到名谷芭蕉市。楊添丁把牛車停下來，坐著仰望夜空。

沒有月亮，一片漆黑。只有沒逃掉的星星寥寥可數，微弱地一閃一爍。來自道路附近的農家，只有雞鳴，以戳破紙之勢互相呼應，聽起來相當刺耳。楊添丁心想，這麼早就出來工作者，只有和我類似的人。可是，妻子還說我懶惰、窩囊。啊——楊添丁深深嘆了一口氣。到底我的妻子是個什麼樣的女人。……而且，話說回來，我這麼拚命，也無法賺到錢，這是個什麼樣的世界啊。難道神明也瞎眼了嗎？一時之間，他怨恨不認可自己能工作的神明，悲傷、難爲情的心情襲上心頭。

「喂！你在嗎？」

黑暗中突然響起低沉的聲音。聲音之大令人毛骨悚然。現在的心情立刻飛走。楊添丁大聲回答：「已經等很久了。」站起來提高燈籠讓對方瞧見。……

「已經幾點了？」

是王生。砰！把挑著的竹籠放到牛車，立刻忙著解開繩子。好像是他家人的一位姑娘與兩位少年也同樣挑來竹籠。姑娘頭戴斗笠，在燈籠朦朧的陰影下，一個勁兒地舞動雙手。少年們也低下頭。

「兩點左右吧？因爲距離第一聲雞鳴沒多久……」

楊添丁邊迅速地把竹籠堆放到牛車上邊回答。好不容易才找到眼前東西的喜悅之情湧到咽喉，他勇氣百倍地拿出力量。太有幫助了……開朗的心中直呼「太感謝了！太感謝了！」，於是向對方表達感謝之情。

「喂！會幫助貧窮人的，還是只有貧窮人啊。」

鎮上的人不僅不雇用他，還像追狗似地趕他。思及此情景，親睦之感使得楊添丁的聲音顫抖，不時把臉朝向四十歲的男人王生。

「哪裡！這種事……」王生大致以否定的口吻說。他似乎立刻感覺到楊添丁話裡的含意。「起初我也是考慮要帶著家人一起挑過去。但因爲路途遙遠，只好作罷。載貨兩輪車是最理想了。不過，沒有人肯借我。所以才拜託你的。」

把竹籠裝到簡單的牛車上不需花費十分鐘。

向家人交代幾句就讓他們回去後，王生走到牛車的旁邊。

「從現在開始出發到芭蕉市，大約需要多少時間呢？」

從一跨出步伐就頻頻惦記時間的王生問他。

「啊！要三個多小時啊。五點過後就會到達。沒有問題……」

楊添丁不時回頭看對方的臉。

從岔路開始，暗黑的路上響起「喀噠！喀噠！」的聲音。兩、三個燈籠搖搖晃晃地移動。楊添丁立刻感覺那些都是牛車同業。因爲只有他們才會這麼一大清早就組成大隊出門。

「喲——」等清楚看到彼此的樣子，對方先發出聲音。「你也很早嘛！去名谷嗎？」

「啊！去芭蕉市。好久不曾這樣了。」

轆轤響個不停，牛車三、四輛排成長列。一種類似祭祀的愉快感覺使王生心旌蕩漾。走在前頭的人發出像是老人的聲音，悄悄地在議論些什麼事。

給黃牛一鞭後，楊添丁說：

「怎麼樣啊？景氣好嗎？」

「景氣！啊哈哈……」就在前面的四十歲男人笑著回過頭。

「這個時候走在這種地方，想也知道。如果景氣好的話，這時候正在睡覺呢。」

說的也是。我也是……寂寞湧上楊添丁的心頭。

「這種事是可以預料的。大家都相當清楚……」

四十歲的男人接著快步走，以嘶啞的聲音開始大聲唱歌。

「陳三一時有主意，五娘小姐……」他的歌聲迴盪，衝破黑暗。有人以鼻音附和。楊添丁無法模仿。如今才驚覺，爲了生活，自己的心已到達無法歌唱、無法快樂的地步。於是羨慕起開朗唱著歌的人。

牛車在道路的中央前進。

突然間，四十歲的男人停止唱歌，拔出車台的側棒，離隊走近路旁。

提起燈籠一照，石標佇立一旁。

「這個畜生！」鼓起勇氣，他想將石標擊倒。砰！不管他如何毆打，石標始終文風不動。他朝氣勃勃地發牢騷。

「啐！混球……」

「好……我來了。」

飛奔過來的男人立刻找來一塊大石頭。兩個人合力把它抬起來，然後用力丟過去。反覆兩、三次後，石標就被輕易擊倒。

「活該！」

把它拋入田裡後，兩人放聲大笑回到原地。

白天他們每次經過石標的旁邊，總是掀起怒火與反抗心。經常想著要逮住機會來將它擊倒。石標上寫著「道路中央禁止牛車通行」。因爲汽車要在平坦鋪著小石塊的路中央行駛。

「我有繳納稅金啊。道路是大家的。哪有汽車可通行，我們不能通行的道理。」

儘管抱持這種想法，由於白天「大人」很可怕，所以沒有通過這裡的勇氣。因爲他們知道，萬一不留神打路中央經過，被發覺的話，就會被科以罰金。隨著道路中央越來越好，路旁的牛車道卻通行困難。黃色的土面一被堅硬的車輪輾過，就會出現溝痕，看起來像嚴重凹凸的皺紋。因此，車子無法前進，車輪陷入深溝，備極辛苦。再加上完全沒有整修，越發變成崎嶇的山谷。

「這種路能通行嗎？」

在沒有他們在的早晨，是不會經過這種路的。他們一副唯我獨尊的表情，毫不客氣地將平坦的路中央劃出溝道。

「好想看汽車那傢伙哭喪的臉。這時候就敵不過牛車先生吧。哈……」

剛才那位四十歲的男人來到楊添丁的旁邊，一個人開朗地笑著。

「汽車那傢伙的確是個可憎的壞東西。」

楊添丁同意地說。

他們再怎麼沒學問也深知，近年不景氣越發跌落到谷底，都是因爲受到汽車的壓迫。機械奴！畜生！我們的強敵。日本物啊……心中燃起敵愾心。

黑暗中，轆轤聲夾雜著歌聲。大家盡情地歌唱。到處都傳來雞鳴聲，偶爾有狗吠聲，讓人感覺拂曉即將來臨。

從路旁的甘蔗園飛出一條人影。由於正巧是在王生的身邊，他有點吃驚，瞠目以視。

不過，立刻明白他就是走在前頭拉牛車者。他的腋下抱著一束甘蔗尾（甘蔗梢子），急急忙忙小跑步。在朦朧的燈籠光線中，看到剝嫩葉給牛車。

王生悄悄地對旁邊的楊添丁說：

「喂！那樣割下甘蔗尾沒有關係嗎？被逮到會很麻煩吧？」

「什麼話，又不是丟掉……」楊添丁豁出去似地說。「因爲是給黃牛吃。而且現在這時候就是我們的世界。就算把它們全部割下來，也沒有人知道啊。」

何況這麼早就出來做事的只有我——楊添丁的腦海掠過這種想法。

工作完畢離開名谷芭蕉市時，已經將近八點。

天氣非常晴朗。太陽燃燒著街道。

「啊！太有幫助了。四十錢。可以買到四、五天的米。」

楊添丁在心裡盤算著。不可思議的是，沒有睡眠不足的疲憊感，只有獲得金錢的喜悅。金錢的用途讓他感到有旺盛的精力。

「那隻母老虎，再也不會發牢騷。」

另外，面對妻子的心情突然愉快起來。他有自信這次一定要讓妻子覺悟，不由得面露微笑。

鎮郊櫛比鱗次的骯髒房子埋在砂塵中。木板與鐵皮屋頂掉落，雞、火雞與鵝在路上吵鬧，到處都是糞便。汽車很少會挨近這裡。它就是所謂的台灣人鎮。官廳視其爲不衛生的本島人之巢窟，根本就置之不理。

楊添丁從路樹栴檀下邊鞭打黃牛邊移動腳步。突然間停止步伐，「啊！」瞬間，他的眼睛發出驚異莫名的神情。「你、現在……」

「哈……。好久不見了。得了！得了！」

揮手笑著站在他眼前的男人——就是牛車的同行林老。他因賭博經常在拘留所鑽進鑽出。楊添丁之前聽說他因竊盜而被送進監獄。現在突然出現在眼前，無怪乎他會如此大驚失色。

「你現在不是進入煉瓦城（日語指監獄）嗎？」楊添丁再度大叫。

「且慢！」林老眼神銳利地睨視他。把食指放在自己的嘴上來制止對方，然後環視一下周遭，小聲地說：

「是的。你也知道了嗎？進入不久。」

「不久？」

「嗯，六個月啊。又不是殺人……」

兩人離開街道朝田裡走去。

與鐵路線平行的製磚工廠排放出的黑紫色煤煙，使空氣污濁，且朝向行人的臉上吹去。

「只有六個月？竊盜……」楊添丁歪著頭，吃驚似地喃喃自語。「只有六個月！我以爲是兩、三年。」

「哈……。得了！得了！你還是一樣很認眞啊。」

「你說認眞？你、是爲了這個啦……」

楊添丁比個吃飯的手勢。然後，突然想起。

「今天你也出門啊？」

「不，我已經歇業。把牛賣掉了。荒唐！因爲現在工作的是傻瓜。遊玩才是聰明的。」

林老偷窺楊添丁的臉，斬釘截鐵地說。

「你說什麼？」楊添丁把眼瞪圓。

「是的。工作的是傻瓜。因爲日本天年嘛！能賺多錢的工作……都是奪取的。我們啊！工作的是傻瓜。」

一字一句拋出似地說。接著，林老跳上車台。

「不過，你不是必須要讓肚子溫飽嗎？」

「哼！工作不能溫飽。對吧！」林老嘟囔著。「與其辛苦流汗才賺到四十錢、五十錢，倒不如悠哉悠哉遊玩，這麼滾一下就可賺到十圓、二十圓。」

「滾？……」楊添丁不由得吞下口水，直望著對方的嘴。

「是啊。而且，輪的時候，也可以出去工作一夜，偷些有錢人的錢，沒問題……不就又有錢了。萬一被捕，也才一年。那段期間，讓他們養就行了……」

「讓他們養？……」楊添丁蹙眉。

「嗯，在煉瓦城中讓他們養。我在束手無策時，就故意去讓他們養。也沒有什麼可怕的。看守已經變成我的朋友了。」

「是嗎？我以爲那是個非常恐怖的地方……」

楊添丁感動似地眨眨眼。

三

披頭散髮的阿梅快速走著。哭腫的眼眶出現一個紅圈，臉頰濕潤。最小的小孩非常害怕，在母親的腕中縮小身子。

「聽誰說的？你是知道的。」

楊添丁隨後以充滿血絲的眼睛走著。交換凝視雙親一舉一動，木春忽隱忽現追趕。

夫婦一工作完畢回來，又因錢的事而互相揪住。正因爲長久以來持續不斷，楊添丁終於無法忍受而爆發。

「這樣你也……。你爲什麼這麼不明事理。」

在強有力的男人面前，女人軟弱如豆腐。阿梅慘遭修理，狼狽不堪。也眞有她的，腦裡盡是怒火，抓住男人的弱點大喊。

「出去！家是我的。窩囊的男奴。出去。」

因爲楊添丁入贅她家。家的戶長是阿梅。

「啊……」

農夫們從田裡眺望兩人的情形，疑惑地發出聲音。

「怎麼回事？又來了嗎？」

楊添丁一副沒聽見的表情，看也不看傳來聲音的地方，始終頭低低的。阿梅也裝模作樣。他們夫婦的吵架在村裡相當有名，可說是到了人盡皆知的程度。這麼一來，楊添丁的心情也覺得厭煩，想避開遇見的人。

夫婦的口舌之爭繼續不止。一米寬的保甲道會彎彎曲曲經過田裡，終點就是保正的家。夫婦進入那個家。

保正的家富麗堂皇。紅屋頂沐浴在夕陽下，庭樹的枝葉間可以看到雪白的牆壁。門口亮著兩盞電燈。保正是村裡首屈一指的大地主，說他將近十年都是由官府選派的，亦無言過其實。

營養好、長得圓滾滾的小狗飛奔出來狂吠。哎呀！阿城大叫，讓母親抱緊。

保正聽完夫婦的你一言我一語後，那張將近六十歲、滿是皺紋的臉上浮現微笑。他說：

「啊、嗯，是嗎……。不過，夫婦吵架，只要情緒平息，感情又會和睦。不用擔心。一回到家，就會忘得一乾二淨。請想想看。」

「不！」楊添丁用力地繼續說。「這傢伙嘛！不把我當丈夫看待。無論我怎麼解釋說是景氣差的關係，她就是聽不進去。說是因爲我賭博啦！有小老婆啦！竟然會有這種妻子。現在說要叫我出去……」

「畜生。好像說著了不起的事。……因爲是事實，也是沒有辦法的事吧。也不知道我是多麼的辛苦。……給我出去！」

阿梅立刻邊抽噎邊大聲斥責。

「這件事我已經明白了。添丁所說的是眞的。現在這個時機很不景氣。而且牛車更是如此。」

保正以一切瞭然於心的聲音說，俯視他們夫婦。

「生活相當困難吧。因此，夫婦嘛……」

保正竭力述說夫婦和合協力的必要性。

「說是不景氣、不景氣。會有工作卻賺不到錢的事嗎？是誰每天爲吃飯的米傷透腦筋啊。不爲家裡著想的男奴、畜生。」

阿梅揮動手腕叫喚。

「這個混帳，又……」男人勃然大怒，旁若無人。

「啊，好了！好了。的確是這樣。你的想法也有一番道理。不景氣也有關係。只要認眞，凡事就不會都以爲苦。總之，那就是變成富人與變成乞丐的界線不同。怎麼樣啊？添丁。」

保正以刺探的眼光朝著楊添丁。

「提到認眞的話，我已經超過頭了。如果這樣還說我不認眞，那我就不知道怎麼樣才算是認眞。啊！我已經不知道了。」楊添丁呻吟著。

「而且，現在叫我出去……這還能算是夫婦嗎？」

「你才是。不顧夫婦之情的男奴。」

保正思索著。他打算立刻解決問題，好把他們趕回去。於是說：

「那麼，這樣好了。如果賺不到錢，那就放棄以牛車爲業。夫婦都去當農夫。這麼一來，丈夫就無法賭博或蓄妾。而且妻子也能了解丈夫的認眞。況且，農夫至少生活過得去。」

楊添丁的眼睛突然發光。「我從以前也就希望能這樣。照我看來，不知道當農夫有多好。」不過，瞬間，他又洩氣了。「不過，現在我窮到連農夫也無法當成。佃耕需要押租金吧？」

「當然啊。沒有押租金，無法佃耕！」保正笑了。

忽——楊添丁嘆了一口氣。突然想起什麼，向保正三拜四拜。

「嗯，保正伯。可不可以讓我佃耕？」

聽他這麼一說，保正「嗯……」呻吟著，一副豈有此理的表情。

「別開玩笑了。這種事無法辦到。什麼同情不同情的，這個世界一切都講錢。」

保正不想再跟他們夫婦繼續說下去。從椅子上一站起來，立刻改變口吻說。

「回家考慮好了。一回到家，就會和好了。」

「不要！這種男人要出去！家是我的。」

阿梅像個孩子似地意氣用事。

今天到此爲止……保正滿懷怒氣地睨視阿梅。

「那麼，你們在這裡等一下。保正伯不是只是你們兩人的保正伯。我去叫大人來。到時候，告訴大人就好了。至少也有冷飯可吃。」

夫婦心生畏懼，於是回去黑漆漆的草屋。劃根火柴點亮燈火，拉出角落的椅子坐下來，楊添丁以平靜的聲音對直接躺在床上睡覺的妻子說：

「喂！煮飯吧！」

小孩看到雙親的情形，溫順地縮著身子。雖然肚子餓瘪了，只是默默地看著。阿梅沒有回答。

丈夫大驚，不由得緊張起來。不！吵架已經結束了……妻子這種態度，使得楊添丁突然又怒火中燒。但爲了生活、生活——按捺住自己的心情，對妻子表示妥協。

「我想過了。在日本天年，以這種牛車爲業是絕對不行的。你這麼大吵大鬧，還不是爲了這個。那麼，我想照保正伯所說的，當個農夫。這樣比較好……」

阿梅的身子動也不動。楊添丁一直看著她繼續說。

「來存錢吧。一直到有押租金爲止。這麼一來，就可賣掉車子當個農夫。喂！就從現在開始。努力地存錢……」

莫名的興奮與覺悟充塞他的心胸。他感覺到充滿著一種迄今所沒有、清爽的希望。

「哼！」

阿梅這才翻過身來望著他。楊添丁呆然若失。

「存錢？存你的骨頭吧？」

楊添丁溫柔地詢問惡言相向的妻子：「爲什麼？」

「連吃飯的錢都沒有，還能存嗎？那麼，從哪裡存啊？」

「不……」楊添丁雖然覺得她言之有理，但以某種含意，不負責任地說出。

「你說中重點了。你也想看看。雖然是暫時的一段時間，忍耐以能賺錢的方法來做。我是我，你是你……」

「方法？你總是說些蠢事……而且能賺錢的話，應該就不會辛苦。爲何要叫苦。」

阿梅不高興地面向中間。

楊添丁注視著她一會兒。不久後，無力地站起來，挨近床鋪，畏縮地對妻子說：「因爲是暫時的，不，暫時就好了。那……這樣也好。只要能賺錢，我是無所謂的。」

四

夏日持續著燠熱的天氣，宛如從上頭蓋上一塊被燒得通紅的鐵板。

「你看！那個女人，什麼……是阿梅哦。」

不知不覺中，部落的人們傳出有關牛車一家人的謠言。

「那傢伙啊，可眞是了不起啊。是那個哦。」

「咦？那麼……」

大家一見面就竊笑著。

「原來如此。是爲了賺錢啊。添丁知道嗎？」

「啊——最近沒有看到他。聽說去別的地方了。不過，他有耳朵，當然知道囉。」

驚愕的臉上浮現憎惡的表情。四、五個人聚在一起屏息聆聽。

「喂！她幾歲了？」年輕人性急地插嘴。

「蠢蛋！白癡！」有人叫喊。

「哼！你要去嗎？三十歲的女人。算了吧。」

大家哄堂大笑，彷彿滑稽得不得了。

阿梅裝作毫不知情，經過部落時，會和認識的人交談幾句，一點也沒有露出從事那種行業的表情。對她來說，維繫生命的「錢」比現在的傳言更重要。

「畜生！傳出謠言的是那些傢伙吧……」

有時，阿梅一一想起在鎮上魔窟遇見部落面熟的男人，就不由得怒火中燒。當她想到那也是爲了金錢、爲了生活時，心想只要裝作聽不懂的樣子即可。

「阿母……」

夜夜遲歸，當阿梅腳踏入家門時，孩子們叫著抱住她，然後彆扭地直盯著母親的臉。孩子們感覺到母親最近都從鎮上夜歸。對小孩來說，心裡相當寂寞與不平。

「肚子餓了嗎？想睡了吧？」

一看到孩子們的臉，眼眶不由得熱了起來。熄滅燈火，母子一起睡在黑漆漆的床上後，阿梅的眼睛還是睜得很大。在胡同裡的情景歷歷湧上心頭。

雖說是三十歲的女人，由於是第一次，臉皮不夠厚，不自然得有點慌張。

被不認識的男人野蠻地用力抱住背時，她眞的很想哭。不過，當手中握著錢時，「得救了！」心情也就輕鬆起來。然後給站在門口監視的老太婆店主一些錢。要回家時，後悔的念頭又襲來，覺得自己做了非常惡劣的事。一時之間，她怒火大發，直想諷刺丈夫。

近日來，她覺得一切都很厭煩，很見不得人。

阿梅以悲哀的聲音對隔兩、三天回家的丈夫說：

「到底在做什麼……每天做些令人感到厭煩的事。你是個男人，竟然這麼窩囊嗎？」

忽然轉向別處，終於落淚。

「啊！都是爲了錢。只要有錢。畜生！都是爲了錢。」

楊添丁搖著被太陽曬黑的頭叫喊。

「我也是去運送山芋。還是不行。山道險峻，牛又筋疲力竭，錢也只有三十錢。供應我在那邊吃的，已經不是問題。」

夫婦兩人低下頭來。

「不要勉強了。小孩很可憐。」

「晚上很晚回來，兩個小孩很寂寞。總得想個辦法……」

「啊——」嘆口氣，楊添丁對妻子投以道歉的視線。

「怎麼樣了？你的錢……」

老婆賣身體的錢是一家之寶。

「你在說什麼……還不夠塡補米店的借款。鳳梨工廠近日內要解散，怎麼辦呢？」

「沒有辦法……」

不管楊添丁如何努力，還是一樣貧困交迫，今後該何去何從，他有點茫然。

使這家無法再度站起的致命傷，是在之後的四、五天發生的。

青空飄浮著如吐散的唾液之白雲。暑氣毫不客氣地纏人。伸開雙手、彷彿要將人擁抱入懷的山巒，其山腰到處都露出紅色的肌膚，那是因爲陽光刺眼的緣故。竹叢、相思樹林、甘蔗園，大家都保持沉默，沐浴在烈日下，顯得精神奕奕。

從山麓到樹林，始終持續些微的傾斜。隔著有石塊的一條河，有塊烏秋與蝴蝶、蜻蜓在上面翩翩飛舞的田園。在這塊變成農夫只要一步踏錯就會墜落的梯田裡，栽種時沒有間隔的嫩苗採取不動的姿勢。夾著這塊地，鋪著小石子的白色道路經過。

汽車與載貨兩輪車等轟隆轟隆在它的上面跑著。

蹙眉的農夫們，前後一人、兩人或三人，邊走邊說話。戴著斗笠，或撐著舊式的傘等，也有人整個頭露出，兩手放在背後，一副毫不介意流汗的樣子。

「今天，多少錢？」後面的人問。

「豆粕還在漲價。十幾錢哦……」前面的人回答。

於是，大家嚷著「哦——」洗耳恭聽。

「肥料很貴，米很便宜……我也很傷腦筋。」歪著頭說。

來到栴檀樹下，從綿延的道路眺望田裡的那個人，爲了引起同伴的注意，他指著田裡。

「這邊的水田有許多石塊啊。水好像也不夠。」

「的確！」對方點點頭。爲了看得更仔細，眼珠子都發光。然後，話題從自己的經驗開始發展，針對水田的事就談得沒完沒了。

水色的公車之引擎響個不停，追過他們，散發出如白色濃霧的塵煙，然後揚長而去。

農夫們撇過臉，邊避開邊走著。

楊添丁坐在車台上，眼睛微開地看著。黃牛也若無其事，慢吞吞地走在前頭。堅硬的車輪有時陷入凹凸的路面，劇烈搖晃到讓坐在板上的他之頭部疼痛起來。儘管如此，他還是半蹲半坐，沐浴在炎熱的陽光下，悠哉悠哉地打瞌睡。

楊添丁已經想累了。爲了錢，爲了生活，把他追得走投無路的壓迫，始終縈繞在他的腦海，使他煩惱不已。爲了衝破難關，連妻子也淪落到獸道。總是無法順心如意，不禁懷疑是不是前世的因緣。對鎭上失望後，他以靠山的部落爲目標，到處拜託人家，以運送山芋行商。然而，在靠山的部落裡，連一片金子也沒有掉下來。那不是個能滿足他的心的現實。到今天回家爲止，雖然僅僅十天，口袋裡所賺到的純利有八十五錢。

十天賺八十五錢……這樣如何能生活呢？想到妻子與小孩時，楊添丁的心情就變得很暗澹。一切都已經不知道該如何了。生活、錢、妻子、畜生、牛車……經常在他的腦海翻騰不已時，他感到虛幻自暴自棄地，坐在車台上打瞌睡。

他感覺到確實有人靠近。就在楊添丁把眼睛睜開的同時，情況整個改變。「完了！」瞬間叫出來，當他從車上飛跳下來時，已經來不及了。

就在他的眼前，大人以一張可怕的臉睨視著他。

「喂，幹你老母！」

就在大人揮動著粗壯的手腕時，瞬間他的臉就挨了一掌。

他感覺到臉上有一股熱迅速上升，不由得哆哆嗦嗦地發抖。

「你不知道不能坐在車上嗎？」大人漲紅著臉痛斥他。

「嗯，我……」

也不知道該說些什麼才好，嘴裡不停蠕動。啪！楊添丁的臉頰又挨了一巴掌。

「這部牛車是你的嗎？」

大人從口袋裡拔出筆記本與鉛筆，彎下身子，看著車台的執照，開始流利地書寫。

「大、大人！請饒我一次！拜託……」

楊添丁以一張欲哭的臉，向大人再三拜託。因爲他深知，只要被記下執照，之後會遭到什麼樣的處罰。

「幹你老母。清國奴。」

把筆記本和鉛筆收起來後，大人俯視正在哀求他的楊添丁。狠狠地痛斥他一頓後，就騎上腳踏車走了。

「啊！我的運氣眞差。怎麼辦呢？」

一直注視他的離去，處罰的事不斷湧上心頭，楊添丁的心情因此焦慮不安。

罰金二圓！隔天的傍晚，甲長拿來努庫派出所的通知單。

「明天上午九點！沒有問題吧。」要回家的時候，甲長再次強調。

「明天？」楊添丁以非常狼狽的表情回頭看甲長。生活窮困的現在，明天應該是拿不出二圓。他嗯嗯地呻吟。然後慌慌張張地走出去。

這天晚上，他抓住踏著夜露歸來的妻子，一開始就把這件事提出來。

「喏！就是我現在所說的。請忍耐一下，給我二圓。」

在叨叨絮絮辯解後，楊添丁哀求地仰望妻子。最近他對妻子所抱持的自卑感情，促使他不論遇到任何事都對妻子採取這樣的態度。

正在換衣服的阿梅稍微模糊的臉上，瞬間充滿著怒氣。

「啊！不行！」目睹此情景的楊添丁，反射地感到失望。

「我，不知道。沒有錢……」

盛怒之餘，阿梅反而以冷淡的聲音回答。現在她的臉上看似在嘲笑。楊添丁不曾像此時這樣憎恨妻子。

「啊，請不要這樣說。因爲對方是大人，拖延一下，又會被修理得很慘。喏！拜託你。」

楊添丁努力地壓抑情緒，以討妻子歡心的口吻說。

「拜託？你不是說過要給我錢嗎？沒有錢，說拜託、拜託，又能怎麼辦呢？……」

阿梅正面看著丈夫，非常生氣地大叫。

「沒有這回事。到現在爲止，你在鎮上做了什麼事……到明天爲止。喏！你明白了嗎？」楊添丁焦急地說。

「因爲到明天爲止，不要吵架，請拿出來。你是說，我被大人修理也沒有關係囉？」

「我不知道。像你這種男人還會介意嗎？……家裡已經苦到這個地步，竟然還能悠哉悠哉地牛車上打瞌睡。光是嘴裡說要爲家裡著想。」

似乎已絕望到極點，她含淚長嘆。丈夫說要認眞，全是在欺騙她。因此她覺得很委屈。

「爲了家，作了痛苦的決定，如此的賣身，我眞傻啊。」

越想越覺得委屈，阿梅終於哭了出來。

察覺到妻子話中的含意，楊添丁的態度突然整個一變。

「畜生。」楊添丁忿忿地大叫。

「我明白了。鎭上的男人比我更有味道。」對妻子露出可怕的樣子，然後粗魯地站起來。「明天以前沒有二圓。那很簡單。我再也不受你照顧了。事到如今……」楊添丁衝出外面，身影消失在黑暗中。

太陽尚未昇起，但天已大亮。

走了一夜，兩腳筋疲力竭，僵硬得抬不起來。粗糙的紅色皮膚被露水沾濕了。由於整夜未眠，頭痛得很厲害。

「畜生！畜生！你等著瞧吧！」楊添丁走著走著，心中有股衝動，頻頻喃喃自語。這種做法最能帶給他滿足感。

懸掛在天秤棒兩端的麻袋，像香腸般圓滾滾的。裡面容納了滿滿一袋的鵝。

不時，從窒息的痛苦發出，「嘎！嘎！」嘶啞的叫聲，群鵝在裡面亂動。在寧靜、冰涼的空氣中，突然大聲響著。每次楊添丁都像心臟被握住般的驚懼與混亂。覺得自己的臉變得很蒼白、很小，表現出慌張的樣子。

「這樣不行。要更鎮定……」

他以武者的樣子不斷叱責與鼓舞自己，然後快速走著。

「哼嗨！」

他強迫自己裝出平靜，然後換肩扛袋子，穿越甘蔗園。

黑色的山巒越來越明亮。到了山腰，竹子、相思樹、芭蕉、甘蔗……開始清清楚楚地浮現影子。

宛如放煙幕的雲逐漸從天空中消失。

當山巒沐浴在光線中時，可以看到山麓西藝街的屋頂。瞬間，到處都有炊煙嬝嬝。不久後，街上像散落的火柴盒之房子在眼前展開。

壓抑正在顫抖的自己，楊添丁超然地踏入街上。彷佛已鎖定目標，他朝向市場走去。

市場傳來喧鬧聲。山裡的人、鄉下的農夫等大聲叫罵。鳳梨、李子、筍、蔬菜、木柴……氾濫地排列在市場的入口。

楊添丁左右環視，然後進入市場。

沒走幾步，後面傳來「喂」的呼喊聲。他大吃一驚，不由得回頭一看。

「啊！」

突然間，他把扛著的東西拋出去，然後跑起來。跑著跑著，當覺得後面的鞋聲與「搭搭」的聲音越來越近時，他的衣服突然被抓住。

「大、大人……」

他發出一聲垂死般的叫聲。之後，有關他的事就杳無音訊。

（選自《呂赫若小說全集（上）》，臺北：印刻，二〇〇六年）

蟹殼黃／林海音

自從兩個月前，公共汽車站變換位置，把車牌改到轉角這條馬路來，我們才發現這家名為「家鄉館」的豆漿店。那天早晨，凡趕公共汽車，我上菜場，在家鄉館門前，偶然看見已經曬褪色的紅紙廣告牌上寫著：「本店早點油酥蟹殼黃」，我們便第一次邁進了家鄉館。屋子小得厲害，只放了三張小方桌，我們在靠牆角的一張「雅座」上坐下。

沒人來招呼。門前打燒餅的綠格襯衫少年，一心一意地往灶口裡掏那烤熟的蟹殼黃，掏一個，甩一甩手，吹一口氣，滿面油光，滿頭大汗，看樣子，工作的熱情有餘，技術不夠。店裡只有兩個人，身後蹲著一位在洗碗筷，縮在那兒，低著頭，只看見一條長鼻子。

「喂！」我喊了一聲，有點生氣。

長鼻子沒有動彈，綠格襯衫倒回過頭來，發現把我們冷落了，皺著眉急忙喊：「喂，招呼人客呀！」一聽口音就知道他是廣東人，管客人叫人客，我還猜想他是嶺東的人。他的天庭高，眼睛深，一身黑腱子肉，不像小本經營的買賣人，倒像什麼香港菲律賓來的球員。這一叫有了用，長鼻子慢吞吞地站起來，先把碗筷放好，才移步到我們面前來。我這時看清楚那鼻子實在太長了，不禁想起日本芥川龍之介的小說《鼻子》來。也使我想起《鼻子》裡描寫禪智法師的鼻子有五六寸長，確是可能的；因爲眼前這條長鼻子，從根到尖，總也和禪智法師的不相上下了。他整個臉上的肉都彷彿隨著鼻子的重量垂下來。他不笑，苦哈哈的；笑起來，陰森森的。第一天我們就有福看到他的笑容，因爲他把我們要的蟹殼黃遞到對面桌上去了，人家要的甜漿臥白果，他卻顫悠悠地端到我面前來。我們這桌和對面那桌的客人，都冷眼看著不言語，他看兩邊都不動嘴，才發現了自己的錯誤，咧嘴一笑：「喲！這一早上挨噌挨的，糊塗啦！」說著就把兩邊的早點掉換過。一聽這地道的北平口氣，我和凡不由相視一笑。

鼻子雖長，樣子雖冷，對我們，卻也有份親切感。以後一連幾天，我們都是家鄉館的座上客。因爲有人管綠格襯衫叫「小黃」「老黃」，又做的是蟹殼黃，我給他起了個外號叫「蟹殼黃」，當然這只限於我和凡背地裡談話叫的。幾天下來，對家鄉館有了點認識，蟹殼黃是老闆，長鼻子是伙計。夥計年紀雖然比老闆大了一倍，但是因爲地位的關係，不得不時時刻刻挨老闆的罵。本來做事就慢，大概被罵了心有未甘，就更加表現他的缺點，以示抵抗吧！

有一天蟹殼黃又督促長鼻子做什麼，但是長鼻子儘管嘩啦嘩啦地洗刷碗筷，不動窩兒，蟹殼黃急了，一副氣急敗壞的相兒，自己橫衝直撞地跑到後院去。長鼻子這時才慢條斯理地站起來，一邊把碗筷送到桌上，一邊面部無表情地自言自語著：「蟹殼黃！屬螃蟹的，橫爬！」三張「雅座」上的六個客人都笑了，我差點兒把原汁豆漿噴出來！我是笑怎麼我們不約而同地都給老闆起了同樣的外號？長鼻子把客人逗笑了，他並不笑，依然是那副冷冰冰的樣子。

又過了幾天，家鄉館忽然貼出新的紅紙廣告來了，原來是除了油酥蟹殼黃、油條、原汁豆漿以外，又加了「小籠包子」一項，門前也多了一口爐灶和一塊案板，站著一條大老黑粗的漢子，在那兒揉麵包包子。小屋裡又硬擺下一張雅座，把長鼻子所心愛的洗碗部擠到牆角去了。

雖然添了客人，添了工作，長鼻子的慢動作並沒有改變。本來也是，客人吃剩下的碗筷總要洗刷的，如果他放下碗筷去招呼客人，沒有碗，他怎麼盛豆漿呀？我漸漸地同情長鼻子了。他做事總算是有條理，聽說他是劇團解散下來的，我又對他更增進一份親切感，說不定我還是他的觀衆呢！不知他是唱什麼的？整紗帽，捋鬍子，抖摟袖子，一聲咳嗽，他在豆漿店裡也走的是台步呀！只怪蟹殼黃太少年氣盛缺乏同情心了。我常常這麼想。

做小籠包子的這位師傅，是山東大漢，十足表現了他那籍貫的傳統性格。個子大，勁頭兒足，要在他手裡的那塊發麵，總有十幾斤吧，他把它放在案板上，翻過來掉過去地揉它、拍它，叭叭叭的，那塊麵，就像一個白胖女人的肉體在挨揍。小籠屜疊了十幾層高，層層冒著熱氣。他不像蟹殼黃那樣怕熏，熱煙直向他只穿著一件線背心的胸脯上吹，也不當回事。

我們叫來一籠包子。我覺得包子個兒大了些，像小饅頭了，便輕輕對凡說：「大概皮厚餡少，不像包子樣兒。」凡還沒答話呢，誰知長鼻子正拿醋來，他聽見了，冷冷地說了一句：「您吃吧！包子肉多不在褶兒上！」也不知道這句話是在挖苦老鄉，還是在替老鄉說話。包子雖然不算難吃，總覺得不夠意思。吃完出了家鄉館，在去菜場的路上我不由得心想：這家鄉館，是算哪個的家鄉呢？三個人，來自三個不同的地方：廣東、北平和山東。而廣東人和山東人卻做著江南風味的蟹殼黃和小籠包子，戲班出身的京油子卻當了店小二。

起初，還表現得不錯，除了長鼻子冷言冷語甩幾句老廣聽不懂的閒話以外，其餘的兩個人彷彿還能合作。因爲各人賣各人的，不知道他們怎麼分賬法？但是我看見他們總把包子錢另外分出來，大概長鼻子是給他們兩個人當夥計了。生意那一陣子的確不錯，長鼻子更忙不過來了，反正他也不著急，還是走他的台步，只是把蟹殼黃氣壞了。有一天凡叫了一碗鹹豆漿和兩籠包子，包子吃完了，豆漿還沒來，凡大概犯了他學生時代在飯廳裡的脾氣，不催也不叫，一手拿一根筷子，輕輕敲打著桌子，表示無言的抗議。這樣忍了一會兒，聽後面的洗碗聲還沒有停止的意思，凡便回過頭對長鼻子開玩笑說：「我們可是乾噎了兩籠包子了，豆漿怎麼樣了？黃豆還沒上磨嗎？」

這回長鼻子倒是陰森森地笑了一下，彷彿與他不相干似的，竟也玩笑地說：「這叫三個和尚沒有豆漿吃！」蟹殼黃一聽急了，趕快配好佐料舀了一碗豆漿，端來時用力「叩」的一下頓在桌上，豆漿濺到桌子上，好像是跟客人過不去，其實他是在對長鼻子發脾氣，還急不擇言地罵了兩句：「我不知道北方人是這樣地沒出息！」他也不管吃早點的客人都是哪裡人。長鼻子哼了一聲沒答話，老鄉倒開口了：「可不能一概而論呀！」

還好老鄉態度不太積極，說完也就過去了。客人們也都沒搭碴兒，因爲這是他們私人的事，樂得看熱鬧。只是我們白白地被頓一下，顯得蟹殼黃太沒禮貌了，但我們原諒他的心情。呆一下，蟹殼黃到後面去了，長鼻子從洗碗部站起來，望著蟹殼黃的後影，冷冷然，慢吞吞地吐出了三個字：「南、蠻、子！」客人們忍不住哄堂大笑，老鄉也哈哈大笑。這時蟹殼黃從裡面出來了，又換了那件綠格襯衫。他不明白大家的笑容和對他的注視是爲了什麼，大概還當是他剛才罵對了，大家在笑長鼻子呢，所以他又側頭對長鼻子不屑地瞪了一眼。長鼻子也只當沒看見，邁著台步走到老鄉那兒去端小籠包子，順口又嘟囔了一句：「娘兒們刀尺！」

他明知道蟹殼黃聽不懂他這句話，所以毫不顧忌地大膽當面說出來。客人們也沒聽清楚，我們這桌挨得近，聽見了，也笑了。他是笑蟹殼黃穿綠格襯衫像女人打扮。蟹殼黃這時又好心好意地問老鄉一件什麼事，誰知老鄉也不耐煩起來了：「俺不知道！」

他粗聲粗氣地回敬了這麼一句，隨後用力打著那塊白胖麵，彷彿在打他那扔在濟南府的女人出氣。蟹殼黃莫名其妙地回到他自己的烤灶前。空氣有點不大協調，老鄉打夠了揉夠了那塊麵，忽然又感慨地說：「幹嘛呀！都是大陸上來的！」說完他自己倒冷笑了一聲。

客人們吃完早點算完賬走出家鄉館，臉上都不免浮上一層笑意，是笑這店裡的三人戲。我想著長鼻子的話，走出來還直想笑。凡對我說：「對於客人，這眞是一頓愉快的早點，但對這三個人來說，卻是一個不愉快的合作。」「合作是這樣不容易的事啊！」我也不禁感慨。

果然，兩個月來不愉快的合作，終於解散。這個預兆，我在頭一天就知道了，那天長鼻子又背著蟹殼黃甩閒話了，恐怕是最後一次了吧？他雖對著老鄉說，可是故意讓客人聽見：「老鄉呀！後兒咱們就顚兒啦！讓蟹殼黃一個人擺忙去！」小籠包子的紅紙廣告，早就風吹日曬地變黃了。他們同進退以後，蟹殼黃一個人寂寞地耍了幾天，端漿，打燒餅，洗碗，算賬，眞夠他一個人擺忙的。偶然下午從那裡經過，還看見他在洗那件花格襯衫。

門口貼了兩天「今日休業」的紙招後，家鄉館又新換了廣告牌，太陽照著紅紙，發出晃眼的紅光，上面春蚓秋蛇地寫了幾行字：「油酥蟹殼黃」、「油條」、「原汁豆漿」，還有「開口笑」、「生煎包子」。

蟹殼黃還是滿頭汗珠，在門口處邊做蟹殼黃。灶那邊卻站著一個細高個兒，鼻子周圍一堆碎麻子，正在做生煎包子。包子上灑的幾粒黑芝麻，就像他鼻子上那堆碎麻子。玻璃櫥裡擺滿了叫「開口笑」的芝麻團，大平底鍋裡「綴啦綴啦」的是煎包子聲。兩個人連師傅帶夥計，裡外忙個不停，可是另有一番新氣象。

「不知道這位小碎麻子是哪方的人？」坐下來，我就輕聲問凡。

「左不是『大陸來台人士』！」

「那當然，我是說不知道是南蠻子還是……」我還沒說完，就聽見小碎麻子跟客人說話了：「謝謝儂，謝謝儂，明朝會。」好，不用說，這是道道地地做生煎包子那地方的人了，他們應當能夠愉快地合作，因爲都是大江之南的人呀！可是不盡然。碎麻子確是手藝好，也許是哪家上海館子下來的。他彷彿要喧賓奪主，不但不聽老闆的指揮，而且還要反過來壓蟹殼黃一頭。兩個人常常當著客人的面就說話衝突，廣東人說官話，總是笨嘴拙舌的。碎麻子不說普通話，他直接用上海話數叨，又順嘴又俐落，搶上風的時候多。有一天一個常去的客人見他們倆吵了以後，笑著說：「照你們兩個年輕小伙子的火氣來看，我們的生煎包子恐怕吃不長囉！」因爲這只有一間門面的小房子是屬於蟹殼黃的，不能合作，總是別人滾蛋。

碎麻子維持的時間更短，大家還沒嘗夠生煎包子的味道呢，就已經成了陳跡，蟹殼黃又恢復到一人班了。

雖然只有油酥蟹殼黃一樣點心，客人還是習慣到這裡來吃早點，這恐怕跟公共汽車站有關係，它佔了地利的好處，但是人和卻不容易。客人都勸蟹殼黃，合作要有寬恕和忍耐的心腸，如果做不到卻要跟人合作，那是徒增苦惱。我們和他也漸漸地熟了，由閒談中才知道我以前的猜測不錯，他確是原籍嶺東的客家人，卻在嶺南長大，中學快畢業了，一個人到台灣來，是個性子憨直，略顯急躁，但能勤勉苦幹的標準客家人。也許是我自己的身體裡流著一半客家人的血液，我知道客家人的性格，就不由得同情他了。可是我以前也很同情長鼻子呢！我想鄉土的觀念總是難避免的，我在北平住了那麼一段長時期。

想不到家鄉館又展開了一個新的合作。那天早晨我在家吃過早點上街，路過家鄉館，不免向裡面瞥了一眼，咦？一個女孩子在給客人端豆漿呢！蟹殼黃低頭專心工作於灶口上。添了女職員啦？對於家鄉館好像有了一份關切，它的演變如何，總希望知道。所以第二天我就犧牲了家裡的早點，和凡又到家鄉館去了。我並不愛吃什麼油酥蟹殼黃，所以自從生煎包子走了後，我只是偶一來之罷了。

小姑娘有十六七了，聽蟹殼黃叫她阿嬌，總該是雇的女工。早先就有客人向他提議過說，與其用像長鼻子那樣的大陸來台人士，不如找個本地女孩工了。阿嬌很乖巧，做事相當俐落，瞇縫眼，卻總是笑意盎然，還不討厭。

這回蟹殼黃可支使得痛快了，阿嬌這，阿嬌那，我眞擔心他犯了老毛病，又快把人支使煩了，不幹了怎麼辦？

下午我到報館去，在家鄉館的門前等公共汽車。生意清閒的下午，阿嬌和蟹殼黃很無聊地各據一桌，閒坐著，四隻眼睛望著街心發呆，想來他們還是陌生。阿嬌是女孩子，總靦腆些，還不如上午客人多的時候活潑呢！

漸漸的，阿嬌不聽他支使了，有時他叫不應她，有時她噘著嘴瞪他，但是她把事情都做了，他也就不會像以前對長鼻子那種態度去對付阿嬌了。有時他還要挨她的罵呢：「污穢鬼！」

有一天，我冷眼看見蟹殼黃不小心把抹桌布掉進一碗豆漿裡，他居然把抹桌布從豆漿碗裡提出來，就要給客人端去，被阿嬌這麼罵了一句，而且搶過來把豆漿倒了，重新盛了一碗給客人。蟹殼黃遇見阿嬌有什麼辦法呢，他只好一聲不響地回到灶邊打燒餅去了。我對凡說：「小姑娘有辦法制他！」

有兩次在下午等車，我看見他們倆不那麼發呆了，阿嬌嘴裡哼著歌，蟹殼黃在看晚報。阿嬌唱的是宜蘭民歌《丟丟銅仔》，幾句簡單的歌詞「火車行到ido amo ida丟ale磅空內，磅空的水ido丟丟銅仔ido amo ida丟ido滴落來。」經過阿嬌那輕俏的歌喉，好聽極了。她一句一句地教蟹殼黃，但是這張笨嘴就學不會。

「憨客人仔！」阿嬌急了，用台灣話笑罵他。這是台灣的閩南人罵客家人的話。挨了罵，蟹殼黃嘿嘿地傻笑。我聽了要笑出來，趕快用手絹捂著嘴，很想看他們怎麼看憨客人在女孩子面前是一副什麼傻相，但是我不敢回頭，只靜靜地聽著，直等到車來了上去，路上還直想，那首歌，不知蟹殼黃學會了沒有？

第二天，我喝豆漿時和阿嬌閒聊：

「阿嬌，你姓什麼？」

「姓林呀！」

「原來我們是本家，你是哪裡人呢？」

「羅東。」「怪不得！《丟丟銅仔》唱得那麼好！」《丟丟銅仔》是火車鑽山洞的台灣民謠。從台北到宜蘭要穿過許多山洞，蘭陽地區的人，從縣長到小孩，人人會唱這首民謠。我這麼一說，阿嬌先是一驚，隨後難爲情地笑了。至於那位被阿嬌稱做「憨客人」的蟹殼黃，正工作得很起勁，嘴裡還哼著歌，這是他從沒有過的現象，一切彷彿在變了。

又一天的下午，我和凡去看電影，遠遠看見家鄉館那久空的案板旁，阿嬌在工作。是阿嬌在練習做包子嗎？走到跟前才看清楚，原來是阿嬌在案板上熨蟹殼黃的綠格襯衫，那麼悠然得意在一旁看晚報的是那位男主人！阿嬌抬起頭來看見了我，我不知爲什麼竟向她抿嘴一笑，隨後我的眼睛在綠格襯衫上打一轉，再看阿嬌時，她羞得滿臉通紅。走過去，凡對我玩笑說：

「你衝她這一笑，有點不懷好意！」

「哪裡！我不過看了一眼那件襯衫而已。」

「你說他們倆會不會……乾脆他娶了阿嬌不好麼？」凡最喜歡給人捉成對兒，事實上看那樣子，兩人合作得差不多了吧？不過一個外省人和本省人的婚姻，有時也不簡單呢！

有一天凡下班回來忽然對我說：「糟了！蟹殼黃又貼出『本日休業』來，八成跟阿嬌又吹了。」

第二天第三天都是如此，門板上著，門鎖著。第四天，我早晨提著菜籃和凡走出巷子，喝！老遠就又看見家鄉館的廣告牌子了。我心中一喜，對凡說：「看！你又可以調胃口了，這回不知道又找來什麼合作的人？最好是換成餛飩、湯麵、餃子、饅頭等等，而且也賣宵夜的。」

我這麼盼望著，好奇心也促使我直朝著那紅紙招牌走去，到跟前，只見那紅紙上寫了四個大字：

「黃林喜事」

「喲！」我叫出了聲，又驚奇，又高興。凡在我身旁說：「這才是一個最愉快最耐久的合作。」

再探頭向裡看，滿屋衣冠整齊的客人中，發現了幾張熟面孔，是碎痳子、老鄉和長鼻子呀，都滿面笑容一團和氣嘛！尤其是長鼻子，不知什麼事，笑得喝喝的，那鼻子隨著腦袋上下顫動，就越發地顯著了。

（原收入《海藻與鹹蛋》（純文學），選自《林海音小說集》，臺北：游目族文化，二〇〇四年）

飛魚的呼喚／夏曼．藍波安

「零分先生」跑步出去，幫老師買一包檳榔和香菸後，才信步往回家的路上走去。

「雅瑪，帶我跟你一起出海抓飛魚，好嗎？」達卡安剛放學回家，喘著氣，面帶微笑地央求他的父親。

達卡安斜背著經常讓海水浸濕，卻從來不曾洗濯過的，很少會裝著書本和作業簿的書包。穿著濕漉漉球鞋的腳背上，有好多骯髒的泡沫。白底藍條格的小制服，不知道從那兒沾上了紅黑綠黃，五顏六色。滿是油垢的小腿，彷彿從來不曾用肥皂洗過。這小島上的雅美少年，很少不是這樣的。買得起香皂的人家畢竟罕有。雖然，小達卡安他爸，事實上也曾爲了孩子，咬了牙買過香皂用，只是當下正是飛魚旺季，錢要用來買大量的鹽巴，就尤其沒有餘錢買香皂了，達卡安弓著身子，面對著正在涼台綴補魚網的父親。這時候已是午後五時許了。

父親眼看太陽即要下海休息，加快了他捕網的速度，達卡安說的話好像一陣小風吹過一樣，沒聽進他耳朵裡去。

「夏曼．達卡安，昨晚你去哪兒捕到那麼多啊？」在屋下的鄰居問。

「沒幾條啦，才兩百零六條而已啦！就在 Jiliseg 海域那兒。」

「原來你去了那頭呀。昨晚我才捕到三十多條而已，實在很差。」

「帶我去抓飛魚嘛！雅瑪。」達卡安央求著說，沒有裝課本和作業簿的書包，依舊斜背在他的小肩背上。

「你來幹什麼？書根本就唸不好，你給我待在家裡寫作業！」父親有點不高興地說。

「孩子跟你去捕飛魚，有什麼關係？你硬要他寫作業，孩子哪天給你寫過了？還不是跑到海邊？躲在大石頭旁，等你捕魚回來？要他寫作業，就是像不讓他去游泳一樣痛苦啦！帶他去一次，讓他過過癮吧。也叫他知道抓飛魚不是那麼簡單的事。」黑乾乾的母親嘟噥著說。

夏曼．達卡安沉默地趕緊收起魚網，況且天色已經黑下來了。

「帶我去嘛！我現在已經小學六年級了。我的雙臂已經很有力氣了。」達卡安捲起短袖的袖口，要爸爸摸摸他凸出的小肌塊，欲圖展示力氣，說服比他更結實強壯的父親。

「你摸摸看，我的肌肉，摸嘛！摸嘛！雅瑪。」

「光有力氣管什麼用？頭腦簡單啦，你！到頭來還不是瑟縮地睡在工廠裡！你的力氣只配做台灣人的工人啦！教人使喚你做東做西啦！光有力氣沒路用。如果不識字，那就更慘。都六年級了，什麼事也不懂！」夏曼・達卡安越說越心煩，瞅著他的兒子小達卡安繼續說著：「你看看，你的書包根本就還沒放下來，看準你就是懶蟲一條啦！家裡雖然窮得都沒有凳子、椅子好讓你和弟弟寫功課，可是你總得自個兒想個辦法，寫你每天的作業啊！」夏曼・達卡安說：「唉呀，我看準你又是在學校玩了一天。天天只知道玩！爸爸是不會帶你這沒出息的孩子坐船出海捕魚的！」

一貫活蹦亂跳、無憂無愁的西・達卡安的眼眶，這時忽然紅了起來。他把書包摔在地上，睜著失望的瞳眸，嘴角因爲委屈和氣憤歪曲顫動著。他想著：學校的作業分明就是跟他作對嘛！不論他怎麼用功，那麼多的生字要唸、要背，就好像看到惡靈一樣……。

「雅瑪，你爲什麼不帶我出海去抓飛魚呢？每次看到你抓到很多的飛魚，看到你興奮的樣子，我就巴望長大了跟你出海。雅瑪，我已經長得夠大了……」小達卡安靠在涼台的柱子邊，傷心地說。

而爸爸卻依舊沉著臉，默默地逕自走了。達卡安踩著小步，緊跟在後面。

「雅瑪！」小達卡安悲鳴了：「我要詛咒我們的飛魚哦！如果你不帶我出海的話。」

驀然間，父親像是被巨大的惡靈驚嚇了似地，停止了腳步，睜著怒目、斥罵明知而又故犯大忌的兒子。

「再說一句看看，我就把你那張魔鬼的嘴巴打得碎爛。」夏曼・達卡安說道：「你可以咒爸爸捕不到魚，可是千萬不可以咒罵我們的飛魚啊！牠們不是普通的魚，是天神賜給我們雅美族的食物。如果其他族人聽到你詛咒飛魚，你叫我到哪兒去張羅一條豬，好宰了向族人和飛魚道歉、懺悔呢？」

夏曼・達卡安高亢的聲音，招來鄰居們探頭注意。「哦喲喲，不懂事的小孩，怎麼可以咒罵飛魚呢！要詛咒我們族人不成？……」

小達卡安走近憤懣的父親身旁，撒嬌討好地說：「對不起啦！帶我出海抓魚嘛！雅瑪。」

「也不知道達卡安爲什麼今天老纏著他爸爸，非要跟他爸出海捉飛魚。」夏曼・達卡安黝黑乾瘦的老媽媽在一旁想著，「平常小達卡安可從來沒有像今天那麼認眞，非出海不可呀！莫非在學校不聽話，被老師狠狠地摑過耳光？」

夕陽落海休息後的海灘上，早就聚集了很多即將出海的男人們。他們有的在努力繫牢槳繩，有些人在整理魚網，有的則在吐霧吃菸、談天。準備在餘暉中出海的雅美男人們顯得格外沉著冷靜。海浪的律動，是他們熟習的。魚腥味很濃的海水，在這個季節是特別令雅美族人喜愛。自古以來，自有飛魚神話故事之始，從來也沒有人曾經聽說過這小島的居民有那個不喜歡海的。夕陽暉光在大海的波峰之間投映，頻頻閃爍著銀白色的光芒，宛若飛魚脫落的鱗片，呼喚雅美人捕魚的舟隊。

「飛魚在很古很古的年代，就曾經躍出海面，飛到岩礁，讓我們的祖先認識飛魚的種類，飛魚的酋長——『黑色翅膀』就這樣地教育了我們的祖先，如何食用飛魚，如何捕撈牠們，如何祭祀牠們……」

這些早在西・達卡安四、五歲學會了游泳的時候，就不曾忘記這段祖父跟他說過的故事。

海浪十分有規律地在眼界所盡的大海面宣洩了。

「Maran，今天我代替你出海好嗎？」小達卡安溫婉地轉而去苦苦央求著叔叔給他這個機會。他說：「Maran，你看我這雙胳臂的肌肉，結實得像海邊的小卵石。我已經有力氣可以划船了，說不定還比你有力氣呢！」

「划船不是光靠力氣啊，你還得靠經驗和耐力，並且還要知道海流的流向。划船可沒那麼容易。不過你想出海的話，你就去吧！可是千萬記住，不可在船上睡覺，魔鬼會捉走你的靈魂的。」叔叔叮嚀著說道。

由於叔叔疼愛小達卡安視同己出，何況在村子裡就數小達卡安是最恪守雅美人民傳統禁忌的小孩。早點學習划船的技能，這原來就是所有雅美男人應該有的本事，也是他鑿造獨木舟的主要目的。船本來就是要讓人在海上逞英雄的，雅美小孩生來也爲了這個，小達卡安的叔叔想著。

「好哇！好哇！」小達卡安興奮雀躍，彷彿他聽到學校宣布關門，再也不用天天上學似的。他歡騰的心上，原先那一塊沉沉的石塊，像在俄頃間炸成碎片。

「你眞的要來嗎？」父親用很大的疑慮質問小達卡安。而他此刻，因高興而張開的嘴巴，已經咧到了極限，頻頻點頭。父親這時守著啓航前的禁忌，在孩子強烈出海的慾望之下，也唯有教孩子在海上的求生常識及應該遵守的行爲舉止，而不再以苛責峻拒小達卡安了。

船，漂浮在海面，隨著一波波的海浪起落。「雅瑪，很舒服啊！」小達卡安突兀地冒出興奮的話語來。

父親微笑道：「你專心划船啦！」

這是兒子的處女航，於是夏曼・達卡安開始默念雅美人古老的祈福詩歌：

「我們古老的，英勇的祖宗，祈求您們庇佑這懦弱的兒孫，教導他那一雙魯鈍的槳手……自古以來，您們都是如此保佑這島上的子民循著您們經驗所累積的智慧在海上求——生存……」

許多同年的或比小達卡安年長一、兩歲的族人，在岸邊陪著落日的暉光，目送捕魚船隊，一船接著一船，在大海上劃出一道道叫人激動的皺紋。划船的力道，使櫓槳每插入海裡，都激起小小的漩渦。船隊就這樣颼颼地前進了，去追蹤飛魚聚集的海域。

小達卡安驕傲地瞭望著他在岸邊的小玩伴。達卡安在學校戴上「零分先生」的帽子，這時倒成了勇敢和光榮的代號。他每划一槳，便看看雙臂的肌肉是否變得更大些。他努力地划。「雅瑪，我很有力氣哦！也很會划船呢。我的同學沒有人比得上我。」他對夏曼・達卡安說。

「唉呀！你只有這點本事強過別人啦。等回到學校，還不是又樣樣輸給人家？」父親說：「划船又不是你每天例行的工作。天天上學、讀好書，才是你的活兒呀，知道嗎？達卡安。」

潔白的月光照射著大海。遠的、近的船隻，處處可見。天空的星星多得看不完。此番心情和感受，與在陸地上時是截然不同的。粼粼的銀色波光，此起彼落。每條船上的雅美勇士們，都在靜靜地等候魚訊的來臨。此刻此景，大大滿足了達卡安出海捕魚的慾望。

「雅瑪，在海上看天空很漂亮啊！Yaro mata no angit！」他的母語脫口而出：「好多眼睛的天空！」

小達卡安的母語，在他亢奮時說得最流利。他親暱地對阿爸說：「Asta pala angit, mo yama,」他說：

「看，快看那天空、我的阿爸，看那顆。」

「在海上不許用手對天空指劃，魔鬼看到你這樣好奇，就立刻知道你是個新手，當心回家睡覺時，他們抓走你海上的靈魂。」

「眞的嗎？爸爸？」達卡安敬畏地說。

「你只知道欣賞這些景色啦——你，如果你喜歡念書，如同愛慕大海的話，阿爸就不會爲你頭疼的。你是來捕飛魚的，可不是來欣賞這些星星。」夏曼・達卡安說：「你想想看，爸爸就是因爲沒唸甚麼書，所以只配做粗重的活，當人家的工人。以前，爸爸在學校的成績很好呀。有一位神父要我到台東上初中，可是被你祖母阻止。」夏曼・達卡安說，因爲小孩應該孝順父母，他就只好服從她了。如今想起來，眞的很後悔。「倘若，當時做個短暫的不孝子的話，你的祖母，你的媽媽，今天也就不會瘦乾乾的，更不會爲了掙幾塊錢的零工賣勞力給台灣人做工人。」夏曼・達卡安感慨地說。

夏曼・達卡安點燃一支菸，把青煙吐到海上的黑夜說：「人，總是會老的，抓魚的體能也會衰減的。如果你不好好把書唸好的話，除了你沒前途外，我們將來的生活也不會有什麼指望。永遠貧窮，永遠只能用勞力賺錢，永遠被人瞧不起，永遠……，你爲什麼不想想讀書將來的好處呢？」

坐船首的小達卡安想著：「這個時候說這般話，實在是很惱人怒，可是在海上怎麼逃避阿爸的話呢？」

網已經撒下約莫半個多小時了。父親開始感覺到已經有飛魚衝進他的魚網。

達卡安靜默不語。他似乎有他自己的想頭。吃地瓜、抓飛魚、給人家做工，有什麼不好？他想。念書好的同學，不一定有機會上船看到這奇異的星空，享受在海上漂船的滋味，學習族人抓飛魚的技能啊！在蘭嶼，成績好的學生，到了台灣之後，還不是一樣最後都落腳在工廠裡。小達卡安想著，將來，他的同學長大成人之後，仍舊不會抓飛魚，而又想吃飛魚的話，那時候他抓到的飛魚就可以賣給他們了呀！如此一來，他既可在海上玩，又可賺那些失去傳統生產技能的同學的錢了，「零分先生」成了「飛魚先生」，小達卡安想著想著，便情不自禁地咯咯地笑了起來。

月光勻柔，依舊公平地照在海上作業的船隻上，靜靜地等待著飛魚衝網的消息。海浪拍岸的聲音「喳……喳……」地傳來。

「達卡安，把槳向前划，爸爸要開始收網了。」

「有飛魚嗎？雅瑪。」

拉上來的魚網堆滿了船身的一半，卻仍舊不見無尾銀白的飛魚，小達卡安在船首猛盯網子，神情顯得稍微失望。

「忍耐些罷！要有耐心啊！」

忽然間，網子末端掀起一道銀白色的小浪花。

「達卡安，你瞧那兒有一條飛魚，在展翅拍著海面！」雅瑪輕聲地說。

「在哪裡？在哪裡？」達卡安焦慮地說。這時他果然看見一道晶瑩的銀光在黑暗中躍起。

他詫異地喊了起來，「雅瑪，眞漂亮啊！」

小達卡安瞪大瞳眸，在月色乍明乍暗的照明下，他看見飛魚在網中掙扎而脫落的鱗片，宛如天空中的星星在波浪的峰頂與峰谷閃爍地搖擺，而鱗片的銀光則隨著拉起的魚網逐波靠近。小達卡安錯愕地坐在船上，像一尊小小的石像，專注地欣賞那婀娜多姿的飛魚。此刻近乎停止了呼吸的他，更像是陶醉浸泡在衆仙女的胸膛裡。

他從魚網裡緊緊握起喘著氣的飛魚，親吻著，然後脫下那紅黃綠黑的、白底藍條格的學校制服，包裹擦拭飛魚身上的海水，喃喃自語：「啊，『黑色翅膀』，你爲什麼這麼久才出現呢？」這正是達卡安要看的，活的飛魚，而且是一條黑色翅鰭的飛魚之王！

此刻，他已如願以償了。學校裡給他戴上的「零分先生」的惡名，應換成「飛魚先生」，他想。「我是西．達卡安，我的飛魚。」小達卡安的胸膛漲滿了從來沒有過的熾熱的情緒。他面向黑色的大海，心中吶喊：「現在你應該認識我了。希望有一天，我能自個兒划船來捕飛魚，在海上當勇士，眞正的雅美英雄。」

「達卡安，差不多百三、四十條了，我們回航吧，明兒你還要去學校上課哪……」

「不要啦，再撒一次網嘛！」達卡安乞求道。「明天你在課堂上打瞌睡，老師可又要打人哦！」

「沒關係啦，打就打嘛，疼，只有幾秒鐘啦！」

「再撒一次網啦，雅瑪。」小達卡安說。

父親很瞭解，他的孩子——達卡安資質並不差。凡是教他做一件事，大抵都做得很好，令人滿意。想起達卡安的外祖父，在達卡安中年級以前，因疼愛而經常地帶他逃學，教他認識山裡的樹，海裡的魚，使得達卡安因而沒打好學校裡的基礎教育，落得每一學期都是班上倒數第一名。

「達卡安將來在競爭激烈的台灣社會裡，如何生存呢？」夏曼・達卡安每思及此，不由得鬱鬱寡歡了。

海浪靜如湖面，父親的心情卻如洶濤駭浪。受苦、沒錢，我這一輩人還可以忍耐。夏曼・達卡安一邊划槳，一邊想著，可是，總也不能讓孩子受同樣的苦難呀！或更甚於此的什麼的歧視呀！怎麼辦呢，怎麼辦呢？……

這時，達卡安在數著星星，數著正在捕魚的船隻，數著在岸上村莊裡明滅不息燈火……

「達卡安，你眞的那麼害怕書本嗎？」小達卡安他爸說：「你們的導師跟我說過，你還不會背九九乘法。都六年級了，這些最基礎的不會，以後，萬一你有點錢，自己卻數不來，怎麼辦哪？」

達卡安意識到，這個時候要逃避父親的詰問，是不可能的了。雖然他有能力可以立刻跳下水游回岸上。可是心裡就是不喜歡父親以念書的成績來衡量他能力優與劣。他明瞭家裡的困境，更瞭解自己會用勞力賺錢給父母，買家電用品、買很多很多的電器。但他就是不要聽有關學校、成績的事，他是厭煩極了。

想了一會，小達卡安說：

「雅瑪，我會用我結實的肌肉，很大的力氣去賺錢的，這個你放心。而且將來我絕不抽菸、喝酒。到海裡抓魚、上山耕作，不也是很好的嗎？」

「唉……」父親深深地嘆氣了。這令達卡安心神不寧。星月彷彿陰翳了很多。「你應該好好牢記爸爸的話。」

父子倆開始沉默地划槳。「Yaro rana liban-gbang ta,」小達卡安忽然溫柔地說：「阿爸，我們的飛魚很多啊！」

「不許這麼說話，『我們的飛魚』，這就咒詛了天神的魚了。你要這樣說，Ala karapyan tamo rana ya,」夏曼・達卡安嚴肅正經地對兒子說：「『這些好像夠我們吃了。』這樣說，懂了吧？」

港邊已經聚集著回航的船隻了。已有很多的族人幫著父親或祖父刮掉魚鱗。顯然達卡安和他父親算最晚歸的，這是達卡安覺得最爲榮耀的。

「達卡安，你會划船呀？」

「不簡單哦！」

「划船會使你的肌肉更堅實哦！」

「達卡安眞是難得的雅美小孩，會跟父親出海捕魚。現在很多小孩只會圍在電視機前看那些無聊的電視劇，學廣告裡的動作。」有一位鄰居的伯伯感慨地說：「假使我的小孩有達卡安的一半，到海邊幫忙推船、刮魚鱗，跟我出海的話，等到老來就不愁沒有飛魚吃了。」

好多的讚美令達卡安感到快樂。他眞正地體會到雅美男人抓飛魚是一件很辛苦的事。唯有划船出海抓飛魚、體驗箇中的辛苦和昂奮的滋味，吃了飛魚才會覺得特別甜美。

雖然族人都在讚美達卡安的能幹，達卡安他爸卻裝作沒什麼似的。畢竟，在這小島上，人們深信來自別人過多的獎譽，會轉變成爲詛咒。所以，人要知道謙抑，不可自滿。父親注視著專心刮掉魚鱗的兒子，實在是令人喜歡的小孩，他想著：可是他爲何沒興趣念書呢？

夏曼．達卡安背著飛魚走在回家的路上，看來腳步是很沉重的。

「達卡安，明天到學校，要好好念書哦！」夏曼．達卡安說：「會抓魚沒啥了不起，不會認字，將來永遠都是台灣人的工人，永遠被使喚做東做西，一絲尊嚴都沒有。念書不是將來要做大事，而是讓你有一點機會選擇自己想要做的工作。」

小達卡安扛著魚網，像是專心聆聽著父親的話。

一百八十多尾的飛魚，越背越重。現在的日子有電、有燈，做父母的也知道要鼓勵孩子們念書，孩子們反而不念書，這是怎麼回事啊？夏曼．達卡安想著。

走在父親前面的達卡安，這時突然興高采烈地喊了起來：「依那，我們回來了！」

「董志豪，站起來！」

數學0分。

國語12分。

自然8分。

社會32分。

老師帶著毫不掩飾的嘲諷口氣說：「零分先生，去幫老師買一包檳榔和一包香菸，用跑的！」

達卡安斜背著沒裝書的書包，孤單地坐在 Jirakwayo 海邊的大石頭上，望著族人一船又一船出海捕飛魚。現在已是黃昏時刻。劃著一個大零蛋的考卷，在他有力的手掌裡捏揉成一團。

「飛魚先生」的榮耀和「零分先生」的恥辱，在小達卡安的心中激盪。他在大石頭上望著一條條出海獵捕飛魚的船隻划遠時，紅彤彤的夕陽也已下海了。

路燈照著達卡安回家的路。愈走近家，路燈就顯得愈是幽暗。他斜背著並沒有裝書本和作業簿的書包裡，放著揉成一團的劃了一個大零蛋的考卷。

「飛魚……」

「零分……」

（選自《冷海情深》，臺北：聯合文學，一九九七年）

閱讀引導

1.《刺桐花開》

《刺桐花開》是首部以平埔族爲題材的歌仔戲，藉由「甘國寶過臺灣」的移墾故事，帶出偷渡、母系社會與父系社會的衝突、「開發」與「侵略」等議題。劇情前半以輕鬆詼諧的步調演繹偷渡和父系、母系文化衝突；後半轉以嚴肅氛圍展現甘國寶爲達消滅「傀儡番」，不惜欺騙平埔族以達出征目的，最後導致自己的「牽手」——繼承阿猴社尪姨的伊娜死亡。林茂賢教授表示：對漢族移民而言，唐山過臺灣移墾稱爲「開發」，但對原住民而言，這無疑就是異族的「入侵」。漢人侵占平埔族的土地，還要平埔族服勞役、繳番餉，如有反亂事件則徵召平埔族爲朝廷「平亂」。漢人在臺灣的「開發史」就原住民的立場就是一部「侵略史」。

是開發？還是侵略？族群融合的問題值得省思。刺桐以其鮮豔的紅花爲人所熟識，初春是其開花的時節，臺灣島上的平埔族人、卑南族人、阿美族人、排灣族人，以及居住在蘭嶼島上的達悟族人，都是以刺桐開花的季節，做爲生活與工作歷程的指標植物，可見刺桐花與臺灣住民有著極爲密切關係。《刺桐花開》便是藉由植物與原住民生活的關聯，牽引出漢族與原住民文化間的角力與衝突。花開花落本係自然，與生命產生交集，甚至帶出異文化認同的摩擦，或許能藉此引領學生觀賞自然變化，反思觀照自己的生命。另外，劇中以不同的音樂風格突顯族群屬性，是一部以臺灣本土劇種演繹族群故事的代表作，曾獲八十九年度國立中正文化中心傳統戲曲甄選第一名。

2.〈牛車〉

呂赫若的〈牛車〉以日語寫成，於戰後由胡風譯爲中文。一來受譯文的影響，二來當時寫作的語法與今日有異，三來當時的時空背景對同學而言相對陌生，故本篇小說在閱讀上必須從旁引導，教師得提供時代背景的指引，或可播放日據時期的記錄片，期使閱讀時能較快進入狀況。

小說以〈牛車〉爲名，敘述日據時期被殖民下的臺灣，傳統生產結構的轉變，昔日備受仰賴的運輸交通工具——牛車，在現代化的過程中，牛車可行駛的道路空間備受擠壓，須讓道予汽車，違者受罰，而那罰鍰甚至會讓一個家分崩離析。藉由運輸工具與行駛空間的轉變，象徵庶民的生計與生存空間遭受威脅和侵占，逐漸邊緣化與異化。

這是一篇控訴型的小說，對於殖民給予的壓迫，導致一個家庭的瓦解，以令人感傷的情節線娓娓編織，但是悲劇的造成全來自於「殖民統治」嗎？這是一個殖民與現代化的辯證議題，外部殖民的壓力造成家庭內部的瓦解，但那外部的壓迫是唯一粉碎家庭的力量嗎？楊添丁與阿梅這對夫妻並不同心，這是不是也是造成這個家破碎的主因之一？當然或許這也是作者的另一個象徵表現，原是男尊女卑的價值觀，卻因為楊添丁入贅的身分而有所異動，就如同臺灣人民才應是臺灣這個家國的主人，卻被外來政權「占領」了家國，擁有了「主人」的身分。

被殖民的苦痛是事實，殖民造成的現代化也是事實，如同小說結局有某種開放性，這或許能讓人再次重新思索這段血淚歷史的意義，鑑古推今，成長與痛苦通常是相伴的。現今牛車的時代已然過去，汽車行駛的軌跡早是常態，但若將時間軸往後挪，是否又是另一番景象？而造成這系列改變的原因會是什麼？在時間橫軸和空間縱軸中進行思考，觀過往知未來，或許能擁有更宏觀的視野。

3.〈蟹殼黃〉

賣蟹殼黃的「家鄉館」位於公共汽車站旁，這樣的地理位置讓口味不道地的「家鄉館」擁有地利的優勢，而能在「人不和」的狀態下勉強維持著生計。「公共汽車站」是親人離散，也是旅人回歸的象徵所在，就如同「家鄉館」以外省食物招徠客人，無論是臺灣人嚐鮮，或是在臺落腳的外省人緬懷家鄉小吃，因「家鄉館」而重新凝聚與品嚐鄉愁的滋味。

林海音是臺灣苗栗客家人，生於日本大阪，長於北平，一九四八年與丈夫和孩子返回故鄉臺灣，她那多重的成長背景與女性特有的目光，讓她能以細膩又包容的襟懷看待「家鄉館」的人事物。文中「家鄉館」的成員分別來自廣東、北平、山東，後來又加入羅東來的女工，在這小餐館中由食物串起不同省籍的人，由食物展現生活的學問，而在館中人物的聚散亦暗示了來臺的外省人如何尋找安身立命之所。另外，對於省籍衝突的消弭，「女性」的介入，婚姻的締聯，開展出一種新的局面與可能性。

4.〈飛魚的呼喚〉

從海洋孕育出的孩子，不同於在平地成長的孩子，海洋教會他的何止是捕魚的技巧，懂得崇敬與敬畏的心，在艱困中磨練出的堅毅心性，這是達悟族人的飛魚文化，無法以國語、數學、自然、社會等分數加以量化。小說中的小男主角達卡安在校成績極差，所以有個「零分先生」的封號，但他跟著父親出海捕魚，在漁獲量上又有著驚人的成績，「零分先生」的恥辱與「飛魚先生」的榮耀，不只在父親那一輩擺盪，達卡安該認同哪種價值觀？這是現代的原住民同胞反思自身文化的艱難時刻，現實與文化的衝突，如何讓自身靈魂找到安頓的所在，自我的認同，族群的印記，在每個時代都考驗著企圖突破困頓的人們。

單元書寫與引導

一、課堂活動

1. 活動理念

(1)針對影片或小說文本，以提問方式，透過分組討論，讓學生自行尋找答案，以深化理解。

(2)搭配本單元作業——爲強化同學對本土歷史的了解，所設計以「家族歷史」爲主題的課後作業，在課堂中進行分享與表述訓練。

2.小組活動

在分組討論活動，《刺桐花開》問題設計如下：

(1)請問漢族如何對待與治理平埔族？你覺得合理嗎？

(2)漢族與平埔族的衝突爲何？如果你是大巴寧，會跟他有同樣的選擇嗎？

(3)漢番聯姻會面臨的問題有哪些？請從影片中所提及的面向具體討論。

〈牛車〉問題設計如下：

(1)請畫出人物關係圖。

(2)請說明故事空間的變換，與事件的關連。

(3)請討論楊添丁價值觀的轉變過程爲何。

(4)請寫出楊添丁夫妻如何一步步被逼到絕境。

(5)外部殖民的壓力造成家庭內部的瓦解，但那外部的壓迫是唯一粉碎家庭的力量嗎？

(6)你家有哪些交通工具？有哪些特殊的生命經驗嗎？

二、單元作業

1.寫作說明

從文學作品中閱讀臺灣的歷史，可使同學明白歷史不僅僅只是史料與文獻，還可以是生活的觀察與心靈的呈現。我們將請同學訪問自己的祖父母，記錄上一代人的歷史記憶，並寫作家族故事，藉由祖父母的過去，讓同學回顧臺灣歷史，並能更深入認識自己。

2.作業規定

本單元期望透過訪談紀錄，並書寫成故事的方式，讓學生了解自身的家族故事和挖掘與家族切身的歷史印記。可以報導文學的形式呈現，亦可以改編成小說模式，文長不限。

延伸閱讀（文字和影像）

1.王德威、黃錦樹編：《原鄉人：族群的故事》（臺北：麥田，二〇〇四）（本選輯以「族群」為主軸，收入反映臺灣各個歷史時期的族群問題小說作品，是深入思考族群問題的重要參考資料。）

2.魏德聖：《賽德克・巴萊》（電影，中華民國，二〇一〇）（本片以一九三〇年霧社事件為主軸，描述日本自一八九五年開始對臺灣的侵犯，以及原住民賽德克族全力抵抗的歷史。）

3.施淑編：《日據時代臺灣小說選》（臺北：麥田，二〇〇七）（本選輯收入日據時期重要的臺灣小說作品，是理解此一時期文學與歷史的重要參考資料。）

4.吳濁流：《亞細亞的孤兒》（臺北：草根，一九九五）（本小說原以日文書寫，戰後由傅恩榮譯成中文。小說以日據時代為背景，藉由主角胡太明的成長與遭遇，描寫當時臺灣青年既被日本人歧視，又未被中國人接納的身分認同疑惑，是臺灣文學史上極為重要的自傳式長篇小說。）

5.齊邦媛、王德威編著：《最後的黃埔：老兵與離散的故事》（臺北：麥田，二〇〇四）（本選輯收入與老兵、眷村、探親有關的散文、小說，是了解戰後臺灣外省族群重要的參考資料。）

6. 蕭菊貞：《銀簪子》（紀錄片，二〇〇〇）；《銀簪子——終究，我得回頭看見自己》（臺北：時報，二〇〇一）（本片是導演蕭菊貞以女兒的角度來看父親的故事，描述當年跟著軍隊從湖南一路撤退到臺灣，在這裡結婚生子的父親，從此與家人相隔兩岸的思鄉情感。導演另外同名文集版，記錄這一段故事與拍片心得。）

7. 湯湘竹：《山有多高》（紀錄片，二〇〇二）（本片獲第三十九屆金馬獎最佳紀錄片獎，導演湯湘竹的父親從故鄉湖南跟隨國民政府來臺，導演藉由父親返鄉之旅，探索故鄉的意義。）

8. 賴聲川、王偉忠：《寶島一村》（劇本）（臺北：國立中正文化中心，二〇一一）（本舞臺劇以「眷村文化」為背景，藉由三個家庭、兩代人，訴說一段魂牽夢縈的鄉愁故事。）

9. 蘇偉貞主編：《臺灣眷村小說選》（臺北：二魚文化，二〇〇四）（本選輯收入以「眷村」為主題的小說，是臺灣戰後歷史的重要參考。）

10. 龍應台：《大江大海　一九四九》（臺北：天下文化，二〇〇九）；黃黎明：《目送一九四九：龍應台的探索》（紀錄片，二〇〇九）（一九四九年是臺灣歷史上的一個重要年代，無數人於此時代的大洪流中留下人生最大的轉折與印記。龍應台藉由大量的人物訪談與實地探察，記錄一個生離死別的記憶。之後發行的同名紀錄片，顯示了龍應台的追尋過程。）

11. 孫大川編：《臺灣原住民族漢語文學選集：小說卷（上、下）》（臺北：印刻，二〇〇三）（以原住民身分書寫，反映原住民生活的種種問題，是我們進入原住民世界的重要參考。本叢書另有「散文卷」、「評論卷」與「詩歌卷」，可參考。）

12.逃跑外勞著、四方報編譯：《逃／我們的寶島，他們的牢》（臺北：時報，二〇一二）（「移工」是臺灣近年新興的族群，與外籍新娘一樣，臺灣社會似乎並沒有準備好面對這些族群。本文集是移工自述，可藉以了解他們的故事。）

13.馬志翔執導，《KANO》（電影，中華民國，二〇一四）（內容敘述日治時期，一支由原住民與日本人、漢人組成的嘉義農林棒球隊，由原來實力貧弱到遠征第十七居夏季甲子園大會的故事。）

14.郁永河：〈土番竹枝詞〉、孫元衡：〈裸人叢笑篇〉、黃淑璥：〈番社雜詠〉，皆收錄於黃淑璥：《臺海使槎錄》（臺灣銀行經濟研究室編，臺灣銀行發行，一九五八）（三首詩，呈現清領時期的來臺士人，對臺灣原住民的觀察紀錄。清代對臺灣的殖民與統治，始終帶有文化上的傲慢與偏見，相較於早期來臺漢人，臺灣原住民的地位與身存權更是受到嚴重壓迫與歧視。）

15.田雅各：〈最後的獵人〉，《最後的獵人》（臺北：晨星，二〇一二）（我們從早期臺灣文獻中的漢人角度與後來田雅各小說中所反映的文化失落，正可做一對比，並可連結日據時期日本人對待臺灣人與原住民的殖民統治方式，帶領同學思考這個問題。）

6

仁民愛物——社會關懷

主題

練習觀察社會百態，關懷弱勢，認識社會服務。

教學目標

一、自我覺察

在日常生活中，我們有乾淨的飲水與豐盛的食物，有新鮮的空氣與充沛的能源，有電腦可以作業、上網，有代步的自行車或汽、機車可供四處遨遊，還有點存款在帳戶或口袋裡支應平日所需。我們四肢健全，身心健康。與許多人比起來，我們是富足的。

我們能讀書識字，能自由的思考、說話、寫作、行動，不用懼怕任何壓迫與限制。我們能避免生命威脅，不用恐懼突如其來的刀槍、戰火。與許多人比起來，我們是富足的。

如此富足、幸運的我們，可曾想過：在臺灣，或這個世界的某處，有許多人無法享有我們習以爲常的富足。這些在你（我）眼中也許只能稱爲「小確幸」，卻是他人渴望、致力追求的幸福。

二、生命情感

先秦時儒家有「己欲立而立人，己欲達而達人」的觀念，墨家則提出「兼相愛，交相利」的主張。在百家爭鳴、多音交響的時代，這些訴求都直指一個共同目標——更美好的社會。無論是「大同世界」或「烏托邦」，互助都是完成此一理想的津梁。蘇霍姆林斯基（前蘇聯教育家）認為：「成熟的和真正的公民意識；就把為社會服務看作一個人最主要的美德。」在臺灣，從事志願服務幾乎已成為全民運動，許多學校也要求學生必須擔任志工。我們所做的或許微不足道，但連結志願服務兩端的生命，以及該工作需求所反映的社會議題，值得我們關切與思索。

三、創造力

當我們四處尋訪繆思女神，省思個人成長歷程，試著認識長育自己的家鄉，回顧並檢視所知的國族、家族歷史，培養、發掘出觀察、反省、批評、詮釋等能力後，本單元接續前項主題，轉而將目光投注到現實社會中。透過最能如實反映社會現象的「報導文學」及相關志工故事，引導大家由兩方面思考志願服務工作：其一，服務者與受助者之間所發展出新的生命連結；其二，該工作所反映的社會議題，思考何謂「社會正義」。並於閱讀、討論後，將所得撰文記錄。

課程規劃說明

一、閱讀文本及選文標準

我們都曾嘗試探究生命的本質，詢問事物的意義與價值，包括個人存在的理由。葛登納（Howard Gardner）曾說：「當你服務他人的時候，人生不再是毫無意義的。」緣此，本單元選文及標準如下：

1.林清玄〈楊媽媽和她的子女們〉

林清玄的〈楊媽媽和她的孩子〉，描寫林鳳英女士如何支持丈夫楊煦牧師，在艱難的環境裡披荊斬棘，胼手胝足建立起六龜山地育幼院，且憑著堅實的信心，以大愛撫育衆多被遺棄的孩子。閱讀該文後，主要引導學生思考以下幾個問題：臺灣的社會福利政策是否完備？價值信仰有什麼力量？個人生命該如何實現？

2.蔣渭水〈臨床講義——關於名為臺灣的病人〉

蔣渭水的〈臨床講義〉，是爲日治時期的臺灣所書。所謂「上醫醫國」，作爲一個臺灣醫生，蔣氏除了關心病人肉體病痛外，對於臺灣問題及未來前途，也表露出心繫家國的深切關懷。閱讀該文後，可引導學生思考現今臺灣景況與可能的改善方法。

3.連加恩〈一個充滿希望的地方〉

連加恩的〈一個充滿希望的地方〉，是《愛呆西非連加恩》書末結語。作者總結在布吉納法索醫療團二十個月的工作經驗，並更堅定的相信臺灣是個充滿希望的地方。閱讀臺灣志工在國際的故事後，主要引導學生反思臺灣人在地球村的位置，以及授受之間的互利關係。

4.陳清芳〈阮氏碧水——南洋姊妹情　撫慰思鄉愁〉

陳清芳的〈阮氏碧水——南洋姊妹情　撫慰思鄉愁〉，報導了越南籍新住民阮氏碧水的故事。文章記錄她從一位隻身來臺灣的新嫁娘，到現在成爲桃園觀音鄉新住民關懷協會資深志工的歷程。閱讀國際志工在臺灣的故事後，主要引導學生反思我們美麗的寶島，其實仍有一些不足之處。

二、設計理念

1.文學不僅具有抒發情性的功能，也是反映社會現象的一面鏡子。本單元選擇「報導文學」作爲主要閱讀文類。透過作者親歷（或採訪）的書寫紀錄，學習「文獻蒐羅驗證」（求眞）、「口述資料整理」（求實）與「敘事剪裁的寫作技巧」（求美）。藉由閱讀報導文學，培養新聞眼、文學筆、慈悲心的人文情懷。

2.本單元以林清玄〈楊媽媽和她的子女們〉及蔣渭水〈臨床講義——關於名爲臺灣的病人〉二文爲主，另外收錄連加恩〈一個充滿希望的地方〉、陳清芳〈阮氏碧水——南洋姐妹情　撫慰思鄉愁〉兩篇與志願服務相關的作品。藉由「志工在臺灣」、「志工在國際」兩者之間互相參照，養成「全球視野，在地行動」的胸襟氣度與實踐力量。

動機引發

從「如果世界是一〇〇人村」的短片看起，探討哪些公共議題值得關注？哪些對象是我們可以提供幫助的？更進一步，可搜尋當前臺灣與國際社會中，有哪些公共議題是受到政府或民間團體關注的？這些組織做了哪些工作？他們是否提供志願服務的機會呢？

文本閱讀與引導

楊媽媽和她的子女們／林清玄

無意間，我看見六龜山地育幼院的戶口名簿，厚得不能再厚的一本，拿在手中沉甸甸的，像是一本長篇小說，每翻一頁都是一章高潮，都是幾個動人的故事。

事實上，那本戶口名簿的故事不是一個長篇可以寫完的，只能做爲這個大故事的提綱，因爲裏面記載了一百二十幾位孤兒的生辰年月，也記載了十幾年來孤兒不向命運低頭，墾荒拓土，在廢墟中建立家園並重建自己宏偉的故事。最重要的是，它說明並印證大時代的愛——一種無私的大無畏的愛。

坐在山地育幼院的客廳裏，手中拿著一百多人的戶口名簿，我竟不知不覺出神了，窗外流進來一串長長的笑聲才把我響得回過神來。

從窗口望出去，小孩子們正在窗外熱烈地玩著跳繩的遊戲，那是我年幼時常玩的一種，由兩個小孩在兩旁牽著，節節升高，每當有人跳不過那繩子，就要替換旁邊牽繩的小孩，他們一直往上跳，並不斷地替換著，從那樣單純的遊戲中得到興奮與喜悅。就在跳繩場的左側，有一個用竹子搭成的花架，九重葛正怒放著紅花，在遠處是永遠不停流著的荖濃溪，一畝疊著一畝的水綠禾田，在無盡的遠方，一抹山色向兩邊開展出去，天藍得透明。

風景從窗外湧入，笑聲與戶口名簿衝擊著我，使我禁不住踱到窗口，我想著，是什麼把這些辛酸的身世化爲笑聲？是什麼使這些無恃的孤兒能生活在如此優美的環境？是什麼使戶口名簿上的零碎記載凝結成一股溫暖的願力呢？

是楊媽媽，楊媽媽是育幼院的院長，從她手中疼惜著拉拔長大的孤兒不知道有多少，她是那樣謙和、坦誠而充滿熱力，她是個「博愛」的化身。

楊媽媽所傳播出來的大愛，就像永遠不停流著的荖濃溪，像農人一鍬一鋤墾拓出來的稻田，像怒放得火一樣紅的九重葛，像縹緲卻穩重的遠山，也像透明得晶瑩的藍天。

「大哥哥，要不要一起來跳繩？」

一位被陽光曬成古銅色的小孩在庭院中喚我，把我從出神中叫醒，然後我加入了他們跳繩的行列，竟如同回到我的童年時代，和兄弟們在曬穀場上跳繩一般。

白雲深處有人家

要到六龜山地育幼院也不容易，我們搭高雄客運車直奔六龜，那是夏日的早晨。

陽光在車行中突然從山坳的遠方湧冒出來，一下子近處的田園屋宇和遠方的天地山河，都披上的生命的光亮，鳥雀在林中輕巧的唱歌，松鼠在茂林中奔躍，老鷹拔天飛起，田的綠疊著山的蒼鬱迎面跑來——我們的車子正在顛簸的路上走向山林深處。

隧道接著隧道，每一個隧道的出口都是那樣晶明，耀目的光亮一直要亮到山裏來，出了六號隧道，左邊的十八羅漢山稜角分明、疊石磊磊，在陽光下生出許多明暗變化，是神工鬼斧猛力劈出來的天景。

客運車抵達六龜鎮上，這個我在早年的記憶中相當落後的鄉鎮，已因南部橫貫公路的開發，帶來不可思議的繁榮，我們問明去路，開始向山上步行跋涉，沿著茎濃溪，月桃花盛放著，並在空氣中洋溢著山野特有的清香，走了三公里半，才看見山地育幼院坐落在茎濃溪的對岸，走過搖搖晃晃的吊橋，在門口，我們就聽聞到兒童們快樂的笑聲，伴著茎濃溪一直向下游流布出去。

六龜山地育幼院的環境是可驚的優美，它高高的雄踞在山上，東邊是已經開闢成觀光區的「不老溫泉」，溫香水華；西邊是「蝴蝶谷」，春天來時走過會有群蝶飛揚，谷裏還有一炷永不熄滅的地油火柱；南邊是「十八羅漢山」，是臺灣少見的石堆山，北面則是寬敞清澈，終年不乾的茎濃溪，溪上有吊橋，橋畔有人家。

楊媽媽告訴我，包括現在已建了屋舍的兩甲地，以及闢成魚池及種滿果樹的六甲地，都是民國五十四年以一坪五毛錢標購到的。

她說：「那時一坪地只有一杯冬瓜茶的價錢。」也可以想見這塊地當年是多麼的荒涼。那時連吊橋都沒有，楊媽媽和她的先生楊煦牧師，就帶著他們的二十四個兒女爬山涉水，遷居到這塊荒涼的土地上。

每天天一亮，楊媽媽就揹著還在餵乳的孩子，扛著鋤頭，把泥土裏的石頭一塊一塊挖出來，沒想到土裏全是石頭，一層一層地挖下去，她的手因爲長時期的拿鋤頭挖石頭，手腳全都是大大小小的傷口，血與汗都滲在她要爲孩子建立一個家的土地上——剛搬來的那幾年，楊媽媽手腳的傷口從來沒有痊癒過。

放假的時候，她就帶領大孩子們來挖石鬆土，把石頭堆在溪邊，從溪裏挑水來灌溉，種蕃薯、種果樹，將這一塊貧瘠到一坪只要五毛錢的地方開墾了出來。

即使是六龜鄉裏原來不信那塊地可以耕種的鄉人，也相信是愛的神力使石頭裏開出花來，我走過那一塊現在已經成爲果樹林的土地，依然可以感受到鋤頭往下掘的力量，人的信念、希望與愛心的無限堅持，恐怕是再頑強的土地都要屈服的吧！

楊媽媽是大家的媽媽

嚐遍了二十七年艱辛的楊媽媽，現在年紀已經不小了，但是身體還是相當勁健，她像臺灣農村裏那些長久爲愛付出的村婦，那樣親切、純樸而動人。她的聲音因爲教育一百多名兒女而沙啞了，卻依然是虔誠而有力量。

楊媽媽本名叫林鳳英，從小生在山林，她是新竹山地裏的泰耶魯族人，和她的族人一樣，楊媽媽的童年和少女時代過得相當貧窮艱苦，必須用很多的勞力工作才能換取三餐的溫飽，那時，她對未來生活雖有滿懷憧憬，卻因爲生在那樣的環境裏不敢有任何奢想，她單純地過著山居的日子，一直到遇見楊煦牧師，整個生活才起了微妙的改變。

她談起她和楊煦牧師初識的日子：「那時他在臺中師範教書，常利用課餘的時間到山上來佈道，他把薪水都用來濟助貧苦的人，我就是因爲家裏接濟而認識他的，後來我常陪他到各地去奔跑，我覺得他是個偉大的人，我向他學習幫助別人，我們結婚那年是民國四十年，我才十七歲。」

談起那段愛情，沒有什麼驚濤駭浪，它是那樣平淡，平淡得如一泓溪水，楊媽媽掩不住喜悅，臉上的神情像溪水一樣清澈。

「認識他以後，我才真正看清了山地人的生活是多麼的苦，尤其是許多可憐的沒有父母的小孩。我希望爲我的同胞做一點事，但是那時還不知道要做什麼，要怎麼做，只希望將來有機會做……」

後來，楊牧師調到了六龜鄉，他們終於開始做了，四十二年他們的第一個兒子出生，取名楊子江，楊媽媽同時收養了一個啞女，取名林路得，同時哺育兩個子女——一個是親生的，一個是收養的，她一視同仁，付出同等的愛。

那時楊牧師主持六龜教會，楊媽媽在教會當護士，山胞的孩子生得多，有時生了六、七個，山地沒有醫療設備，他們常把病兒送到教會醫治，有時丟下孩子，人就跑了，有的是被丟在荒山裏的棄嬰，路人抱來教會，孩子來了總不能不管呀，來一個養一個，來兩個養一雙，民國五十七年，他們已經有十七個兒女了，可是，教會這麼小，收入這麼微薄……楊媽媽引了《聖經》裏的一段話說：「這些事，你們既做在我弟兄中最小一個的身上，就是做在我的身上了。」

楊牧師夫妻倆覺得兒女們生長在教會不是長久之計，開始尋找孩子們的安身之地，最後終於以最便宜的價錢標到了一塊荒地——這期間他們又收了七個兒女。他們帶著二十四個子女和兩條土狗，從教會搬家到沒有人煙，只有鳥聲；沒有鄰居，只有山林的「家」。

楊媽媽永遠記得帶領這群孩子渡河登山，擁著他們說：「孩子，這就是我們的家。」那種在荒涼中帶著希望的情景。

大自然就是我們的希望

民國五十五年他們草創了一個簡陋但生機洋溢的家——所謂「家」，只是牆上釘了木板，屋上蓋了茅草的屋子，是楊媽媽一塊一塊搭起來的。她說：「小時候的生活使我什麼事都可以做。」他們居住在簡陋的「家」中，刮風下雨的時候，屋子常漏水，她和楊牧師夜裏抱著孩子搬過來搬過去，怕他們淋到雨，一折騰就是一整個晚上。那時也沒有廁所，小孩的大小便都在後面的山林裏解決；也沒有浴室，洗澡就在茏濃溪裏；對外沒有交通，出入都要爬山谷走河流；他們是眞正過著和大自然緊緊相依的日子，但是楊媽媽充滿信心地對兒女們說：「大自然就是我們的希望。」

剛開始的時候，連吃都成問題，楊媽媽和孩子們每天吃地瓜，有時逢到下雨，地瓜發芽，孩子們吵鬧著不肯吃，做媽媽的也沒有辦法，一面心疼一面難過，還自己慢慢嚼著那些孩子不肯吃的地瓜，沉痛的心情是可以想見的。

即使經過二十幾年到今天，情況改變了不少，吃仍然是他們的大問題，早上給孩子準備饅頭和小菜就要凌晨三點開始起來做，中午和晚上最少是三菜一湯，有魚有肉，楊媽媽說：「光是米一天就要吃掉八斗。」每天還要給他們吃糖果和水果，期待他們長得健康而強健。

這些大自然和無私的愛孕育出來的孩子，也不辜負父母的期待，個個都長得黝黑健壯，去年十二月的六龜鄉運動會，育幼院一共拿了二十三個冠軍，金牌和獎狀掛滿了整個牆壁，這也難怪，因爲他們每天上學就要早晚走四十分鐘的山路，是一點一滴錘鍊出來的。

一直到民國五十八年，荖濃溪上才懸起了一條對外交通的吊橋，楊媽媽記得落成的那一天：「小孩子在吊橋上跑過來又跑過去，高興得不得了，我也放下一顆心，因爲荖濃溪到夏天水勢湍急，小孩子過河很危險，那時他們才能安安全全地去上學。」

在山林裏，危險是很多的，除了水急和颱風外，山中到處都有毒蛇，山邊還有一個很陡的斜坡，可是十七年來，從來沒有死過一個小孩，也沒有小孩被蛇咬傷，楊媽媽說：「這應該感謝神的照應。」

我是隻小小鳥

想起從前，楊媽媽爲了整地，爲了給兒女吃穿，她常常變賣飾物，最苦的時候甚至把結婚戒指都賣掉了，然後就是到處借貸，有了錢再還。她對孩子們的愛的確讓人感動，而她的愛是自然流露出來的，我們從她收養的一個女孩，可以了解她辦育幼院的心情。

民國六十二年的婦女節，是個刮大風下大雨的日子，楊媽媽正在家裏帶小孩，突然接到高雄岡山警察局的電話，她拿著一把雨傘匆匆趕出門，搭車前往岡山。

原來有一位岡山鎭民在菜市場上撿到一個女嬰，長得很漂亮，本來想帶回家自己養，沒想到打開布包卻是沒有雙臂的女嬰，只好把她送交警察局。警方開始打電話到各地的孤兒院，並且張貼領養告示，都因爲沒有雙臂而無人認養，女嬰在警局裏三天，他們才試探性地打電話給楊媽媽。

坐在六龜往岡山的客運車上，楊媽媽心裏一直在掙扎，她想：「小女孩才生下三天，又沒有雙手，我恐怕不能養，不能要她！」

可是當她坐在岡山警察局裏看到那個女嬰，忍不住流下淚來，說：「我要了。」楊媽媽對我說：「她那麼可憐，我不要，誰會要呢？而且，人一生下來就是神的恩典，任何生命都不能放棄。」回到育幼院，楊媽媽便爲這個無臂的女嬰取名叫「楊恩典」，她用幾倍於其他小孩的心力照顧她，教她用腳拿毛巾擦臉，拿茶杯喝茶，甚至拿毛巾洗臉，拿牙刷刷牙。

楊恩典在無微不至的呵護下，慢慢長大，今年已經八歲了，長得聰明伶俐又可愛，和其他的小孩玩在一起，楊媽媽每天看著她，又是疼惜，又是喜悅。育幼院除了楊恩典是殘障，還有幾個低能的孩子，楊媽媽花在他們身上的愛特別彰顯，她說：「任何一個孩子生下來都應該有衣穿，有飯吃，有屋住，有玩具，應該受教育，應該有人愛他們……」

楊恩典很沉默，她彷佛感知自己的命運，那一天下午我坐在花架下，突然聽到她用稚嫩的童音唱著：「我是隻小小鳥，飛就飛，叫就叫，自由逍遙，我不會有煩惱，我不會有悲哀，只是常歡笑。」看著花架上的紅花綠葉，我整個胸腔都爲之翻動起來。

迴響在大苦林的歌聲

過去，我曾經做過許多孤兒院的社會服務工作，也訪問過其他孤兒院，雖然都是愛心人士創辦的，但是裏面的小孩子總讓我有奇怪的感覺，不像六龜山地育幼院讓我感到正常而健康。到底是什麼原因呢？我想著。

夜裏與小孩子一起生活，我找到了答案。與小孩子一起吃過晚餐，育幼院的老師就帶著他們到寬闊的大操場裏，盡情地唱歌跳舞，他們圍成一圈跳土風舞，不分年齡大小全部都跳得津津有味，可以自由找舞伴，有許多小孩子甚至邀請老師做舞伴，表現了極其驚人的風度，有些頑皮的孩子在音樂聲中大跳迪斯可，比起在一般家庭長大的孩子還要活潑。

跳完舞，大孩子們做功課，小孩子們自由玩遊戲，自由歌唱。山地小孩子眞是有唱歌的天才，他們坐在花架上彈吉他、唱歌，彷彿永遠不覺得疲累。十八位引導孩子的工作人員都充滿了愛心——因爲他們都是從各地自願前來的年輕人。

據裏面的一位劉行健老師告訴我，育幼院的教育採取的是自治的方式，由大孩子帶小孩子，以兄弟姊妹相稱，他們相愛相敬，無形中有一種親和的大秩序，小孩子就在這個秩序中成長。山地育幼院教育出來的孩子沒有一個變壞的，有的當了鄉長，有的在服兵役，還有的出嫁，但是他們常回來探望楊牧師和楊媽媽，看看老家，看看弟妹。

就像吃飯的時候一樣，由大的餵小的，小的餵更小的，更小的把剩下來的飯餵黃狗。他說：「大家都自動自發，從來沒什麼問題。」

他們的群體合作也表現在工作上，灑掃庭除、種花除草，都是大家一起來，因爲在楊媽媽的教導下，孩子們都知道只有團結才會生出大力。

晚上我睡在育幼院中，雖是夏天，卻到處有春的氣息，育幼院一片寧謐，涼風習習吹來，我清楚地聽見荖濃溪水流去的聲音，黑夜的溪水聲格外清明，就如小孩子的歌聲一樣，不停地流下去。這個原名叫「大苦林」的地方，因爲有愛與歌聲，也改名爲「東溪」。

你們若不回歸孩子的樣子，就不能進我的國

清晨，院裏還是一片薄霧，起床的哨音就已經吹響，我看看錶，是五點半，院裏響起一片乒乒乓乓的聲音，才一會兒，他們已經排好隊在大操場裏升旗、唱國歌——他們的國歌聲清脆嘹喨，唱出了豐盈和喜樂的一天。

然後是禱告、查經、跑步、掃地、吃飯、上學，一切井井有條，當他們都穿好整齊的制服浩浩蕩蕩地走出門口時，早晨的陽光正好從東方普照著這個美麗的地方，小孩子笑著鬧著，臉上也充滿了陽光。

我想起《聖經》裏的一句話：「你們若不能回歸孩子的樣子，就不能進我的國。」這是基督教辦的育幼院，我平時是個無神論者，只有看見孩子列隊笑著走出院門，才讓我眞正感知宗教的力量。

山地育幼院在這裏已經辦了十幾年，但是一直到民國六十年才引起社會的重視，慢慢有人自動來幫忙，有許多公家機關送來他們的飲食，臺南亞航公司捐獻抽水幫浦，解決了一百多個孩子最基本的食物和水的問題。屏東的一位吳知更先生捐了一個禮堂，高雄的張雅玲捐了餐廳，洪建全基金會爲他們蓋了一座現代化的廚房，高雄煉油廠送了兩個冰箱……。

民國六十二年，蔣經國先生來山地視察，指示建造一座水泥橋和一個水泥的大操場，到民國六十五年，育幼院的設備才堪稱完備。

但是楊媽媽告訴我：「我們還是希望用自己的力量來養育這些孩子。」因此，他們省吃儉用，在山腳下蓋了一座停車場和福利社，以供給到附近遊覽的觀光客休息，用賺來的錢維持龐大的「家計」。

「另外，我們也種香菇、木耳和水果，以及養魚、養豬，能想到的都去做，希望給孩子們更好的生活，希望能收容更多無家的孤兒。」

楊媽媽帶我去看他們多年墾拓出來的田園，現在都已經到了收成的時候了。當小孩子吃到自己辛苦種植的水果，和好不容易養大的魚時，我相信他們一定更能感知「要怎麼收穫，先怎麼栽」的道理。

楊媽媽說：「你現在看到的東西，都是從沒有到有，這還是要感謝神賜給我們的力量，光憑我們是辦不到的。」

我看到他們在民國五十五年蓋成的第一間茅草屋，現在已經做爲倉庫，苔痕滄桑，我想到他們竟然能在這座茅屋中相守幾年，這難道不是宗教的力量嗎？

思天下有饑者也，猶己饑之也

早期的院童長大了，離開了「家鄉」，現在的院童生活在幸福的環境裏，恐怕慢慢淡忘了他們的「父母」和「大哥哥姊姊」當年荷鋤撿石的辛酸，但是，在民國六十六年，他們又共同度過一次艱辛。

那一年，強烈颱風賽洛瑪來襲，通往育幼院的道路山崩路阻，一切對外交通完全中斷，院裏雖有足夠的米，卻不能購買任何菜蔬，一家一百一十二口天天以自己種植的地瓜、竹筍、洋菇、木耳佐餐，整整吃了將近兩個月，他們緊緊團結在一起，楊媽媽每天告訴他們：「只要你不放棄，就永遠會有希望。」

這一段考驗，使小孩子們體驗到「只有自己創造，才能過幸福的生活」，這不但是楊媽媽許多年來的信念，同時也是大家耳濡目染的信念。

我在山地育幼院住了兩天，才依依不捨地告辭了偉大的楊媽媽和她可愛的孩子們，告辭了充滿陽光和歡笑的荖濃溪畔。

在我們這個社會裏，能愛自己的人已經愈來愈少，不要說愛別人的孩子了，像楊媽媽這樣視別人的孩子如己出，愛之，育之，護之，把整個生命投射到孤兒的養育上，事實上已反映出一種逐漸失去的人性光輝。

我相信，她付出的愛一定會得到報償，我也相信「博愛」是使人能生出力量的大元質。

走下山坡，過了吊橋，我回頭看，山地育幼院正籠罩在夕陽柔和的光暈裏。

（選自《永生的鳳凰》，臺北：九歌，一九八二年）

臨床講義——關於名為臺灣的病人／蔣渭水

患者：臺灣

姓名：臺灣島

性別：男

年齡：移籍現住址已有27歲

原籍：中華民國福建省臺灣道

現住所：日本帝國臺灣總督府

緯度：東經120–122度，北緯22–25度

職業：世界和平第一關門的守衛。

遺傳：明顯地具有皇帝、周公、孔子、孟子等血統。

素質：爲上述聖賢後裔，素質強健，天資聰穎。

既往症：幼年時（即鄭成功時代），身體頗爲強壯，頭腦明晰，意志堅強，品性行高尚，身手矯健。自入清朝，因受政策毒害，身體逐漸衰弱，意志薄弱，品行卑劣，節操低下。轉居日本帝國後，接受不完全的治療，稍見恢復，唯因慢性中毒長達二百年之久，不易霍然而癒。

現症：道德頹廢，人心澆漓，物慾旺盛，精神生活貧瘠，風俗醜陋，迷信深固，頑迷不悟，罔顧衛生，智慮淺薄，不知永久大計，只圖眼前小利，墮落怠惰，腐敗，卑屈，怠慢，虛榮，寡廉鮮恥，四肢倦怠，惰氣滿滿，意氣消沉，了無生氣。

主訴：頭痛，眩暈，腹內飢餓感。最初診察患者時，以其頭較身大，理應富於思考力，但以二、三常識問題試加詢問，其回答卻不得要領，可想像患者是低能兒。頭骨雖大，內容空虛，腦髓並不充實；問及稍微深入的哲學、數學、科學及世界大勢，便目暈頭痛。

此外，手足碩長發達，這是過度勞動所致。其次診視腹部，發現腹部纖細凹陷，一如已產婦人，腹壁發皺，留有白線。這大概是大正五年歐陸大戰以來，因一時僥倖腹部頓形肥大，但自去夏吹起講和之風，腸部即染感冒，又在嚴重的下痢摧殘下，使原本極爲擴張的腹壁急劇縮小所引起。

診斷：世界文化的低能兒。

原因：智識的營養不良。
經過：慢性疾病，時日頗長。
預後：因素質純良，若能施以適當療法，尚可迅速治療。反之，若療法錯誤，遷延時日，有病入膏肓死亡之虞。
療法：原因療法，即根本治療法。
處方：正規學校教育　最大量
補習教育　最大量
幼稚園　最大量
圖書館　最大量
讀報社　最大量
若能調和上述各劑，迅速服用，可於二十年內根治。
尚有其他特效藥品，此處從略。

大正十年十一月三十日
主治醫師　蔣渭水

（原刊於臺灣文化協會第一期《會報》，選自《蔣渭水全集》，臺北：海峽學術出版社，二〇〇五年）

一個充滿希望的地方／連加恩

在醫療團的二十個月裡，我零零星星的擔任過許多跨界演出的差事，包括：文書、出納、會計、臨時翻譯、地下公關、簡易電腦維修、團內花園整理兼景觀設計、垃圾分類、游泳池清理，每一個工作，都讓我這個一路升學，然後栽入醫學領域和醫院的台北小孩，增長不少見識，然而讓我印象最深刻的差事，是在退伍前幾個月接的「員工管理」。

就像其他國家的外交單位，我們團裡也有司機、警衛、女傭、廚師、翻譯等員工，團長授權我當這些員工的總管，負責監督他們的工作，還有月底薪水的核發。

每個月月底，我按照他們的工作表現核定獎金，並且一位一位叫進辦公室，將薪水袋交給他們，我請他們坐在我的對面，順便問問他們的工作情形，還有生活上遇到的問題。

有時候他們便利用機會，告訴我家中的狀況，例如，有人會說孩子生病了，所以增加開銷；有人需要為孩子繳學費；有人告訴我，他一輩子最大的願望，就是可以擁有自己的房子，因此想要借錢買地自己蓋。

有一次當我又和他們坐在辦公桌的兩端，忽然想起在七、八十年前，我的祖父母也是在當時外國人的外交單位——英國領事館（現在的紅毛城），一位擔任廚師，一位擔任女傭的工作。「薪水」對他們的意義也相仿，就是孩子們有飯吃、可以長大，行有餘力的話，栽培他們，讓他們接受教育。

我好奇的在想，如果時光倒流，讓我看看當年祖父接受怎樣的對待，現在的我一定更不敢輕慢的對待我的員工。我也想，自己何其有幸，經過了三代，還可以用醫生也是外交人員的身分，再到另外一個國家去幫助需要幫助的人。

爺爺在台灣光復的前幾天，在防空洞裡得了瘧疾過世，留下奶奶獨自扶養八個孩子長大。幾年前她過世時，有一個心願沒有完成，就是蓋一間孤兒院。

我覺得很有趣，在非洲我每天最常治療的疾病就是瘧疾，最後又在一個特殊的機緣下，蓋了一間孤兒院。雖然說後來的人，總是不能在流逝的過去上再增添什麼，但是想到我可以完成奶奶的心願，又因為治療疾病減少一些破碎的家庭，這真的是上帝的恩典。

這次回來台灣，有許多機會和很多人分享在非洲的點點滴滴。每次演講完，常常有許多人問我，怎樣才可以到非洲當義工，也有人寫信來，打電話來問我需要什麼協助。有一個國小一年級的孩子，叫做巫以諾，患有罕見疾病尼曼匹客（Niemman-pick）症，他因為不能代謝某些物質而影響神經，漸漸的失去運動的功能。在聽到一點點的錢，就可以幫助非洲的小學生免於被退學的命運時，他決定賺零用錢存到撲滿裡。每天放學便拿起掃把打掃大樓的樓梯，他存了一個小撲滿給我，要我拿去幫助非洲的小朋友就學。拿到那個撲滿的時候，我感動得不知道說什麼才好。

回想這二十個月，我好像被放在一個極端的環境，去看出一些事實。第一次離開台北，就來到古都古，我的日子，是都市小孩生活的另外一個極端。我們那裡，網路很慢，是撥接的，最高紀錄一次停一個半月；電視只有兩個頻道，可是兩個頻道播的是一樣的節目。這個城沒有網路咖啡店，確切的說，沒有咖啡店，也沒有地方可以逛街血拚，這些平常用來打發時間的東西都沒有的時候，才開始發現，活著眞的太棒了，時間太重要了，我的人生還有太多的事情可以做，太多地方還沒去。

故事裡交織著人生所有的苦難，每天看到疾病、貧窮、死亡、失去親人的痛苦，同時又見證過去從來沒有見識過的光明面，例如：那個被台灣的愛心衣服塞爆的郵局；放棄鑽戒要幫村民挖井的鄭太太；雖然身體不方便，也要掃地幫助非洲學童的巫以諾；那些在我退伍前，給我擁抱和眼淚的所有朋友；那位一無所有的窮人，在我退伍時，要我帶回給父母吃的兩罐花生；那些聽完演講，告訴我他們也想幫忙的年輕人。我被放在人家說的黑暗大陸，卻經歷到一些人生最正面的東西。一間房間只要有一根蠟燭，光明就可占據大部分的空間。

這本書截稿的日子，剛好是來台灣接受臉部整形的非洲阿福的開刀日，再過幾個小時，他就要進去手術室。剛才我去醫院看他和陪同他來的父親時，我問他們會不會緊張，他們說不會，我追問爲什麼不會怕，他父親說，因爲他相信醫生、相信上帝。

他父親告訴我，這些年來，阿福每天早上起來、晚上睡覺前，總是會祈禱耶穌賜給他健康，現在可以來到台灣接受手術，是他美夢成眞了。

以前聽人家說，這個土地的人，有一股向上提昇的力量，我在非洲的時候見識到了。

透過一個網路上流傳的電子郵件，我在無心插柳的情形下，收到一千五百箱、七萬多件的衣服，許多人搶著要捐衣服幫忙。當地的牧師相信，這是因爲上帝聽到了一些窮人想要衣服的祈禱，所以要那麼遠的地方的人送衣服來。

但是，如果眞的是上帝的安排，爲什麼阿福禱告，結果被送來台灣；窮人禱告，結果是台灣的朋友送來衣服呢？

兩年來在非洲的經歷，讓我更加的相信台灣是一個充滿希望的地方，因爲上帝藉由這個地方的人輸出希望。這些故事是那些用衣服、用關心，和我一起去過非洲的朋友寫出來的。

我不知道哪裡去謝謝他們，所以才更加堅定我寫這本書的動機。我也常常祈求上帝看到他們的付出，加倍祝福他們，因此我把爲這些人祈禱的內容寫在下面。如果這個人是你，或是你願意接受這個禱告，你可以照著唸，把「他們」換成你的名字：

親愛的耶穌，請祢祝福他們，成為富有的人，只因他們所度的每一天都是有價值的；成為偉大的人，只因他們擁有偉大的夢想；讓他們在所有成功的追求背後，擁有對意義的渴望；知道所有的嘈雜忙碌之後，有永恆。在他們的人生或家庭中，就算遇到再大的黑暗困難，也有更大的光明在等待，而且黑暗從來沒有勝過光；你如何祝福了我和我的家庭，也一樣祝福他們的家庭，除掉他們人生中所有的黑暗面，包括怨恨、憂愁、嫉妒、批評、傷害，就像在我十六歲的時候，你讓我知道我眞正需要的，是你的赦免，讓他們知道勝過這些黑暗最大的力量，是你十字架上的饒恕，帶領他們的一生，讓他們所在的每一個地方，因為他們更加美好，讓他們發現活著眞好，因為他們永遠有更偉大的旅程去征服，奉耶穌的名。阿們！

（選自《愛呆西非連加恩：攝氏45度下的小醫生手記》，臺北：圓神，二〇〇四年）

阮氏碧水——南洋姊妹情　撫慰思鄉愁／陳清芳

麻油雞酒是臺灣媳婦必吃的月子餐，卻也是南洋媳婦難以適應的臺灣味，桃園縣觀音鄉的阮氏碧水和一群外籍配偶志工隊，調和臺灣味與南洋味，幫助南洋姊妹融入臺灣社會。

桃園縣觀音鄉六萬人，外籍配偶超過四百人。許多女性新住民離鄉背井，人生地不熟，尚未適應臺灣風俗習慣，就懷有身孕，要產檢、打預防針，語言溝通有障礙，於是觀音鄉衛生所在民國九十七年成立保健志工隊，來臺多年的南洋姊妹主動來幫忙。

以保健志工為基礎的觀音鄉新住民關懷協會應運而生，協會成員兩百多人，除了越南、印尼、緬甸、泰國、中國大陸外籍配偶的十多個新移民家庭，還有閩南人、外省人、客家人等，是標準的多元文化組合。

十多年前嫁來臺灣的阮氏碧水是資深志工，一開始得知衛生所找志工，夫家便鼓勵她加入，全家都成為志工，她的丈夫是義消，婆婆是愛心媽媽。

在文化摩擦與調適的過程中，口味往往最難適應。阮氏碧水說，越南人的口味比較重，卻獨獨不習慣米酒味，可是臺灣料理常常少不了米酒；越南的媳婦愛吃酸嗜辣，婆婆卻吃不慣。經過磨合妥協，坐月子的麻油雞、炒豬肝沒有米酒味。

阮氏碧水非常能夠體會南洋姊妹對雞酒（客家麻油雞）不適應，有個臺灣婆婆打電話到衛生所搬救兵，她想：「至少我會說國語，臺語還說得上幾句。」帶著滿腔熱血到南洋姊妹的婆婆家走一趟，原來媳婦吃不慣臺灣味，哭哭啼啼地說想家，更想越南家鄉的媽媽。

這樣的志工服務，最困難的就是打開別人的心結，阮氏碧水用語言溝通技巧，分享自己的經驗，善體人意，耐心開導。她發現，外籍配偶們原本不相識，建立了信任關係，只要說開了，「大家都是好姊妹」，遠嫁來臺灣，要互相照顧。

不過，有時她即使是穿著保健志工服務背心上門，或者由衛生局人員陪同，仍會遇到好心卻被人誤會「你是來帶壞我們家的媳婦」的情形。

歸結新住民常遇到的疑難，主要都是語言溝通及適應問題，新住民志工到府關懷訪視，服務範圍早就超過兒童預防接種項目、生長發育檢查等優生保健範圍。

有一次，有個外籍配偶的老公告訴阮氏碧水：「我老婆只是心情不好。」她私下旁敲側擊，當事人卸下心防後吐露真相，原來異國婚姻下藏著家庭暴力，丈夫的酒品極差，常常藉酒裝瘋打老婆。還有個案例是臺灣丈夫外遇，公然與小三同進同出，拋棄養家責任，還嘲笑新住民元配「沒本事」。

觀音鄉衛生所人員郭雅苓指出，碰到類似情況，衛生所志工們幫忙向警察局通報家暴。碰到新住民的家暴、外籍勞工逃走等事件，阮氏碧水也會到警察局擔任義務翻譯。

還有案例牽涉到國籍問題。有個新住民生了病，丈夫嫌棄她不能賺錢養家，打算把她逐出家門，可是新住民放棄母國國籍，尚未入籍臺灣，勢必成爲無國籍的人球。協會志工們找到好心的美容院老闆娘，讓新住民體力好時也能幫忙，紓解新住民的經濟壓力，事情才有轉圜。

沉默力量　行動勝於雄辯

阮氏碧水服務對象不僅是外籍配偶，也有臺灣鄉親。她說，一開始，有的鄉親對她投以異樣眼光，無聲地替她烙上「用錢買來的」的負面印象，她心裡難受，想著，「我們好的那一面，你都沒有看到」，但她也不願多說，決定用行動證明一切。

逢年過節時，協會的志工們相約端午節包粽子、中秋節烤肉、春節做年糕，新住民們也帶來越式春捲、河粉湯、涼果等家鄉味，母親節互邀到鄉公所打電話回娘家，一解思鄉之情。從沒搭乘過高鐵、捷運的新住民家庭，還打算今年暑假一起出遊。

漸漸地，阮氏碧水聽到愈來愈多人對她說：「妳人很好嘛！」還有人打趣說，「碧水呀！妳有身分證，人緣又這麼好，都可以出來選鄉長了，我投妳一票。」

（選自《志工臺灣》，臺北：中央通訊社，二〇一二年）

閱讀引導

1.〈楊媽媽和她的子女們〉

林清玄〈楊媽媽和她的子女們〉分別以兩條線索進行敘事。其一：是作者兩天的參訪行程；其二，是六龜育幼院從民國五十年代初期創辦後的發展。時而談作者參訪足跡，時而談楊牧師伉儷創辦育幼院至今的各種辛勞，依時間發展的順序交錯敘事，卻又有條不紊，相互水乳交融。如此一來，避免了流水帳式紀錄的缺憾。

全文描寫六龜大自然景色（溪水、稻田、遠山、土地、藍天、花朵、鳥獸），又以大自然景色喻楊牧師伉儷的無私大愛，喻孩子們天眞的笑容與笑聲。天地與楊氏伉儷的共同點——「無私」，天地與孩子們的共同點——「自然」，作者準確掌握又充滿美感的表達。虛實映襯，可謂相得益彰。

2.〈臨床講義——關於名為臺灣的病人〉

蔣渭水〈臨床講義——關於名爲臺灣的病人〉藉由擬人化、擬病的方式，將臺灣比喻成一名患者，嘗試站在醫者角度，詳細記錄患者的血統、職業、體質、症狀，分析發病主因，復以「診斷書」、「處方」，指出擺脫疾病，重拾健康與希望的方法。本文善用譬喻，使嚴肅、抽象的議題更容易了解。唐代孫思邈說：「古之善爲醫者，上醫醫國，中醫醫人，下醫醫病。」（《備急千金要方‧論診候第四》）蔣渭水有「臺灣孫中山」之譽，曾組織「臺灣民衆黨」，籌辦《臺灣民報》，目的要喚醒人民自覺，擺落沉痾。無論鍛練寫作或社會觀察，這份民族診斷書都是能直指問題所在的佳作。

3.〈一個充滿希望的地方〉

連加恩〈一個充滿希望的地方〉總結《愛呆西非連加恩》，讀者可藉之概覽海外替代役生活點滴。作者又結合祖父母行醫救世的記憶，返臺後到各地宣講非洲行的經驗，以及對臺灣友人的謝意、對上帝的敬意，使得全文不僅總結提要而已，而是融合親情、信仰、感恩的文學作品。

4.〈阮氏碧水——南洋姊妹情　撫慰思鄉愁〉

陳清芳〈阮氏碧水——南洋姊妹情　撫慰思鄉愁〉由「麻油雞」談起，這道臺灣媳婦坐月子享用的滋補佳餚，南洋媳婦卻無福消受。除此之外，新移民遭遇到的各種文化摩擦與生活調適的問題，文中也有具體而微的呈現。

單元書寫與引導

一、課堂活動

1. 活動理念

同學們於求學階段，可能曾「被安排」參訪社福機構或從事志願服務。由於各種條件的限制，以及「升學掛帥」這最根本的原因，使得這些活動立意良善卻往往成效不彰。本單元以社會議題反思與關懷為主題，課堂活動著重於觀察、討論、反思、資料收集、寫作練習。藉由影片觀賞、議題探討、作品欣賞、寫作練習等教學活動，鼓勵同學們翻箱倒櫃找出塵封的記憶，並經過討論、反思後書寫記錄下來，甚至能自覺的從事志願服務。如此，破碎零散的記憶將蛻變爲深刻的生命經驗。

2. 小組活動：課室高峰會

在觀賞「如果世界是一〇〇人村」短片後，分組從中找出涉及的公共議題（約十餘項）。教師可帶領討論，並分配各組認領議題，由各組進一步搜尋該議題之相關資訊。藉由此項教學活動，鍛鍊敏銳的觀察力，學習小組合作並且善用網路資源。

二、單元作業

1. 寫作說明

基於對所處土地和世界的關愛，大家都曾留意重大社會事件，或參與過志願服務工作，卻鮮少有人將所得所感記錄下來。本單元在課堂分組討論，閱讀指定作品等教學活動後，同學們應對各種社會議題以及志願服務有更深入的思考，而所有深刻的思考，最終都需實踐的力量。在此基礎之上，請同學們以「新聞追追追——小人物、大事件」、「臺灣大學生學習情況與生活作息之臨床講義」或「我從事志願服務的反思」爲題，撰文一篇。

2. 作業規定

撰寫「新聞追追追——小人物、大事件」時，需觀察、蒐證，交代五W，並由小見大，藉由描述身邊的人事物，擴展到相關的議題。擬作「臺灣大學生學習情況與生活作息之臨床講義」時，可參考蔣渭水先生文章。而「我從事志願服務的反思」則應敘寫個人從事志工服務的經過，過程中令人印象深刻的是什麼？無論正面收穫或反思檢討，都是一種體認，也是生命成長的一部分。

延伸閱讀（文字和影像）

1. 楊恩典口述，胡幼鳳撰文：《那雙看不見的手》（臺北：圓神，二〇〇七）（本書紀錄口足畫家楊恩典的傳奇，側寫了六龜育幼院創辦人楊煦、林鳳英夫婦的故事。六龜育幼院創立至今已逾一甲子，收養的孩子超過一千位。這本書讓我們看見生命的殘而不缺，看見楊煦夫婦在雲山深處如何散播愛的種子，是理解林清玄〈楊媽媽和她的孩子〉一文極佳的輔助。）
2. 「Good TV」好消息電視臺的「眞情部落格」節目，「那雙看不見的手——六龜育幼院」專輯。（約莫一小時的影片中，可以見到楊牧師伉儷、次子楊子江（現任院長）談育幼院從創辦時篳路藍縷，發展至今日欣欣向榮的諸多故事。）
參考網址 https://www.youtube.com/watch?v=4whSM4kiFmk
3. 雷夫・艾斯奎：《第56號教室的奇蹟》（臺北：高寶，二〇〇八）（雷夫是美國洛杉磯某所公立小學的老師，他在第56號教室裡創造出無數奇蹟。他總在第一堂課裡和學生談「品格」，讓一群家境貧困的移民之子，年年在全美教育測驗中有極傑出的表現，他讓十歲的孩子能自適地在舞台上演繹莎翁名劇，他是美國唯一獲頒「國家藝術獎章」的老師。這本書對於認識教育本質，極富啓發性。）
4. 關信輝導演：《五個小孩的校長》（電影，香港，二〇一五）（本片由眞人眞事改編，講述全香港最低薪「四千五百元」校長呂麗紅，為了爭取小朋友的受教權，努力挽救幼稚園被廢校的眞實故事。）
5. 官鴻志〈不孝兒英伸〉，《人間》第九期，一九八六（本文以記者的視角，記錄了一九八六年震驚社會的湯英伸殺人事件，並提出關於「社會正義」另外一種思考。閱讀後，可引導學生觀察臺灣社會的原漢矛盾，思索人性善惡，以及情理法之間該如何取得平衡等問題。）

6. 官鴻志：〈我把痛苦獻給您們：湯英伸救援行動始末〉，《人間》第二十期，一九八七（本文記錄當年《人間》邀集文化、宗教、政治、九族代表支援湯英伸，請求司法「槍下留人」的始末，也提醒我們從社會結構、原漢矛盾、工作人權等多重面相來看待一樁殺人案。）

7. 湯姆・霍伯導演：《悲慘世界》（電影，英國，二〇一二）（本片根據法國大文豪雨果同名小說改編。故事中的主角尚萬強，因為偷麵包被關了五年，又因多次越獄，刑期加至十九年……。故事中對於罪與罰、善與惡有許多精彩詮釋，可引發對湯英伸殺人事件的思考。）

8. 史提芬・多爾導演：《舞動人生》（電影，英國，二〇〇〇）（故事發生在英國北方一個貧窮的小礦村。十一歲的男孩比利以芭蕾舞創造了他的人生，家庭成員從嫌惡、反對到支持。我們看到男孩打破世俗觀點，勇敢尋夢的堅強意志，感受粗獷父親的心情轉折，也看見「三流舞蹈老師」為天才學生所付出的熱情。本片曾入圍奧斯卡金像獎最佳劇本。）

9. 池田香代子著，游蕾蕾譯：《如果世界是一〇〇人村》（臺北：臺灣東販，二〇〇三）（本書以「百人村」此具體而微的巧妙方式，呈現世界上許多被幸福的我們所忽略的問題。藉由本書帶領同學們思考哪些公共議題值得關注，又有什麼對象是我們可以提供幫助的。）

10. 外籍老娘獅子班——識字班二十週年記（多年以前，因各種理由嫁到臺灣的外籍新娘們，轉眼歲月匆匆，孩子長大了，她們的中文、閩南語、客語也越說越好。雖然早已不是新娘，然而「外籍新娘」的稱呼卻始終伴隨著她們。回首來臺生活的點滴，其中甘苦難以言喻。）

參考網址https://www.youtube.com/watch?v=rQZ1N9LTiLU

11. 志願服務參考網站：

(1)內政部志願服務資訊網（http://vol.moi.gov.tw/vol/index.jsp）

(2)臺灣公益資訊中心（www.npo.org.tw）

(3)中華志願服務推廣中心（http://www.vol.org.tw/default.asp）

（以上網站皆為志願服務資訊平臺，同學可自行檢索有興趣從事之服務工作。）

12. 陳可辛導演：《親愛的》（電影，香港，二〇一四）（本片以家長聞之色變的兒童拐帶為議題，但更進一步試圖探討「家」與「親人」的概念，從不同的角度檢視現行法律、社會福利以及新聞媒體等問題。）

13. 陳凱歌導演：《搜索》（電影，中國，二〇一二）（本片改編自女作家文雨的網絡小說《網逝》。一名年輕女子因某些緣故，在公車上沒有即時發現看起來更需要座位的人，引發後續一連串風波。在事件中人們各具立場，也各懷心事，究竟眞相如何？所謂的正義又是什麼？在這個全民握有發聲權的時代，人人都可以是公平正義的守護者，也可能不知不覺地成為被害者或加害者。）

14. 符宏征導演：《渭水春風》（音樂劇）（這齣音樂劇以臺灣日治時期非暴力抗日運動領袖蔣渭水生平為藍本，由音樂時代劇場創作，楊忠衡任藝術總監，並與林建華共同編劇，冉天豪作曲、編曲，作詞者為蔣渭水、向陽、楊忠衡、林建華、連啓傑。劇中同時使用閩南語、日語與賽德克語，二〇一〇至二〇一二年於臺灣各地公演。）

7

死生契闊——生命價值

主題

死亡的意義與生命的價值。

教學目標

一、正視死亡

死亡，是所有人無可逃於天地間之事，唯芸芸眾生多避談死亡，忌諱死亡。由於對死亡的未知，因而害怕，進而迴避。對死的恐懼與不安是一般人的共同心理，即將瀕死的人，可能面臨精神、肉體上的痛苦，還有心理上的孤獨，以及對親人的掛念與不捨。種種痛苦與不安，讓「死亡」愈發恐怖。然而不論貧富貴賤，人人終得面對死亡，隨著年齡增長，將面臨各種不同的逝去，從親人、朋友，乃至社會群體，最終將是自己，死亡的切身感，將逐步進逼且強烈。與其爲死亡的降臨不知所措，正視與討論死亡，是迎向死亡的第一步。

二、珍惜生命

探索死亡，不僅是對死亡有所認識，更能反省生命。死亡與生命乃一體兩面之事，每個人一出生，就開始一步步走向死亡。如果能正視邁向死亡之路的事實，就會懂得認眞生活，珍惜生命。生命有限，提醒活著的可貴。死的對象、數量或有不同，從自己、親人、朋友，乃至集體死亡；死亡的方式也多樣，舉凡自殺、意外、疾病或天災人禍，我們其實一直與死亡共存。因此，正視死亡的存在，討論並思索死亡的意義，其實是對生命與自我的認識。學會死亡，就學會活著。

三、實現自我

在中國傳統文化中，對於「死亡」有一個耳熟能詳的價值判斷，即《漢書‧司馬遷傳》中〈報任少卿書〉：「人固有一死，死有重於泰山，或輕於鴻毛。」人人都會死亡，但是選擇在何種情況之下死亡，卻成了一個非常重要的意志展現。而個人的自我意識，在儒家文化薰陶下，賦予了道德價值的判準。在什麼情況下死亡是「重於泰山」？而何者又是「輕於鴻毛」？試看文天祥〈過零丁洋〉詩：「人生自古誰無死？留取丹心照汗青。」元世祖召見文天祥，親自勸降。文天祥答：「但願一死足矣！」元世祖十分氣惱，下令立即處死文天祥。死後在他的衣帶中發現一首詩：「孔曰成仁，孟曰取義，唯其義盡，所以仁至。讀聖賢書，所學何事？而今而後，庶幾無愧。」這首詩顯示出中國士人「成仁取義」的生死觀。早在《孟子‧告子》就揭櫫「捨生取義」的選擇，此一重道德實踐勝於個人生命，一直是儒家理想的精神典範。試想，可以活著卻選擇死亡，必須要有怎麼樣的勇氣，才能克服死亡的恐懼？歷史上有許多人，為了榮華富貴而選擇苟活。然而，選擇死亡既然不是一件容易的事，「捨生取義」如果成就的是一個偉大的人格，那麼選擇「苟且偷生」的人是否都如此不堪呢？當年司馬遷如果不選擇宮刑受辱以換取生命，中國文化中便少了《史記》這麼一部巨著了。慨然赴死而成就生命的價值，固然需要超人的意志；但有時選擇忍辱負重而勉強活下來，可能比一死了之需要更大的勇氣。所以，在生死取捨間，如何成就與實現自我，不是一件容易的事，也不是單一標準的劃分。所以，我們得累積經驗，思考論辯，培養對生命價值的認知，進而實現自我。

課程規劃說明

一、閱讀文本及選文標準

我們開始對死亡有所感觸，多半來自生活週遭的人或物因死亡而離去。如第一單元中朱天心的〈李家寶〉，作者鍾愛的白貓因失去主人關愛而自棄生命，引發作者悔恨與感傷，因深愛之，故自責之，讀之令人鼻酸。家中寵物過世，或許是學生最早接觸死亡的經驗，本文中的「李家寶」雖是一隻貓，但作者因情感投注所產生的愛戀之情，加深了永久失去的張力。除了動物，親人的逝去更是死亡的震撼教育，尤其是父母與子女，不但讓人體會生離死別的哀傷，更能省思親子關係。

爲了讓學生對死亡議題有更多的了解，本單元課程規劃分成三個階段，第一階段先提出中國哲學中先秦儒、道兩家對死亡的看法。文本選擇《論語》與《莊子》相關篇章，孔子重視生命價值的建立，以實踐仁義爲人生的目標，區分能掌握的「仁義」與不能強求的「生命」，故「重德輕死」，孟子承其志，發揚此捨生取義的精神。而莊子則以生死爲自然現象，生命與死亡爲氣之流轉，與天地萬物同一，故不必區別生死，進而超越現實的生死對立。先秦儒、道的死亡觀，對後世影響極深，出處進退與生命安頓，其源皆出於此。第二階段則深入死亡的感受，分從失去寵物、親人，以及自己的生命喪失，體會失去的悲傷。第一單元所選朱天心〈李家寶〉，可了解失去寵物的心情。本單元尚選了周大觀的兩首詩，面對短暫的生命逝去，可理解生命無常。蔡珠兒與陳義芝的散文，一為喪母，一為亡兒，皆是至親的離去。教師從這些文本，引導學生以同理心感覺死亡。第三階段將死亡議題擴大至社會歷史，教師可藉余秋雨散文〈南方的毀滅〉，引導學生思考人類歷史上的集體死亡，這些天災人禍所造成的大量死亡，對生者可有何啓示？教師還可結合第六單元，引導學生思考世界各地的難民、屠殺、恐怖活動諸議題。以下介紹各選文：

1.《論語》選

孔子論生不論死，其以仁德為要，重視生命的價值，故不論鬼神與死亡。

2.《莊子》選

莊子消弭死亡與生命的界限，將兩者齊同，進而超越之。於死亡之哀傷，具有治癒療效。

3. 周大觀〈活下去〉、〈窗外〉

周大觀年僅十歲，即因惡性橫紋肌癌過世。發病治療其間，每天寫日記，以詩文記錄病中感受，其堅強的生命力與純潔的心靈，藉由一首首詩篇，感動無數人，喚醒大家尊重生命，鼓舞人們活下去的勇氣。

4. 蔡珠兒〈紅蘿蔔蛋糕〉

本文作者擅寫飲食，各種食物題材均有佳文。本文看似以蛋糕為主題，與死亡無關，卻是藉食物寫母親的病逝與思母之情。一般為文，多是睹物思人，然文中的母親雖善於做菜，卻不善與子女相處，更不會做蛋糕。作者將看似不相干的食物，連結母親逝世時與其「和解」，母女情感融入其中，喻意不凡，意味深長。

5.陳義芝〈為了下一次的重逢〉

作者之子死於遙遠異鄉的一次意外，三年後提筆追憶，看似寫滿友人的安慰而釋懷，然而其傷痛實則與時積累，至大至極。至親的去世，是人生最大的傷痛，這個巨大的痛，往往能促使我們思考生命的意義，重新理解與亡者的關係。

二、設計理念

1.本單元取名「死生契闊」，典出《詩經．邶風．擊鼓》，原文爲：「死生契闊，與子成說；執子之手，與子偕老。」意爲相愛的兩個人，不論生死離合，已立下誓約，將攜手對方，直到終老。死亡，是最遙遠的距離，天人永隔，兩不相見。故以死立誓，已是誓約之極。於是，當我們知道死亡意味終結，便須珍惜活著，以免有所遺憾。

2.由於死亡具有終極性與不可迴避性，古今許多文學作品皆觸及生死議題。唯年輕學子較無面對死亡經驗，相較愛情、成長、家庭、家鄉與社會等議題，相對陌生。然而，所有人生的種種，最後皆歸諸於生命與死亡。故本單元以散文爲主，配合相關影片，並藉由活動設計，引領學生進入死亡議題，進而反省生命。本單元所論，皆可與前面各單元連結，成長的過程，難免與死亡相遇。以死亡做結，一方面代表本課程告一段落，一方面也暗喻之後的新生。學生學習本單元後，於生命當有一番體會。

動機引發

由於死亡不易說明，本單元在進行之初，可設計一個假設問題，引導學生進入生命有限的最終時期。例如：「如果健康檢查結果出爐，醫生宣佈得了絕症，治療無望，只剩半年生命。這半年時間，最想做什麼？」請學生回答，並各自寫下。完成之後，再透過隨機交換方式，拿到他人的學習單。此時，再設計下一個問題，例如：「這是好朋友的臨終願望，你可以如何幫助他完成？」透過此一問答活動，營造一個生命有限的氛圍，讓學生體會死亡終將來臨

播放與死亡議題相關的微電影，藉由影片引導學生思考。可以是親人離去的感受，或是面臨死亡威脅時的反應，亦可是對生或死的決擇。選定一個議題，讓學生從中進入死亡學。

文本閱讀與引導

《論語》選／孔子

1. 子謂顏淵曰：「用之則行，舍之則藏，唯我與爾有是夫！」子路曰：「子行三軍，則誰與？」子曰：「暴虎馮河，死而無悔者，吾不與也。必也臨事而懼，好謀而成者也。」（〈述而〉十一）
2. 曾子曰：「士不可以不弘毅，任重而道遠。仁以為己任，不亦重乎？死而後已，不亦遠乎？」（〈泰伯〉七）

3. 顏淵死，子哭之慟。從者曰：「子慟矣。」曰：「有慟乎？非夫人之爲慟而誰爲！」（〈先進〉十）

4. 季路問事鬼神。子曰：「未能事人，焉能事鬼？」敢問死。曰：「未知生，焉知死？」（〈先進〉十二）

5. 司馬牛憂曰：「人皆有兄弟，我獨亡。」子夏曰：「商聞之矣：死生有命，富貴在天。君子敬而無失，與人恭而有禮。四海之內，皆兄弟也。君子何患乎無兄弟也？」（〈顏淵〉五）

6. 齊景公有馬千駟，死之日，民無德而稱焉。伯夷叔齊餓于首陽之下，民到于今稱之。其斯之謂與？（〈季氏〉十二）

《莊子》選／莊子

1. 物無非彼，物無非是。自彼則不見，自知則知之。故曰：彼出於是，是亦因彼。彼是，方生之說也。雖然，方生方死，方死方生；方可方不可，方不可方可；因是因非，因非因是。是以聖人不由，而照之于天，亦因是也。（〈齊物論〉）

2. 予惡乎知說生之非惑邪！予惡乎知惡死之非弱喪而不知歸者邪！麗之姬，艾封人之子也。晉國之始得之也，涕泣沾襟；及其至於王所，與王同筐床，食芻豢，而後悔其泣也。予惡乎知夫死者不悔其始之蘄生乎！（〈齊物論〉）

3. 老聃死，秦失弔之，三號而出。弟子曰：「非夫子之友邪？」曰：「然。」「然則弔焉若此，可乎？」曰：「然。始也，吾以爲其人也，而今非也。向吾入而弔焉，有老者哭之，如哭其子；少者哭之，如哭其母。彼其所以會之，必有不蘄言而言，不蘄哭而哭者。是遁天倍情，忘其所受，古者謂之遁天之

刑。適來，夫子時也；適去，夫子順也。安時而處順，哀樂不能入也，古者謂是帝之縣解。」（〈養生主〉）

4. 死生，命也，其有夜旦之常，天也。人之有所不得與，皆物之情也。彼特以天爲父，而身猶愛之，而況其卓乎！人特以有君爲愈乎己，而身猶死之，而況其眞乎！泉涸，魚相與處於陸，相呴以溼，相濡以沫，不如相忘於江湖。與其譽堯而非桀，不如兩忘而化其道。夫大塊載我以形，勞我以生，佚我以老，息我以死。故善吾生者，乃所以善吾死也。（〈大宗師〉）

5. 莊子妻死，惠子弔之，莊子則方箕踞鼓盆而歌。惠子曰：「與人居長子，老身死，不哭亦足矣，又鼓盆而歌，不亦甚乎！」莊子曰：「不然。是其始死也，我獨何能無慨然！察其始而本無生，非徒無生也，而本無形，非徒無形也，而本無氣。雜乎芒芴之間，變而有氣，氣變而有形，形變而有生，今又變而之死，是相與爲春秋冬夏四時行也。人且偃然寢於巨室，而我嗷嗷然隨而哭之，自以爲不通乎命，故止也。」（〈至樂〉）

6. 生也死之徒，死也生之始，孰知其紀！人之生，氣之聚也，聚則爲生，散則爲死。若死生爲徒，吾又何患！故萬物一也，是其所美者爲神奇，其所惡者爲臭腐；臭腐復化爲神奇，神奇復化爲臭腐。故曰：「通天下一氣耳。」聖人故貴一。（〈知北遊〉）

7. 莊子將死，弟子欲厚葬之。莊子曰：「吾以天地爲棺槨，以日月爲連璧，星辰爲珠璣，萬物爲齎送。吾葬具豈不備邪？何以加此！」弟子曰：「吾恐烏鳶之食夫子也。」莊子曰：「在上爲烏鳶食，在下爲螻蟻食，奪彼與此，何其偏也！」（〈列御寇〉）

活下去、窗外／周大觀

〈活下去〉

醫師是法官，
宣判了無期徒刑，
但是我是病人不是犯人，
我要勇敢的走出去。
醫師是法官，
宣判了死刑，
但是我是病人不是犯人，
我要勇敢的活下去。

〈窗外〉

癌症病房的窗外，
藍藍天空，
太陽高高，
我好想出去，
護士阿姨不准，

醫師叔叔不准，

癌症病房的窗外，

星星閃耀，

月光照照，

我好想出去，

點滴阿姨銬住，

氧氣叔叔罩住。

（選自《我還有一隻腳》，臺北：遠流，一九九七年）

紅蘿蔔蛋糕／蔡珠兒

成年後我對吃飯異常執著，講究烹燒，注意情調，絕不苟且。我要向寡淡無味的童年伙食報復。

天氣涼下來，想烤個紅蘿蔔蛋糕。拿出雞蛋、紅蘿蔔，秤了奶油，量了紅糖和自發麵粉，倒出核桃和葡萄乾，切了一個橙子，剝出半條香草莢。還沒動手，色香已悄然在廚房流溢，甜點總是讓人快樂。

然而有種酸苦，涔涔從心底滲出。做紅蘿蔔蛋糕，又讓我想起媽媽，雖然她從沒烤過任何糕點，這也不是我記憶裡的家庭滋味，然而去年冬天媽媽病逝後，我竟靠著它，熬過最困難的時光。

食譜是P給我的。有天去她家，她剛烤好一大盤紅蘿蔔蛋糕，肉質厚實濃郁，充滿乾果香，熱情樸拙有田園味，不像一般的粗淡甜膩。我向P學了作法，回家後興致勃勃做起來，初學上手躊躇志滿，一連烤了幾次，沉浸在穠麗的甜香裡。

有一晚我又在烤蛋糕，忽然接到妹妹的電話，糖尿病纏身多年的媽媽，突然衰竭休克，送進了加護病房。

翌日我趕回臺北，和妹妹弟弟在醫院守候了七個日夜，深度昏迷的媽媽始終沒有醒來，然而當我緊握她的手，她的右眼不斷流出淚來，醫生跟我們說她已腦死，但他無法解釋淚水由何而生。等到淚水逐漸乾涸停止，在一個陰寒澈骨的雨夜，媽媽終於走了。

回到香港後，我並不特別悲傷，只覺得空蕩、呆滯、茫茫然。於是又開始做紅蘿蔔蛋糕。把紅蘿蔔洗淨削皮，一根根刨成絲，空蕩蕩的時候最宜勞動，刨了許久都不手酸。

媽媽消失了，但我感覺不到消失於何處，分不清日子和以前有什麼兩樣；我早已習慣沒有媽媽的生活，沒人可以撒嬌、訴苦、商量。從我八歲那年，爸媽就開始熱中宗教，總是風塵僕僕，奔走於道場、法會和教友之間，不見人影，撂下家裡幾個孩子自力更生，我很早就學會煮飯，站在椅子上炒菜。

把雞蛋、橙皮、融化的奶油、篩過的糖和麵粉，一古腦倒入紅蘿蔔絲裡，攪拌均勻。媽媽喜歡做菜，她把這遺傳給我。上百位教友聚會，媽媽巧手燒出獅子頭、燻火腿、枸杞海鰻、滷豬腳和麻油雞，全都是素的。然而家裡的飯桌上，她只馬虎炒碟甕菜，舀點醃薑醬筍，再拼湊些發黑的剩菜。她刻苦儉省，認爲此生只是過渡，湊合著塞飽就算，到了彼岸自有福享。

這深深傷害了我。爲了平反，成年後我對吃飯異常執著，講究烹燒搭配，注意情調儀節，絕不邋遢苟且。我要向寡淡無味的童年伙食報復。

把核桃、葡萄乾和香草汁拌入麵糊，倒進抹油的烤盤，放入烤箱。豐美的香味源源泌出，由鼻而心灌滿空蕩的體腔，我並沒有挨餓，然而味蕾長期貧瘠荒涼，缺乏滋沃的熱量，使得心靈軟弱瘀傷。四十五分鐘後熄火，取出蛋糕，熱香狂恣流竄。多年以後，我才逐漸察覺，不識字的媽媽，在宗教裡傾泄她對人生的熱情，一如我對文字的痴戀。在失職母親和自私女兒之間，諒解是多餘的，但在她汩汩的淚水裡，我知道她原諒了我。

在夢裡，我烤了紅蘿蔔蛋糕給媽媽吃，豐潤厚實，暖熱噴香，我說，媽媽，妳沒有給我的，我自己做到了。

（選自《紅燜廚娘》，臺北：聯合文學，二〇〇五年）

為了下一次的重逢／陳義芝

清明時候，又一次來到聖山寺。在濛濛的小雨裡，我特意先彎到雙溪國小，將車停在溪畔，獨自走進空無一人的操場。沿著圍牆，穿越教室走廊，在那株森然的茄苳下，彷彿又看到穿著白花格襯衣的邦兒。

那年邦兒就讀小二，星期天我帶他和小學五年級的康兒坐火車郊遊，在車上隨興決定要在哪一站下。父子三人的火車之旅，第一次下的車站就是雙溪。

當年操場上太陽白花花的，小跑著嬉鬧一陣，邦兒就站到茄苳樹蔭下去了。小時候，他憨憨的、胖胖的，聽由媽媽打扮，有時穿白襯衫打上紅領結，煞是好看。那天穿花格襯衫，捲袖，許是天熱，流了一身汗，又沒零嘴吃，雙溪這處所因而並不稱他的心。我們沒走到街上逛，天黑前就意興闌珊搭火車回家了。

一晃眼十幾年過去。一樣是周末假日，此刻，我獨自一人，蕭索想過的蒼翠山巒與牛奶般柔細的煙嵐，四顧茫茫，樹下哪裡還有花格子衣的人影？茄苳印象不過是瞬間的神識剪貼罷了。

那時，兩兄弟是健康無憂的孩子，經常走在我的身邊，而今邦兒已在離雙溪不遠的聖山寺長眠，住進「生命紀念館」三樓，遙望著太平洋；康兒經歷一場死別的煎熬選擇留在加拿大。我和紅媛回返臺北，仍頂著小戶人家極欲度脫的暴風雨，三年來，經常穿行石碇，平溪的山路，看到福隆的海就知道，快到邦兒的家了。

邦兒過世，漢寶德先生寄來一張藏傳佛教祖師蓮花大士的卡片，中有綠度母像，我一直保存著，因安厝邦兒骨罈的門即爲綠度母所守護。綠度母乃觀世音悲憐眾生所掉眼淚的化身；邦兒是我們家人流淚的化身。林懷民寄了一枚菩提伽耶（Bodhgaya）的菩提葉，左下缺角被蟲嚙過，右上方有一條葉脈裂開。我靜靜地看這枚來自佛陀悟道之地的葉子，傳說中永遠翠綠不凋的枝葉，一旦入世也已殘損，何況無名流轉的人生。青春之色果眞一無憑依！

還記得三年前我懷抱邦兒的骨罈到聖山寺，與紅媛一到上無生道場，心道師父開示「生命的重生與傳續」。師父說，人的緣就像葉子一樣，葉子黃的時候就落下，落到哪裡去了呢？沒到哪裡去，又去滋養那棵樹了。樹是大生命，葉子是小生命，小生命不斷地死、不斷地生，大生命是不死的。人的意識就像網路一樣交叉，分分合合，不斷變化，要珍惜每一段緣。

「我們會再碰面嗎？」傷心的母親泣問。

「沒有人不碰面的！」師父說：「我們只是身體、想法在區隔，如果你的想法跟身體都不區隔它，我們都是在一起的。」師父更以眾生永是同體，勉勵傷心的母親要愛護自己。

命運不是人安排的，人只能深受命運的引領。如果不是朋友勸說，我們不會申辦移民；如果不是我有長久的寫作資歷，無法以作家身分辦理自雇移民；如果不是移民，孩子不會遠赴加拿大念書，也許就沒有這場慘痛的意外。然而，一切意外看起來是巧合，又都是有意義的。蜂房的蜜全由苦痛所釀造，蜂房的奧秘就是命運的奧秘。

邦兒走後，我清理他的衣物，發現一本臺灣帶去的書《肯定自己》，是他國中時念的一本勵志書，「以意外事件來說，交通事故是死亡率最高的事件。生活周遭也時時刻刻藏著許多一發不可收拾的危險……」這是他寫的一段眉批。他寫這話時何嘗預知十年後的發生，但十年後我驚見此頁卻如讖語一般電擊，益加相信不幸的機率只能以命運去解釋。這三年我常想到法國導演克勞德・雷路許拍的電影《偶然與巧合》，雅麗珊卓・馬汀妮茲飾演的芭蕾舞者。在愛子與情人一起意外身亡時，孤身完成一段尋覓摯愛的旅程。紅衣迷情的芭蕾麗人驟然變成黑衣包裹的沉哀女子。果眞如劇中人所云「越大的不幸越值得去經歷」嗎？不久前我找來這部片子重看，雜糅了自己這三年的顚躓回憶，總算體會了：人生沒有巧合只有注定，意外的傷痛也會給人預留前景。

紅媛和我在無生道場皈依，師父說：「佛法要去見證。」我們就從「佛法是悲苦的」從開始見證起，趕在七七四十九天內，合唸了一百部《地藏經》，化給邦兒。

我於是知道地藏菩薩成道之前，以名叫光目的女子之身，至地獄尋找母親，啼淚號泣，發下地獄不空誓不成佛的誓願。佛法如烏雲邊上的亮光，當烏雲罩頂，一般人未必能即時參透，但透過微微的亮光，多少能化解情苦。

「我們還會再碰面嗎？」無助的母親不只一次錐心問。

「沒有人不碰面的，」師父不只一次回答：「我們只有一個空間，都在一個意識網裡，現在只是一時錯開，輪迴碰到的時候就又結合了。」他安慰我們，未了的緣還會再續，多積善緣，下一次見面時生命就能夠銜接得更好。

我恍惚中知道，人的大腦很像星空，若得精密儀器掃描，當可看到飄浮於虛空的神識碎片。三年前，如果邦兒只是腦部受傷，我想，他的神識碎片會慢慢連結，會慢慢癒合的，可惜意外發生時，他的心肺搏動停止太久才急救，終致器官敗血而無力可挽。在醫院加護病房那七天，他看似沒有知覺、沒有反應，但我相信文學家的分析，黑洞有一種全宇宙最低的聲波，比鋼琴中央C音低五十七個八度音，那是黑洞周圍爆炸引起的，已低吟了三十億年，邦兒經歷死亡掙扎，無法用聲口傳語，必代之以極低頻率的聲波回應我們在他耳邊的說話。三年來，這聲波仍不斷地在虛空中迴盪，在我們生命的共鳴箱裡隱約叫喚。若非如此，我們怎麼一直無法忘去，由他出現在夢裡？若非如此，做母親的怎會痛入骨髓，甚至肩頸韌帶斷裂。

做完七七佛事那天，親人齊集無生道場，黃昏將盡，邦兒的嬸嬸在山門暮色中儼然看見邦兒，還聽到他說：「我不喜歡媽媽那樣，不想她太傷心！」這是最後的辭別，母子的割捨。

邦兒走了三年，我才敢重看當年的遺物，他的書本、筆記、打工薪資單和兩幅油畫。從紫色陶壺裡伸出一條條絹帶，那幅他高中時畫的油畫，意象奇詭，像是古老的「瓶中書」，又像現代的傳眞列印紙；有時看著看著又連想到是某一古老染坊的器物。

他有一篇英語的報告，談加拿大女作家瑪格麗特・愛特伍的小說〈浮出表面〉，敘事者尋找失蹤的父親及她的內在自我，角色疏離與文化對抗的主題融會了邦兒的體驗，讀之令人失神。

我同時檢視三年前朋友針對這一傷痛意外寫來的信。發覺能安慰人的，不是「請節哀」、「請保重」、「請盡快走出陰霾」的話，而是同聲一哭的無助，像李黎說的「有一種痛是澈骨的，有一種傷是永難癒合的」，像隱地說的「人在最難過的時候，別人是無法安慰的，所有的語言均變成多餘」，像董橋說的「人生路上布滿地雷，人人難免，我於是越老越宿命」，也像張曉風說的：

極大的悲傷和劇痛，把我們陷入驚竦和耗弱，這種經驗因為極難告人，我們因而又陷入孤單，甚至發現自己變成另一國另一族的，跟這忙碌的、熱衷的、歡娛的、嬉笑的世界完全格格不入……但，無論如何，偶然也讓自己從哀傷的囚牢中被帶出來放風一下吧！

她告訴我的是「死」而「再生」的道理，當我搖晃地走出囚牢才約略有一點懂了。

事情發生當時，有人幫我詢問臺大腦神經外科醫生，隔洋驗證醫方；傳書叮囑誠心誦念「南無藥師如來佛琉璃光」百遍千遍迴向給孩子。待我辦完邦兒後事回臺，很多朋友不惜袒露自己親歷之痛，希望能減輕我們的痛楚。齊邦媛老師講了一段時代犧牲的情感，她二十歲痛哭長夜的故事。陳映眞以低沉的嗓音重說幼年失去小哥，他父親幾乎瘋狂的情景。

蘭凋桂折，各自找尋出路……這就是人生。我很慶幸在大傷痛時，冥冥中開啓了佛法之門。從《心經》、《金剛經》、《地藏菩薩本願經》，到《法華經》，紅媛與我或疾或徐地翻看，一遍、十遍、百遍誦讀。

「就當作這孩子是哪吒分身，來世間野遊、歷險一趟，還是得回天庭盡本分。」老友簡媜的話，像一面無可閃躲的鏡子：「生兒育女看似尋常，其實，我們做父母的都被瞞著，被宿命，被一個神祕的故事，被輪迴的迷惑諸神的探險。我們曾瞞過我們的父母卻也被孩子瞞了。」

王文興老師來信說：「東坡居士常慰友人曰：兒女原泡影也。樂天亦嘗云：落地偶爲父子，前世後世本無關涉。」

邦兒已如射像遠方的箭，沒入土裡，歲歲年年，我這把人間眼淚鏽染的弓，只怕再難以拉開，又如何能夠補恨於今生！

活著的，是心裡一個不願醒的夢罷了。云云衆生，誰不是爲了愛而活著，爲了下一次的重逢，再經歷不是偶然的命運！

（選自《為了下一次的重逢》，臺北：九歌，二〇〇六年）

閱讀引導

1.《論語》選

孔子重視「仁」之實踐，以之爲人之所以爲人的價值所在，強調行仁之自我意識由己，而壽命長短非個人控制，故由天。是以，無須在意死生富貴，不必討論死後世界，要將生命重心放在是否實踐仁德。若行仁，其精神永傳，超越有限的生命。

2.《莊子》選

莊子視死與生同一，爲宇宙自然之常態。生與死爲氣之變化，形體本無常，無須賦予生命特殊意義，也不必視死亡爲結束。既以生死爲常，將消解生死界限，也不再因生而樂，爲死而哀。以「道」的角度視之，生即死，死即生，亦無生，也無死。故道通爲一，超越生死，而達於天地與我並生，萬物與我合一之境。

3.〈活下去〉、〈窗外〉

周大觀年紀雖小，但是不畏病魔，積極治療，其詩篇展現面對死亡的勇氣。本單元所選兩首詩，〈活下去〉清楚表達出「勇敢活下去」的意志，而〈窗外〉則渴望和正常小朋友一樣，徜徉於陽光下。詩句簡單，但是透露出遭受病痛折磨的心情，可引導學生以同理心體會。

另外，藉由周大觀的詩篇，可引導學生深思罹患絕症時的心情，以及在旁的家屬親人，又該如何面對遭受病痛折磨的病人。「久病床前無孝子」，當照顧病患成爲家屬的負累時，身心又該如何承受？順著這個思路，還可進一步帶領學生討論自殺與安樂死的議題。

4.〈紅蘿蔔蛋糕〉

蔡珠兒熱愛植物與食物，書寫主題也集中於此。唯作者留意於物，又多能寓人情爲其中。〈紅蘿蔔蛋糕〉一文，仍以食物爲主題，但在詠物之餘，將母喪後對母親複雜的情感糾結，藏匿於文中。文章篇幅雖短，卻承載多重情緒，層次分明相疊，舉重若輕。文末提及釋放與母親的心結，既圓滿又意味深長。

父母的逝世，是人生中最難承受之重。在賞析〈紅蘿蔔蛋糕〉之後，尚可閱讀簡媜〈漁父〉一文。簡媜在父親過世後，藉由追尋父親，將父親與情人重疊，抒發深藏心中的孺慕之情，以及那份來不及說出口的情感。由此可進一步引導學生從子女的角度，抒發對父母的情感。

5.〈為了下一次的重逢〉

世人皆難捨親人過世，然白髮人送黑髮人更令人難忍。〈爲了下一次的重逢〉爲悼兒之作，作者於喪子三年後爲文追憶，仍可見其深沈的哀傷。文中夾議夾敘，又多抒情獨白，看似雜亂的結構，實其心境的紛亂。文中多有思索生命的意義，唯看似接受友人的安慰或以宗教釋懷，但實際仍難掩喪子之痛。

年輕學子不曾有子女，或難將心比心於喪子之痛。可讓學生觀賞〈爲了下一次的重逢〉一文中提及的電影《偶然與巧合》，片中女主角因意外而喪夫喪子，「愈大的不幸，愈值得去經歷」，片中一再重覆的讖言，該如何解讀？本欲自盡的女主角，如何能走出悲傷？可引導學生思考。還可再觀賞電影《活著》，片中主角之子女，皆先後因意外去世，其中固然有大時代的悲劇，然父母喪子的心情，在片中亦深刻呈現。

不論是自己或親人過世，皆是一個家庭的悲傷。可是如果遇到大規模的天災人禍，在人群集體面臨死亡之際，往往是人性陰暗與光明呈現之時。大規模的集體死亡，是人類最大的悲劇。從古代的龐貝，到我們切身的九二一大地震，隔鄰日本的三一一大地震，都有許多犧牲自己以拯救眾人的故事。天災已難避免，更可悲的是人類發動的戰爭，其無情之深，死亡力度之強，可促使我們深思在集體面臨死亡時人性議題。如二次世界大戰時，德國納粹對猶太人的大屠殺，以及集中營的故事；中國大陸在六〇年代的文化大革命，在社會集體控制下對人性的扭曲與踐踏生命。都足以讓我們反省在集體遭遇死亡威脅時，個人可以在其中有何選擇。在電影《黑暗騎士》（The Dark Knight）中，小丑爲製造恐慌，在兩艘輪船上裝置炸彈，要求船上分別是平民和罪犯的乘客，在午夜前選擇以引爆器炸毀對方才得以活命，否則兩船都將炸毀。這個場景，正是一個考驗人性選擇的倫理學議題，我們可以引導學生深入思考。

單元書寫與引導

一、預立遺囑

本單元藉由文章和影像，讓學生想像生命走到盡頭時的情形。爲了有更切身的感受，可讓學生書寫「遺囑」，藉由預立遺囑，思考有哪些未完之事，有哪些要交待生者。交待身後事，即是提醒自己生命有限，應該努力即時完成願望，以免遺憾而死。而遺囑書寫所交待的對象，更是提醒我們應當在活著的時候，好好珍惜親友關係。

二、給亡者的一封信

不論學生是否有親友已過世，以應用文書信的方式，寫給一個已經去世的對象，此對象可以擴大為古人、名人或未來的人。這個書寫練習，是讓學生以生者的身分，對亡者說話，可議可敘可抒情。不論是寫給親人或公眾人物，都可促使學生思考，活著的人是怎麼看待已去世的人，進而反省在活著的時候應該如何做，死後才無所愧。

延伸閱讀（文字和影像）

1.白先勇：〈樹猶如此〉，《樹猶如此》（臺北：聯合文學，二〇〇二）（白先勇以此文祭悼亡友王國祥，記錄兩人從高中至成年，從臺灣到美國一路相伴的過程。文章書寫好友罹病求醫，最後不治身亡的故事，看似內斂的筆觸，卻隱藏深厚情感，令人動容。）

2.簡媜：〈漁父〉，《只緣身在此山中》（臺北：洪範，二〇〇四）（簡媜以此文悼其先父，兩人雖只有十三年的父女情緣，但簡媜在文抒發超越隱密的戀父情結。與其說是「一輩子的情人」，毋寧說其散文的底蘊豐厚，愛怨交錯中的情深意摯。）

3.余秋雨：〈南方的毀滅〉，《行者無疆》（臺北：時報，二〇〇一）（本文提及的龐貝，曾是人類古代文明的光輝，卻於一場火山爆發毀於一旦。當災害發生，在最無助時，人們展現人性的溫暖，相互扶持，一起面對死亡。）

4. 蘭迪・鮑許（Randy Pausch）著，陳信宏譯：《最後的演講》（The Last Lecture）（臺北：方智，二〇一二）（本書作者在盛年時罹癌，本演講記錄是他卡內基美隆大學的最後一場講座，他並不談論如何面對死亡，而是以自己為例，宣講「全力實現兒時夢想」，鼓勵所有人在有生之年努力實現夢想，才不枉此生。）

5. 普利摩・李維（Primo Levi）著，李淑珺譯：《滅頂與生還》（I sommersi e salvati）（臺北：時報，二〇〇一）（義大利化學家李維，在二次世界大戰時因猶太人的身分被納粹關進集中營，歷經生死存亡，在戰後留下這部名著，從自身遭遇反省個人生存在大屠殺悲劇下的意義。）

6. 大津秀一著、黃瓊仙譯：《人生必修的10堂生死課》（臺北：采實文化，二〇一二）（本書作者為安寧緩和醫療專科醫師，負責診療癌症終末期病患。他在長期臨床中，思考體會面對死亡與看待死亡的方式。只有真實面對死亡，生命的有限及短暫才能提醒我們，要積極充實地度過每一天。）

7. 邁克爾・哈內克（Michael Haneke）導演：《愛・慕》（Amour）（電影，法國、德國、奧地利，二〇一二）（當生命的存活與尊嚴衝突時，該如何取捨？所謂的愛，是不離不棄，還是同歸於盡？關於生命與死亡的課題，除了沈重，其實更值得我們深思。而愛情的極致，該如何為對方著想，也是重要的課題。）

8. 亞歷山卓・亞曼納巴（Alejandro Amenábar）導演：《點燃生命之海》（Mar adentro / The Sea Inside）（電影，西班牙，二〇〇五）（原片名"Mar"是西班牙文「海洋」的意思，全片也多次出現海的鏡頭。男主角勒蒙（Ramon）小時因意外全身癱瘓，受其父兄照顧，然三十年後死意甚堅，他不是對人生失望，也並非失去愛人的心，反而是對家人的關愛與體諒。片中愛上男主角勒蒙（Ramon）的兩位女性朱莉亞（Julia）和蘿莎（Rosa），兩人與男主角「交往」的過程中各有不同的心情反應和轉變，可促使我們在「安樂死」的議題中，進一步思考生命的價值與意義。）

9. 克勞德．雷路許（Claude Lelouch）導演：《偶然與巧合》（Hasards ou Coincidence）（電影，法國，一九九八）（片中不斷地觸及「生／死」、「眞實／虛幻」間的對比、衝突、交錯甚至融合的過程。如果說生命中的許多故事是偶然與巧合造成，但這許多偶然與巧合卻又很像是冥冥中早已註定。「死亡」如果是每個人終將經歷而得知自己存在的必然方式，所以對人生具有極大的張力；則「愛情」或許是另一個，人之所以能體悟自身存在的應然方式，「死亡」與「愛情」竟有著許多相似之處。）

10. 張藝謀導演：《活著》（電影，中國，一九九四）（主角歷經中國近現代多個時代，從清末民初，中國國民黨統治大陸，到國共內戰，中國共產黨統治中國，到文化大革命時期。在家國磨難中坎坷前行，走過多個政治運動，雖然父親、母親、兒子、女兒相繼離開人世，但始終頑強活著。大時代背景下的小人物，生命的渺小與歷史的對照，發人省思。）

11. 金基德（Kim Ki-Duk）導演：《春去春又來》（Spring, Summer, Fall, Winter... and Spring）（電影，南韓，二〇〇三）（電影以四季循環意喻生命輪迴，然看似明顯的場景變換，又交織出人生內心的種種變化。老和尚引導小和尚思考人的欲望和痛苦，死亡與新生，得失與人生。片中角色簡單，對白亦少，然引人深省。）

8

切磋琢磨再進步

主題

作品觀摩與討論。

教學目標

經過一年的閱讀寫作訓練，應在最後檢示是否有所進步？進步的幅度爲何？是否還有什麼不足之處？檢示最好的方式，就是同學相互觀摩與討論彼此的習作，藉由這個方式學習他人長處，也可以進一步發現自己的缺點以及可以努力的方向。兩學期下來，每個單元均有寫作練習，累積相當多的作品。作品一定有好有壞，重點在於同學是否知道問題在哪？別人的問題是否也是自己的問題？當同學能藉由討論，能指出自己與他人作品的長處與缺點，在文學欣賞批評的路上已前進了一大步。同時，藉由指出作品的優缺點，也可在寫作能力上有所反省與加強，最終能流暢順利地以文字表達自己的情感。

課程規劃說明

本計畫的最後兩週，將總結前面各單元的學習成效。我們計畫在最後兩週以合班上課的方式，將參與本計畫的班級以隨機方式讓不同學系合爲一班，隨機合班，目的爲增加彼此觀摩的機會，抽離熟悉環境，不同的同學與老師，可以更注意到差異性。

教師將整理選出之前各單元具代表性的學生作品，讓同學得以相互觀摩。所選作品，可以是傑出的佳作，也可以是同學可能常犯的問題作品，所選作品皆以匿名方式，避免爭議。再將同學分組，針對所選作品進行討論，以口頭與書面方式，說明這些作品的優點或不足之處，提出修改建議。本計畫之TA參與各小組討論，引導同學。最後，將各組討論結果公布，再統一進行說明。如此一來，學生藉由觀察他人作品，得以訓練賞析能力，更可以反省思考藉自己的不足處，改善寫作缺失。

最後一週，我們將進行統一測驗，依「全民中檢」（CWT）之「中高級」程度命題，測驗學生的閱讀與寫作能力。題目難易與第一單元開始施測時相同，以同一標準，衡量學生經過一學年的學習成效。並設計問卷，針對本計畫的課程安排與授課內容提問，藉以了解學生的反應與回饋，做爲下一期計畫檢討改進之依據。

閱讀文本

每一個參與計畫班級學生的各單元作品。

閱讀引導

1. 指點各分組同學，從何種角度欣賞其他同學的作品，一如之前各單元老師引領同學閱讀名家作品。
2. 同學作品或許不如名家有深度，但同年齡的同學彼此間有更爲共通的話題與語法，應可獲得更多的共鳴。

寫作引導

分組討論之餘，試著讓同學寫出每篇作品的優點與待改進之處，乃至運用更爲專業的文學批評方法，深入每一篇作品。

活動與寫作

1. 教師先討論決定合班上課的班別，再選出代表性的作品，同時安排好組別與各組組長，並協調TA帶領各組討論。
2. 上課前模擬TA如何引導同學討論，並設定討論主題與方向，使TA在帶領討論時有所依據。教師則於課堂中隨時注意各組的狀況，協助各組討論。
3. 所選作品先前雖已進行批閱，然教師與TA仍須引導學生思考各種可能性，不論是文詞運用，篇章結構或語法敘述，盡可能保持開放討論的空間，再適時引導比較。
4. 當各組討論結束後，TA協助各組撰寫作品評論，並交由各組組長進行口頭報告。
5. 教師指點各篇選出討論作品的優劣，並討論分享各組的報告。
6. 最後一週進行總結測驗，一方面做爲學生的成績，一方面與期初的測驗結果進行比對分析，藉以觀察本計畫授課的成果。最後設計一份問卷給學生塡答，了解同學對本計畫的想法與意見，做爲下一期計畫改善的參考。

延伸閱讀

1. 凌性傑：《自己的看法：讀古文談寫作》（臺北：麥田，二〇一二）（本書引導讀者從古文中進行生命思考與體會，讓原本只在國文課本中的古文也能與生活結合。）

2. 周芬伶：《散文課》（臺北：九歌，二〇一三）（散文與生活非常密切，當同學能夠欣賞並以散文抒發心情，生命將有更豐富的美感經驗。本書帶領學生進入散文的世界，是課後閱讀的好作品。）

3. 謝錦桂毓：《生命的窗口：謝錦的課堂，從文學鑑賞認識自己》（臺北：麥田，二〇一一）（謝錦老師以多年的授課經驗，帶領同學從文學欣賞中體會生命的價值與意義，進而深入地認識自己。）